古道行

李明 / 著

文化发展出版社
Cultural Development Press
·北京·

图书在版编目（CIP）数据

古道行 / 李明著. — 北京 ：文化发展出版社，2025. 5. — ISBN 978-7-5142-4633-9

Ⅰ. I267.4

中国国家版本馆CIP数据核字第2025SW5999号

古道行

李 明 著

责任编辑：孙 烨　　责任校对：侯 娜
责任印制：杨 骏　　封面设计：邓小林
出版发行：文化发展出版社（北京市翠微路2号　邮编：100036）
发行电话：010-88275993　010-88275711
网　　址：www.wenhuafazhan.com
经　　销：全国新华书店
印　　刷：三河市中晟雅豪印务有限公司

开　　本：710mm × 1000mm　1/16
字　　数：240千字
印　　张：16
版　　次：2025年5月第1版
印　　次：2025年5月第1次印刷

定　　价：79.80元
I S B N ：978-7-5142-4633-9

◆ 如有印装质量问题，请与印刷厂联系　电话：13121110935

李明，笔名，岢岚山、武钺。北京人，生于1959年3月，病故于2022年12月。青年时期在中国人民解放军海军某军区做军舰水手。20世纪80年代初复员回京，在导演史建全等前辈电影人引荐提携下进入电影行业从事电影美工，后独立拍摄纪录片并获国际大奖。20世纪末开始从事写作。作品《古道》等刊载于《今天》杂志。

得生 ——纪念李明先生

欣闻李明文章要辑集了。去写这篇文，作个序言。结果写成了这一篇散文。因为人比较散漫，所以写这样散漫的文。无论如何，是要写下些文字。借辑集的序言，纪念李明先生。

认识李明好像很早。20世纪90年代的时候？不知。算起来该有几十年了吧!

那次在北京，见孙大立先生走来，说是有一妙人儿，写有极好文字。还拍得一部纪录片，获得过国际奖。讲地毯传统，拍的是藏地，特棒。“你要不要看？”大立说，“人家很欢迎你。”

大立就带我，还拉了姚建，去看那部片子。已不记得是什么地方，好像鼓楼边上。只记得那屋，有桌。桌旁立一汉子，有膀腰，微健硕，好髯须，目炯炯逼人。身着多兜导演坎肩，足蹬半高腰军靴，骁勇军汉也似。屋内色调灰蓝暗蓝，坚硬寒冷，铁的感觉。那记忆至今。

大立上前说道：“我带他们过来了，看你那个西藏片子。”转过头，手摆一下说：“这位就是李明。”

李明看到我们，笑着上来握住手说：“老听大立说你们，欢迎欢迎！”

就互相有的问讯。又去一块摆弄电影。那时还没有手机，放映短片要专用设备。

那个讲西藏地毯的短片，是用一个小摄影机器播放的，黑白片。好像这个行当，凡摄影高手，都偏心喜爱黑白，以为唯黑白方识得韵味出来。短片给人的印象，太过深刻。题材挖掘，阐述角度，历史地理人文，知识应该开阔。画面都好棒，摄影超一流。特别是背景贯穿用歌，萦纡缭绕。异域番女高尖腔，白嗓儿，不羁狂野，极是辽远，只那雪原高山才配。画面讲述出来山川粗粝，风情粗犷，有震撼力。我没料到是这味道。这样的片子，小子孤陋，还不曾见过。一时惊愕至极，开口大赞，不吝美词。李明大乐。我问他："片子你拍的？"李明点头："片子我拍的。"又赶紧的一句，"噢不，片子我做的。摄影是我的朋友，他叫钱滔。"

那天跟姚建，回来一路，两人兴致不减议论不已。至今记得。

就这样，那时，认识了李明。汉子，军汉也似。会做得好片，片子超级棒。

后来就见到了，他写极好文字。

那时网络上出来了新浪博客。正在时兴，是一个新鲜玩意儿。大家就赶紧了，纷纷博客。李明也博客，把他的文章往上放。我就跑上去看。

记得先看到的几篇，兴教寺"梅影疏斜"，古道妫水"其绿如蓝"，那根拉山口玛尼堆"一座寺庙诞生了"。看得很惊讶。以为绝对好文。叙事、意境、文字、词句，都是极好，且都带了些那部西藏短片的类似味道。想到那么一种暗蓝灰蓝，铁样的色调。

看到李明回到唐时，入得长安京城，少陵塬、永阳坊、明德门、群贤坊。殉情于辩机的高阳公主："十六岁的她是否骑在高大的西域骏马上，那马身饰有怎样的璎珞，她是否穿着低胸的丝绸唐装，是否涂抹着黑色的唇膏，两颊也贴着美丽的珠花？"璎珞低胸，黑唇珠花，该是给了读者怎样的一幅实景图画。

看李明坐在炕上，被待着。上了碗筷，他下炕穿鞋走，"有了客，媳妇孩子都不能上席，只能等吃剩儿。”他不愿慢待了人家的女人孩子。他显然知道这朔州马邑，苦地人家的风俗。

“到底是灵隐僧，那木鱼是红木做的，而一般木鱼多为椿木。”淡淡写到的一句。木鱼多椿，叫我得了知识。作家郑义与我说椿：香椿可材，臭椿也非无用。滑润耐磨，做农家筛面箩架，做田间磨土木耙。想李明说木鱼多椿。那椿该是臭椿，其木硬，必耐敲打。

李明文字：“突厥人战败了，士兵们骑在马上，他们背着同伴的骨灰，一面用小刀割破自己的脸流出鲜血，一面流着眼泪退回草原。”叹他熟知突厥。突厥人死，跟汉军不同，是要烧的。李世民与臣说突厥：“其俗死则焚之……”李明的突厥人，背着同伴骨灰败逃，并“用小刀割破自己的脸流出鲜血”，是李明的突厥葬俗知识：焚尸葬灰，剺面割耳。

这样细小精致的地方，快乐地看到了许多。都短短一两句，不经意带出来，却有很强的实境代入，引人穿越。使人有阅读这些文字的享受。这样的史地文字，真很精彩。感觉是因了知识、智识、认知感知、觉察体悟，才写出来这样的文章。

还趣味，看他古诗古句，多处有的引用。信手拈来，因事发而文发。“芒鞋破钵无人识”“时乎时乎，间不及谋”，不注来处。有的僻些，却也交代，来路要叫读者知道。“海天秋阔雁呼霜，篱落风凄菊破黄”，注明哈刺章，《南游寓兴》已失。仅日本存元诗，江户刻本。“水北金台路，年年行客稀”，注明中唐王建。他应该诗文底子很好。无古诗词、古文章知识，是引不出这诗来的。

更李明所用，并不都是市间熟诗。看他《古道》，用郝经《怀来醉歌》，元朝，就疏僻，却好诗。词和意，都叫我喜爱。酒洒半淋俊入双眸，风情竟些李明影子。这里原意引了，纪念李明的文中放着，成一炷炉香，点燃到告念的供案上：

胡姬蟠头脸如玉，一撒青金腰线绿。当门举酒唤客尝，俊入双眸耸秋鹘。白云乱卷宾铁文，腊香一喷红染唇。据鞍侧鞚半淋鬣，春风满面不肯嗔……乱云淡卷，隐花如镔铁纹。

古人好想象，也是醉了。

便文章认识的李明。历史懂得很多，地理知识很多，想他勤奋，该是读了很多很多书。更是看到，他积了游历跋涉的知识所得。杀虎口、腊河口、参合陂、壶流河、鹞儿岭鸡鸣山、那根拉山口桑曲河，看到他真正去那里走过！走过闭塞不毛，荒野跻身盲流，边塞栖身拾荒，混迹贩夫走卒，结友劳工船户。此常人不易事，也常人不为事。他自诩“四处游荡的无能之人”。这四处的游荡，沾的是徐霞客式儿的古风。远非简单的军汉，这是个比知识人还知识的人。

更还李明景色，画面感。喜欢。“钴蓝色的天空下，赤裸的黄土塬上开满粉白的花朵，远方是灰蓝色的终南山，湖蓝色的滴水泛起耀眼的光辉。”钴蓝、灰蓝、湖蓝，他也爱蓝色的基调。这里他的蓝，比我的欢快了许多。

“但我知道——那诱人的蓝色宛如深渊。”李明又说。

“太阳从雪山后面一跃而起，每一片草叶都沾满耀目的光斑。桑曲河蜿蜒飘动。宛如壮丽的火河。卓玛和她的板车被浸泡在金色的晨曦中，恰似被温暖的蚕丝包裹着的剔透的生命。”

他这文字，金色飘动的火河，晨曦里剔透的生命。

“此刻，我想我很像那只凝望大海的公羊。不同的是，太阳正从我右侧升起。残破的明长城锻炼在晨光之中，在寒冷的春风吹拂下，反射出刚出炉的煤渣那样耀目的光芒。”

他这文字，煤渣出炉的耀目想象，噢耶，那只在凝望着大海的公羊。

于是，我便在博客的评论区里赞他。于是，便与李明结识熟识。我们竟许多来往，互相交流文章。

2015年，那次，竟被李明“教唆”了，和他一起，去了怀来、宣化。

起因是一份1915年宣化龙门的地质报告。李明网上读到，跑来找我。报告距2015年，恰好百年。李明说那龙门地方，还保些旧貌，日后或会不存。我们按1915年那条路线，走一回罢。“你会有许多体会，”他鼓动，“咱把大立拉上。我有车有司机，我们两天就回来。”

我们就跟了他，出怀柔，走延庆，翻越军都山。四海梁上，没了遮拦。立在那里，看到了李明去指点天下：“这里西边，是白羊口。”古代匈奴白羊王牧地，“特壮观。以后我得带你们去看。”东边是黄花城，“黄花城长城，很好看。”黄花城往东，喜峰口，是安禄山的卢龙塞。安禄山卢龙节度使，范阳节度使，还河东节度使，官三镇，管的是燕蓟，就是北京河北这一片儿。这里，是菜食河故道，谷底有杏树台村，“春天漫山杏花”，煞是好看，“你们一定得来看。”“下面山坡，那儿拐过来一条山路，”他指给大家，“那是古道，有名，叫上都路。”元朝皇帝每年不在北京过夏，要去草原避暑，“皇家车队走的就是这条路。”路不宽，李明：蒙古人车队单方向，朝草原走。回来也单方向走。路宽不过两米，够一辆车轴长。“秦直道比它宽，有四米多。”

见李明说元朝。连西北驿路两条。一条北出大都健德门，越军都山，沿妫水向西，经鸡鸣山入桑干河谷。穿武州塞，出杀虎口，达托克托君子津古渡，去接河西走廊。另一条从土木堡折向北，越长安岭，经龙关、赤城、多伦诺尔，达库伦，即今天的乌兰巴托。

他写赵襄子反斗弑代。发地理议论：“襄山横向，东接太行。西去便是六棱山和夏屋山。”“再向西，勾注大岭柱地摩天，勾注之南就是赵国故地，古称赵原，今作原平。勾注岭上的勾注陉和雁门关，恰恰是勾注和夏屋的分界。”那襄山五岔，李明把东西南北，去向一一数落，门清。若个兵家烂熟于胸。可他不是兵家，也不要跟谁打仗。惜哉，或该生在战国才对罢。

赵灭代灭中山，李明：“中山国的王子肤施被流放到陕西榆林西北，从那时起，他的放逐之地被称作肤施。”方知延安府，旧名肤施的由来。

这地理，知识太熟了。实在我们一代人少见。且他这地理，不是简单纸上书本上，是三维立体的具象，背后自家跋涉搜求的根底，有独自的考证与辨识。剪不断理还乱的，连带着大串儿历史。懂了，怪不得总称史地，二者实不可分。

怀来水边，听李明指点。黑髯白髯，小妹：这是黑白二煞

李明的许多文章，都涉史地。写史地故事，喜欢史地。但李明还写小民百姓，喜欢小民相与。

读他《古道》，代地集镇马市，“身后的泥墙下不知何时蹲了一溜儿男人，我站起来，半弯着腰走过去，先向几位年长者递上几支烟，众人无一例外地露出笑容。”“弯腰走过去”，想起来这画面，熟悉。随李明走怀来宣化，村口路边，每遇蹲坐一旁的农人村人，他去问话说话，必躬腰递烟，蹲下与谈。

他那些跋涉，不惧苦地。妫水古道，穷乡暗娼饭铺，与挖矿人坐了喝酒。那里矿难频仍，到处广告“尸体保鲜”。朔州煤窑工棚，与矿工啃羊头。睡人家炕上，晚上起来去添加煤块。蔚州考察，借宿看门人玉皇阁小屋，土酒、豆腐丸子、冻土豆，睡人家条凳支起的木板。北邙沁水，住船户穷苦人船上，船舱里睡了多日。

看到他讲述，尽苦寒的人们。也看到，发了的呐喊。最是那篇余杭记事，没讲北方，去写的南方。记一段“文革”。写和尚看门人的文字，说了浙大。引这里：

“‘文革’时候，红卫兵来砸寺，几千人围在那里。浙江大学的学生赶来保护灵隐，也有上千人，手拉手，不要砸，死也不许，女学生也哭喊不许砸，三天三夜，三天三夜。”看门人说，并依旧微笑着。

我被他的讲述震撼了，整个“文革”中之整个中国，我第一次听说有青年如此自发地、大规模地捍卫自己的传统文化，而孩子们所直面的，是怎样强大而邪恶的巨影！伟哉浙大！

这是种怎样的震撼！伟哉浙大。

看门人讲那经历，他们跪下，遭每天嘴里塞生狗肉，不许咽不许吐。李明：还信佛吗？

灵隐和尚燃醒，那个看门人吴音软语：

“侬下去，把那月光铲除干净。”看门人指着门外满地的月光。

“侬铲勿去。”他坚定地说。

“泥水里的月光肮脏勿啦？净水中的月光干净勿啦？都不会的。月光勿因泥而污，勿会因水净而洁，勿因毁而灭，勿会因兴而荣。给侬吃狗肉有什么关系？”

李明得悟，他看到空的不灭，接了写道：

不生不灭不垢不净不增不减是故空中无色。佛说。

他引的这《心经》，“出自燃醒的唇齿，若清泉流于石上”。

这是种不灭的信念。不死。

李明对死亡是赞美的。他并不畏惧。读到他说：“很多时候我是赞美死亡的，一如我赞美生命。在绝望和无奈之中，死亡的美丽、仁慈和尊严表露殆尽。”

他借内弟的口，与死亡直面：“生存的意义一旦不存在了，平静，凛然地对待死亡是我们应该去做的。”

但是，他勤奋地在写。为“把什么写下来”地写。

我看到他的内心：“如果说写字有什么乐趣的话，是想让喜爱的人们在这些字里活下去。”

辩机与高阳公主，桑曲河的巴桑兴华与滔，腊河口煤窑挖煤人灵海儿，沁水河船户老孙头，灵隐寺看门和尚燃醒，西山拾荒人女儿小蝶，大立琼嫂，大立的孙承提老先生，李明写下了许多字，要他喜爱的人，在字里活下去。

白居易的字，就让卖炭翁活下去啦。李明的那种感慨：“那张在白居易诗歌中得以永生的，沾满灰黑的木讷的脸，或会再一次走过我身旁，迟缓地向着我背后黑暗的历史深处走去。”

于是李明，说出他心里：“直到有一天，不见了你，也不见了我，而这些传说却汇成不枯的河流，从不断龟裂破碎着的生命中流过。所有真和美，都必将‘得生’。”

我感动我知道了，李明要把什么“写下来”，为他所追寻的“得生”。

“得生”，语出玄奘。是大和尚寂灭前，最后一句话。李明文中有交代。我查到对话的原话。唐高宗麟德元年(664) 二月初五夜半，弟子问大和尚：“和尚决定得生弥勒内众不？”和尚答：“得生。”问话译文：“您是不是已经决定可以生到弥勒佛净土呢？”这里“和上”是对大师最尊敬的写法。“得生”，除了往生，含了永生、永存、永在。

谢侯之

2024.8　Berlin

目 录

001 祖母故事

007 玲珑塔

021 古道行

036 腊河口记事

053 古道考察游记节选——石佛

065 古道考察游记节选——弑代

075 古道考察游记节选——冰壶

096 墨淡如白——艺术家孙大立先生家事

120 梅影疏斜兴教寺

129 一座寺庙的诞生

142 大海

155 一条大河

169 余杭二三事—— 端午记

186 如花的故事——小蝶唱歌

199 二〇一二年秋天记事

223 话别

236 云——京西蔡公庄记事

241 后　记

祖母故事

一、鬼头刀

有个刽子手，他有一手好刀法。就住在泡子沿边上。

祖母呷了口酒，开始给我讲刽子手的故事。

他刀法老厉害啦。祖母又呷了一口酒。

有一年，你们南京城的那个朱洪武听说他的刀法了得，就把他叫上京城去，封他做了刽子手，专管杀人。杀奸人。

就是这年立秋前，他家里来了个人，进门跪下，声声哀叫他救自个儿。

“你咋地啦？”

“我犯了罪。”

“你咋地犯啥罪？”

“我贪了六十两。”那人递上个包袱。里面白花花六个元宝。

朱洪武最恨贪，贪六十两按律得扒皮，刽子手犯愁：

“咋救你？”

“赶明儿个午时三刻你给我行刑，那会儿你救我吧。”

那人说完这话就走了，剑子手撵出大门，大街上空落落的，月亮底下啥也没有。

剑子手纳闷了，按说明天砍头的人该是关在大牢啊，他咋能跑我家送银子呢？不对呀。可那银子就摆那儿呢，这咋说。

来日午时，杆子影子指向北，一串儿犯人就上了刑场，为首那个可不就是昨儿晚的那个人。他煞白个脸儿，还冲剑子手一笑，点点头儿。剑子手一边端碗酒往刀上浇，那刀吃肉前要喝酒，一面寻思咋整呢。

时辰到，三声炮，剑子手一步上去，那人儿扭脸又冲他一乐，说时迟，那时快，剑子手猛踢他一脚喊了声“快跑”！一刀下去，脑袋滚出老远去，那笑还没收回去呢。

这事儿过去，剑子手把那六个元宝掖起来，不叫人瞅见。他总觉得对不起人，从不动这银子。

那会儿不像现在，那会儿立秋才杀人。他杀了四十一年，他杀的人海了，自己也数不清。杀着杀着他老啦，杀不动了。他就带上鬼头刀和那银子回老家来。

从京城回来路可远了，过了直隶出了关，尽是大山，可吓人啦。他走啊走啊，走到桦尖子，那天夜里，他见前面有亮，走近看幌子是个客栈。想打尖儿就进了门，谁知老板一看他“哎哟”一声，扑通就跪下啦，口声声叫他“恩人”。

剑子手赶忙把那人搀扶起来，那老板瞅着他嘿嘿一笑，这笑模样儿一下子让他想起四十一年前，这人可是一点没变老。剑子手脑瓜皮发紧，却沉住气。

老板从里屋叫出来妻妾，模样儿别提有多俊俏。拜见恩人，招呼上炕，酒饭早就备下了，好似就为等他来。

剑子手取出那六个元宝放到炕沿上。

他说：“这钱我给你存了四十年，这不是我能用的。”

他又说，“这酒饭好是好，可不是我能吃的。”

说完，他一层一层地打开包袱，最后露出那把鬼头刀。

“你可还认得这刀？”他说着慢慢把刀抽出来，放到炕上，那刀好似霜雪那么煞亮。

对面三个一见这刀，就像雪人进了炭火盆，歪胎地软下去。客栈一下没了，四下里空落落的。黑漆漆里一片鬼哭，阴风围着他打旋儿，把他骨头吹得发凉，刽子手站着，握着那把刀一动不动直站到天亮。原来他进了乱坟岗，旁有个石供桌，上面摆了祭品。脚边上有六叠纸钱，叠放好好的。

祖母喝下最后一点酒，微笑着看我。

“刽子手回来啦，后来他就死了。就埋在滚兔岭上。”

“赶上晚间要下雨，你就去街上——没人时候去，别站街灯下面，你就能看见东边儿滚兔岭上的林子里幽幽冒白光。”她把“街”叫作“gāi”。

“那刽子手就埋在那儿，他死的时候啥也不带，就带他砍人的鬼头刀。那是刀锋碰上了阴气——发光。”

这是儿时祖母给我讲的故事。我一直没忘，直到现在，我才算听懂这故事。

我虽生于南京，但小时常回我的东北祖籍桓仁。在群山深深的故土，祖母一面慢慢呷着一小杯酒，一面给我讲故事。酒啜饮罢，故事讲完。

很多次，当夜雨将至，我会到街上没灯的地方，眺望滚兔岭上的莽莽丛林。

我希望看到祖母所说的“幽幽的白光”直冲斗牛——那把鬼头刀的光芒，但我从来没有见过，或许那刀生锈了——锈蚀殆尽。

我的祖母极好读书，可谓如饥似渴，她阅读速度极快，而且过目不忘。这爱好伴随她一生，直至她八十六岁去世。

二、黑狗

人世间最吓人的事儿，莫过于把人变成畜生，或是想把畜生变得像人。

先前有个姓田的木匠，他是个粗木匠——开大料、砍房柁的那种木匠。那年入秋，二户来一家请他去备房料，说是来年要盖新房。

祖母戴着老花镜，她身边放着草编的小笸箩，里面有剪成小方块儿的各色碎布头。她一面用针把这些碎布头缝缀起来想做个褥子，一面给我讲木匠和黑狗的故事。

这家三口，儿在外谋事儿，家里剩下老娘和小媳妇儿，还有一条大黑狗，老太太对狗比对那媳妇强。祖母缝着，慢慢地讲着。她的针码落得又密又细，好像小鸟儿留在雪地上的足迹。

这老太太各色，只爱和那狗讲话，不搭理儿媳妇儿。她跟狗这么说：

“你别老光顾着瞌睡，你得看着她，别让她偷吃。”

那狗眼发亮，嘴里呜呜两声，就跟真听明白似的。媳妇河沿儿洗衣服去了，老太太也这么嘞，媳妇背脸儿做饭了，她也这么嘞。那狗就呜呜地，像真听懂了似的。

过些日子，木匠明白咋回事了，这媳妇嘴馋，偷家里干粮，咋打骂也不能改。那会儿不像这会儿，大家子蒸馒头，一蒸多少屉，码在屋檐下的大水缸里冻着。赶要吃时，笼屉上馏几个，再吃，再馏几个，直吃到过年。这家子不那么着，是按月，一回六十个，蒸好放篮里，房柁上吊个木杈钩子，往上一挂，下面摆张八仙桌，想吃站上板凳伸手够。可这家馒头压根儿没吃到过月底，老太太算计着哪，每月差三天，短六个，这不，又揍开媳妇了。

祖母身体轻轻动了一下，微笑着把线递给我，让我替她把针纫上。她舍不得用双线，老脱针。

小媳妇蹲在锅台边上抹泪儿，木匠看不下去，悄问她：“你偷吃啦？”那小媳妇红了脸，摇摇头。田木匠从她眼里看出来，她没偷。

“梁上的耗子下来啦？”木匠又问，小媳妇还是摇头。

木匠往上瞅瞅吊钩绳，绳儿穿过中间打洞的瓦片儿，瓦片儿悬在绳当间儿，耗子踩都踩不住。他四下瞧瞧，啥没有，就那只大黑狗趴在门口，从门框后头露出半拉脑袋冷眼瞅这边儿。田木匠啥不问了，拍拍手掌灰，站起身往外走，那狗死盯他，木匠心里有数啦。

打这天起，木匠也盯死了这条狗。说来也怪，就打这天起，这狗就躲着木匠，几天不着面儿。干着干着活儿，猛觉着后脖颈子发凉，冷不丁回身，那东西就立在身后瞪着他，活像个鬼魂儿。

到了儿懋来这一天，躲都躲不过。小媳妇在河沿儿捶衣裳，老太太要去邻村儿串门子唠嗑，临出门还对大黑狗说：“你可别喇呼，看着家里呵。”那狗呜呜地，真跟听懂似的。

老太太前脚走，后脚那大黑狗就溜进正屋。

木匠捅破窗户纸偷往里瞅，那畜生正用脑袋顶起凳子，它两爪搭住桌沿儿轻轻一蹿，就带着板凳上了八仙桌，蹬着凳子正好够着馒头筐。它叼着馒头跳下桌，两爪搭在桌沿儿，再用脑袋把凳子顶下来放地上，丁点儿声都没出。

田木匠一走神，那狗已经站在门口了，两眼瞪着他，嘴里还叼着馒头。它就这么瞪着他，好半天，才扭脸钻进房后的高粱地。

赶到老太太回来，木匠一五一十，把黑狗的事儿说给她听。老太太老大不高兴：“瞎说，我家黑狗从不偷嘴。”

“我可是亲眼瞅见。”

“瞎说，它能把这么大的凳子弄上桌？可真成精了。”

“你老瞅瞅，这狗爪印子还在桌上哩。”

“都是那小瘟火的使的坏，一准是她偷吃！”老太太骂媳妇。

“做人凭良心，我是亲眼瞅见了。”

不想这老太太瞅着木匠，老半天，不阴不阳地说了这么句话：“在这世道上，有些事你不能说，有些事儿你不能看，还有些事儿，你说也不能说，看也不能看。现今，这不当说，不该看的都让你撞上了，你说你还活得了吗？”

老太太说了这话就直勾勾地瞅着木匠。木匠浑身发冷，他觉着这眼神就和那狗眼一模一样。打这天起，那狗再没露面，但它没走远，木匠明白。夜半里有影儿从门口闪过去，木匠知道是那畜生回来了。

十月一过，高粱熟啦，漫山遍野那个红啊，真好看。祖母停下针脚，望着远山，我幼小的心随着她的目光穿透那些大山，看到山那边的路蜿蜒飘动，路边有无际的红连着天涯。

木匠要走了，他跟老太太告了假，说是回家收高粱，三天就回。临到出门，他想想又返回来，拎起他那把锛子：“这玩意儿钝啦，带上回去磨一磨。”他这么说，老太太点点头，没言语地瞅着他。

田木匠走了，他走得急，脚不沾地似的，两面是没边儿没沿儿的青纱帐。走着走着天黑啦，再过了六道河，就能望见他家的灯火。就这当儿，由远及近，高粱地里一股邪风刮过去，庄稼叶子撞得哗啦啦直响。

动静一停，木匠站下往前瞅，他操起锛子，月亮把路照得煞白，就像幢黑塔，那狗就蹲在路当间儿等着他哩，两个眼睛冷森森地冒凉光……

三天过后，木匠没回来，再没回，那狗也再没回。木匠留下的家伙什儿一直撂在这人家，没人动，我年轻那会儿还见过哩。祖母说。

祖母收住话头，用针尖搔了搔鬓发：“孩子，记着，什么时候狗变成人了，人就得变成狗，乱世也就不远了。”祖母说。

祖母的话，我记得分明。

玲珑塔

一

昨夜，如注的暴雨大约三点钟才停下。

就在这雨声骤停，刹那的万籁俱寂间，一声清晰的鸟啼从玲珑塔上传来，划破荒郊的夜，穿透我们房檐下的木格窗上的破纸，带入皎洁的一痕月光。杜鹃回来啦。

我留心过，这鸟去年6月20日飞来玲珑塔，一直住到12月23日飞走，今天恰好6月20日——灵性的鸟。我再次听它初鸣——我被逐出家门已有两年。

房顶漏下的雨落入瓦盆，声音饱满深沉，大概盆已经满了，刚才雨大时似不间断的细流声，现在，变成叮咚的滴漏。

借着朦胧的光向解放的床上看去——另一个被慈父驱逐的流放者蜷缩着，模糊一团，分不出头尾，让我想起灰雾中的树。只有轻微的磨牙声传来，弄不清是从他还是他床下老鼠的口腔发出来的。这声音断断续续，久久不绝于耳。仿佛是来自天外，在这晦暗寂寥的夜晚，叙述着一个极为重大而诡谲的事件。这令我想到诸多被称作“语言”的声音……

我又听到不间断的鸟啼，这声音慌乱惊恐，由远而近，由近而远，多次往复。显然，它飞离了塔顶——它在绕塔飞旋。

刚才在月色中显现的一些细节渐渐变得晦暗，窗外的虫鸣渐息，几声狗吠从远处传来，猛然间雨声再起，雨脚急骤如鼓。

当我再次睁开眼，大致是五点半钟。窗外雀声喧闹，穿窗而入的柠檬黄的晨光，宛若清澈的溪流令人目眩。

满屋金橘色，使这间老旗房犹如天国一般，晨光如此耀目，我甚至可以清晰地看到光线中快乐地游动着形状各异的尘埃。解放和他的裸体女人——徐悲鸿那幅《女人体》就在这些尘埃后面，那素描挂在起伏不平的墙上，凹凸墙面，交织呈现着各种不易察觉的色彩——像一块大调色板。隔着光，解放的形体也像被清水浸泡过的炭条素描那么模糊。

三只手腕粗的树干用细铁丝捆绑成画架，那上面架着未完成的临摹油画——弗鲁贝尔的《坐着的天魔》。此时，天魔正坐在光束之中。画面上映出淡灰紫色的窗格的暗影。泛着调色油和松香味的阳光，与画面左侧天庭的亮颜色融合在一起。

和天魔一样，解放也赤膊坐在那儿，半睡半醒地瞅着他的画。他有灰白的长胳膊，左手腕儿上套着一只手镯，这手镯一直令我羡慕不已，那是用女人的头发编制的细辫，两端用红绿色丝线仔细系牢。

他披肩的长发遮挡住阳光，使脸显出淡淡的紫罗兰灰和淡青色调，胸腔上倒挂着一枚沾满光的铜十字架，他瘦削，条条暗色的肋骨清晰可数。

我猛然感觉到，这早晨的阳光，正是用一种极完美的语言给我讲述印象的玄妙。这光芒诠释了莫奈和透纳存在的全部意义。我的意识轻盈而准确——宛若飞鸟洞穿无云的虚空。直至解放站起身穿越这光辉，走到我床边，从条凳上一把抓起我的裤子。

“还有烟吗？”他问。

“昨晚你听到鸟叫了吗？”

“我睡着啦。”

正在我们对话时，解放背后的光芒急剧暗淡下来，太阳终止了它的讲述。一切变得幽暗而真实——无论是眼前的这个人还是他后面墙上的女人体。那女人一条腿支撑着身体重心，使臀部隆起诱人的曲线，这画常使我联想起小香——那个工艺美院的学生。

“我看看你的牙。”我突然感觉挺生气，瞅着他略显凸出的门牙。

解放不知所措地笑着看我，把手中的裤子放回原处。

“怎么啦？”他问。

我没答话，从枕头下摸出一盒纸烟递给他，解放抽出一支，点燃。

“你老磨牙。”我说。

解放明显地松了口气，咧嘴笑了。

外面传来架自行车的声音。

“起了吗？”院子里有人问。

“该是起啦，听屋里有动静。”这是房东老七的声儿。

叩门声随即响起。

二

大雾迷漫。

近处能看见青灰色的树影，雾中的房子是淡蓝色的。

要是没有雾，就会看到村东那条碧绿的河，向南流的河水是由西山诸泉汇集而成的，河的左岸有成排高大的杨树。而铁灰色的玲珑塔就坐落于对岸的黄土坡上。它的身影像它的名字一样玲珑。

和别的树不同，晚风里的杨树会发出阵阵欢乐的鼓掌声，每当此时，你会听到对岸玲珑塔上三千个铁马铿锵作响，那是塔上三百一十二个青铜佛像的声音正传向四方。从大明万历朝，这不休的咏诵之声已经在黄色的风中持续了四百余年。如今，年代的面孔落满尘埃，但声音依旧。

我和解放就住在塔下面的村子里。这村儿被繁密的槐树掩映着，它的名字叫作西八里庄——在古道边，离北京的西城门尚有八里之遥。

肮脏的城，慈父，徒有虚名的大学，军队大院那些花团锦簇而大多是腹空如鼓且又崇尚空谈的玩伴们——很遥远。

沿着细长黄土道，民警佟哥哈着腰，推着加重自行车挺费劲地往北坡上走。他白色的警服在灰色的雾里显得很亮。一大早，就是他敲开我们的房门，对我说：

“起来吧，月子，我得问您点事儿。”

“什么事儿？——我又没干什么。”

“起来吧，穿上。”佟哥说。他的白衣裳挺利索，左边上衣口袋里，总是别着两支金星牌钢笔。干吗别两支钢笔？真够酸。这么早叫我起，就是要问我一点事儿？

“我什么都不知道，您问解放吧。”

我一边往起爬一边感觉不高兴。慢腾腾地穿起衣服，这些衣裳都潮乎乎的。我不喜欢他叫我“月子”，但又没办法。我不是什么月子，我的名字其实叫武钺。

“解放也得来——穿上，还有你，都跟着走。”

他一面背着手看《天魔》，一面冲门口的房东老七说。

这会儿，解放脸色发白，两眼瞅着地上溢满雨水的瓦盆儿发呆，嘴唇上爽着的纸烟不见了，他用右手握着左手腕——那只手镯，喃喃说：

“我也什么都不知道——您还是问——月子吧。”

左老七一直倚着门框往屋里瞅，他瞧着墙上那幅画儿，两眼直勾勾地发亮，这光棍男人满脸挺兴奋。我瞅着他浑身发软的样儿，这真真让我不高兴了。想起每次小香来时他就这副德行。

他会端着一大海碗面条，蹲在他正房门口吸吸溜溜地慢慢吃——他老吃面条——端碗的手指间也老夹着绿白分明的两根大葱。身旁还放着一小杯烧酒——那杯子油腻腻的，像老鼠爬过似的。他一边吃，一边瞄着小香出来进去的背影，常常眼睛发直，以至掉了手中的筷子。

小香有白皙的肌肤和长长的腿，一把浓黑如夜的长头发齐刷刷地悬在后腰。

“小香。”老七招呼，声调里有点酒味。

“嗯。”

“住哪儿，您老家儿？”他把“老家儿”叫成“老尖儿”，这“老尖儿”是指小香的父母。

“鼓楼，草厂弯儿。”

“您家也在旗？——我听解放说。”

“嗯。”

“我爷他爸叫巴图鲁，您家呢？我家整蓝。”左老七问。这“整蓝”是指满洲正蓝旗。

小香仰起头，她嘴角边有颗痣，长睫毛的眼睑向下挡住半个眼睛——她总这么看人。我老觉得她的眼里飘着蒙蒙的雨。

“不是吧，那您干吗姓左啊？”小香的声音像梦呓一般。

我一面听着这些对话，一边想着生葱和烧酒混在一起的味道，那嘴巴该有多难闻。

光滑的小路显得很清晰，没有泥泞，一直伸向浓雾深处。路边是没膝高的玉米，宽大的叶子上布满水珠滑过的痕迹，不停落下水滴。我甚至留意到草叶上的一只螳螂，一动不动地，碧绿与玉镯相似。再往前，小路引导我们穿过村西北的一小片坟地。坟茔间有稀疏的柳树，到了九月间，便会有橘黄、橙黄、金黄，还有柠檬黄的各种野菊覆盖在这些丑陋的黄土堆上。成片的小花在阳光下，在秋季的微风里摇曳着，散发着淡淡的药香，似乎是在医治逝去的哀伤。

解放和我一前一后，远远跟着佟哥。而更远地跟在我们身后的是房东左老七。我想他此刻一定在笑，因为笑是他的一贯表情。这凝固的笑常令我感到怪诞，直到每次小香来，这笑容才会散去。但这么一来，他的眼神便让我想起房后的那只老狸猫。

浓雾，雨后发红的路，四个有间隔走着的人，又一次令我的脑海里浮现出“印象”。

就在我们走出坟地的顷刻间，一声凄厉的鸟鸣骤然穿雾而落，这叫声如此嘹亮，使我眼前猛然掠过这鸟儿的身影——灰色而细长，带有条纹的胸腹使我想起水手，精亮如电的蓝色眸子闪烁着——我多么想进入那蓝色，像无底深海的蓝色——当我游过珊瑚礁，正是这种蓝色曾诱惑我向深渊更深处游去。我的思绪蓦然想捕捉这清晰的幻影。

即使是成鸟，四声杜鹃的嘴角依然有淡淡的鹅黄。传说在其啼叫时，嘴角会渗出缕缕鲜血。

这啼鸣使四人同时收住脚，寻声仰天望去，仿佛从海水深处浮现出巨礁晃动的幽影，雾中的玲珑塔近在咫尺。

三

沿着塔西边的墙，跟着佟哥往北走。西北角有个缺口能进入塔院——我常和解放从那儿溜进去，豁口被一通石碑遮挡着。

这汉白玉的碑，上有凶神恶煞的关帝镇锁北方鬼门。然而，面南的刻像却十分温婉——那是个美妇，据传是万历皇帝的生母并由她亲手绘制。她赤足，眼睛向下瞅着我们说，“可真是有点儿像小香，”解放说。

她头发上披有纱巾，手中挽着精美的竹篮，里面有一尾翻跳的鲤鱼。它修长的腿旁有肥硕的荷叶和饱满的花朵，那线条宛若烟缕一般飘逸。

在这湿沉沉的雾气里，我的心渐渐明晰起来。

“不就这点事儿吗？那又怎么啦？”我想，一边偷眼瞅瞅解放，解放裤腿精湿，步履沉重，脸色越发灰白。感觉我在看他，脸冲前方悄声问：

“你没干什么吧？”

“你说我能干什么！八成就是拓碑的事儿。”

“噢。”解放似乎解放了一点儿。

“咱可别提小香。”他说。

小香极喜欢这“鱼篮观音”，于是拉着解放把刻像拓下来，挂在学校宿舍。不想，拓片感动了一位广州商人。

起初，这商人大约对小香的姿容有所企图，求美不逞转而求其利，便和小香商妥：每月由小香提供原像拓片三十幅，每幅三块五毛，外加十块邮寄费，共计一百一十五元整。

那正是五月天，小香骑辆红色的坤车来到这儿，她穿了带蓝色斑点儿的白长裙，白色衬衫，外面套了深蓝的长袖牛仔衣——以前她不骑车，也从不穿裙子。她总穿牛仔裤。

她亭亭玉立在破旧的老西屋门口仰脸微笑着，那情景，即使是在她逝去多年后我都不会忘。她脸上流淌着瀑布般的晨光和冰凉的槐树花的芬芳。

在来的路上，小香细致地算了一笔账，据说为此还差点儿摔了跟头。

房租：每月五块。香山牌纸烟：一人一月一条，五块四毛。吃饭：一人八块一月，十六块，按二十块计。本金：宣纸六十张，二十二元，加一得阁墨汁按三十元计。

“一个月六十块，哈，还剩五十元，七毛一管儿的钛白能买七十管儿，够折腾啦!”小香得意扬扬，仰脸瞅着解放和我，因为心里快乐，她脸上泛起潮红——她的确做了一件大事儿。

解放也脸色通红，他的喉头骨上下不停地动着，他一激动就这副样儿——太缺钱啦，我们的画都是用调色油稀释后画上去的薄薄的一层颜色，没有笔触，也不用亚麻布。

“那你呢？”沉默许久，解放问小香。

“我怎么啦？”

“这也该有你一份啊。”

“瞧您小样儿吧，跟我弄事儿？有本事把美院考上。”

“解放说得没错儿。”我说。

小香仰起脸，长长的睫毛挡住半个眼睛。不屑一顾地瞅着我们，一字一顿地说：“活儿是我揽的，就得听我的。能干不？不行就拉倒。再说了，带工资上学，一个月四十二块，你们有这戏吗？气死我了。”小香是东城服装公司的职员。

“那老广不会为这欺负你吧？要是那——我们可不能干。”解放喃喃说。

小香开心地笑起来：“都想什么呢你们？欺不欺负的，您解放管得着吗？想保护我呀？八成是您胡思乱想吧？告您，要是我喜欢，白送。要是招我不待见，也成，那就点钱吧，一直点到我高兴——就凭那小南蛮，我也太贱了点儿吧。”

小香说话总让我心惊肉跳，我知道，谁也休想驾驭这漂亮的女孩儿。她宛若春天开在玲珑塔顶上的花儿，可望而不可即。

不久以后，解放的手腕戴上了一只可爱的手镯，那是小香的头发——我认得。我多希望手镯是戴在我的手上，但我知道不太可能。

在豁口处，佟哥示意解放和我在外面等，他自己偏腿儿迈进残墙，小心地走进雾里。我站在那儿，随手掰了片儿青绿色的玉米叶子，撕开含在嘴里。叶子上细微的刺触在嘴唇上，似乎令我紧张的心情缓解了一些。

老七跟上来，大老远就嗅到了他身上的酒味儿。他果然是笑着的，那笑浮荡在雾中，更加令我感到不可名状。这张笑脸飘在我眼前停住，从黄乎乎的牙齿背后传出含混不清的声音：

“吃不，月子？中午吃过水面。”

我摇头。

“日头出来我去割二两肉，切成这么大块儿，”他用大拇指卡着小手指尖：“炸酱——肉丁炸酱，给您上一碗？”他说。

我想摇头，却赶紧点点头。

“得，过会儿您得把房钱给我，咱好割肉啊。”

我瞧瞧解放，解放冲着豁口站着，脸色铁青。

迎着豁口是那幢刻有关公像的碑，碑下面靠着一辆小巧的红色坤车，经雨水的冲洗，衬着墨迹斑驳的石碑，自行车的色彩真鲜亮。

我仰脸去看那十三层玲珑塔，借着迎面压下来的幽暗塔影，可以清晰地看到团团雾气在塔上喷吐翻涌。塔基上雕琢着千姿百态的护塔侏儒力士和法器，再向上十米处，有四向的石制门窗，门楣上各嵌石匾，西方匾上，雾破处有大字“辉腾日月”。各塔门旁存有八部天龙护法神像，经年的风雨剥离，使那些高大的躯干残破不堪。令人联想起高度腐烂的尸骸。看上去倍感狰狞。

塔高二十米处便是第一层塔檐，檐下有佛龛，每面供奉镏金铜佛三尊，每层八面，共二十四尊。在古塔的西北角，有拇指粗细的钢筋由塔刹空悬而下，那是年久失修的避雷针，在雾中微微晃动，像天堂上垂落的蛛丝一般。

四

雾里有人说话，声音从塔下面传来。仿佛是雾在说话。

雾中的声音不会传得很远，但只要能听得见，就非常清晰。

“反正是觉着见过，您瞅穿的——来找他们的都这副德行。”这嗓门很有底气，像刚灌了油。

这声儿使我想起一种被称作“油葫芦”的虫鸣。但这不是“油葫芦”，我听出这是村东头邢大妈的鸣。我和解放都称她作“邢妈”。

“您老可是瞅准啦？”这是佟哥声音。

“反正是觉着来过。找过解放他们。”邢妈说。

“您老‘觉着’可不成，您老讲话可得有根据呀，现今可是‘严打’哪。”佟哥说。

“这两个人平时表现怎么样？为什么住在这里？”我听到一个陌生的声音。他讲的是南方的普通官话。

“岁数都不大，一个考上师范不愿上，被老家儿撵出来。那个是非要考美院没考上，装病不上班，也被老家撵出来。”佟哥说。

“考上了为什么不上？那考它干什么？”还是那声音。

就是因为考上了才不想上呢。那考题也叫考大学？一帮子白丁的遮羞布。真够冒儿。我心想。

“那解放还凑合，闷葫芦罐儿，蔫拱。”又是邢妈的声儿，“那月子数他横，解放听他的，坏着哪。”

我扭头瞅瞅解放，他挺无辜地冲我咧咧嘴。我再把脑袋转回来，实在想不出我是怎么得罪了刺儿头，竖起耳朵听她继续。

“还有老来这儿那女的，穿个劳动布的裤子，把那个腚包的哎哟喂，一边一坨，我都没法儿说啦，把个老七弄得五迷三道，哎哟喂，还大姑娘家呢，都没法儿说啦。”邢妈像是在控诉，很痛苦。把没法儿说的都说了。

“您老说他坏，他倒是干了啥没有？”佟哥说。

“还用干啥？还用干啥？您看那头发，您再看那鸡腿裤，咱村的姑娘媳妇儿都躲着他呢，像人吗？好人是那样儿？”邢妈是说我呢。

这话让我受伤害，我从没觉着本地妇女对我有什么敌意。上回走过邢妈门口，她大女儿静静还送了两块烤白薯给我呢，挺烫手。她说：“吃吧，月子。”说罢扭头就走，还咯咯地笑，挺像刚下完蛋的母鸡。

雾开始轻轻飘动，有微风从地面吹过去。

听人在雾里议论自己是一件多么怪诞的事儿。你瞧不见说话的人，你不知道它怎样站着，不知道它穿什么衣衫，也不知道它是怎样的动作或表情，你甚至可以怀疑它是不是存在。左老七袖手蹲在玉米地边上笑着瞅着听着。

在这浓雾迷蒙的早晨，我觉着我和解放像浅水边的两只鹿。枪声响了，枪声很沉闷——雾和水吸附了它。

我猛然想起那只鸟，鸟不会迷路，它灵性的眼睛一定能洞穿雾，此刻它就在这残破的密檐塔上，我看不见它，但我知道——那诱人的蓝色宛如深渊。

我瞅一眼解放，他脸上往下流着雾水。显然，他已经确定了眼前这辆红色女车并非小香的，他开始抬手摸索上衣口袋。他的衣袖沾满结成硬块儿的油彩，他在找烟呢。但我知道他并没有烟——他也知道。

我想，邢妈一定不知道我和解放就像塔上的鸟，在边儿上听着呢，雾骗了她。

我还想，当她“哎哟喂”的时候，脸上是一种怎样的狰狞，听老七说她过去可骚着呢，可我觉不出来，她的脸总让我想起块茎植物。这长舌妇，但愿全村的黄鼠狼今儿晚上全去她家拜年，加上房后那只老狸猫。

邢妈的话又使我想起小香的屁股，看来对此有兴趣的绝非我一人。

我们的父辈似乎普遍对屁股怀有复杂的感情，他们一生都在致力于掩藏这恼人的对象，以至于当年牛仔裤的潮流常常酿成颇带血腥气味的连场悲剧。

解放和我被传唤过去。

我俩小心地躲开地上的秽物，绕过石碑。我们先瞧见雾中的台阶上竖着很多腿，这些腿无例外地穿着藏蓝色的警裤，在这些藏蓝的空当间，横着一具小小尸身。她的脸冲外，一双漆黑如夜的眼睛大大地睁着，凝视着，仿佛被一个永远不能摆脱的幻象吸引。

死去的孩子有齐耳的短发，身穿朱红色的湿衬衣，湿衣服贴在她身上，似乎没有乳房，显出她很瘦小。她侧身躺在砖地上。被雨淋透的古砖是普蓝色的。她嘴里咬着一块叠成方形的白手帕，靠嘴边的部分呈暗赭色，那显然是凝血的颜色，这让我想起昨夜的大雨。是雨水冲去了昨夜的血污。

佟哥从台阶上下来，对我说：

"月子，摔死人啦——您过来细瞅瞅，这人您认识不？"

"我不认识！"我干脆地说，一面抬眼再寻找邢妈，这老女人像是浓雾聚成的，早已溶解在雾中，不见踪影。

"您先看看再说。解放，您也过去瞅瞅。"佟哥说罢，扬手招呼老七："您过来，七叔，我有事跟您打听。"

风开始从河岸那边吹过来，雾明显地涌动起来。从东面透进微弱的光，在雾中幻化出各种色彩。雾中像是掠动着无声的闪电。在孩儿身后，那细如蛛丝的避雷线微微晃动着，显然，她是从那儿攀上高达十米的须弥座，坠塔而落。我甚至听到塔上的铁马隐隐发出轻轻的声响。

我再往前走两步看那尸首，她的脸如此洁净，脸庞白如敷粉，嘴唇鲜红，左手手指优美地弯曲着，摊开在脸旁，似乎是在呼唤。右臂无力地掩在身后，手向上，悬空微张着，手心儿里有半截口红，那颜色像玫瑰骨朵一样。

“我不认识!”我又说。

解放一点儿一点儿凑过来，待在我身后:

“我也不认识，你们再问问——别人吧。”他就差说“再问问月子吧”。

“有群众反映，你们不但认识，她还常去你们的住处。你们仔细看好!”

讲这普通官话的人脸很白净，长着一双锋利的小眼睛，高大的身材有即将发福的趋势。他背着手，往下注视着我俩，有点儿装腔作势、什么都知道的派头。他用脚尖挑起死者的头，示意我俩看明白。他穿的是三接头皮鞋，那鞋擦得很亮。他身边其他三个警察也长得各有形状，个个面无表情地瞅着解放和我。

“我没见过这个女人。”我说。

“我也从来没见过这个女的。”解放也说。

我和解放一前一后往回走，我没走来时的路，而是往河边绕着走。

河面上飘着一层水汽，河对岸杨树高大的树影越发清晰，显现出朦胧的绿。

我想着那小小的尸体和手镯，想着邢妈和十字架，想着佟哥那两支钢笔，想着老七和那双皮鞋。还有我说了那么多“我不认识”。

我就这么想着往前走。突然，我扭头对解放说:“咱们永远成不了艺术家!”解放站下了，不知所措，诧然地望着我。

这当儿，左老七飞也似的追上来，真敏捷，在小路上奔跑的姿态像只脱兔。

我下意识地摸摸装钱的口袋。他奔到我面前，大口喘息，又活像一条不留神蹦上岸且越蹦越远的鱼。

“月子，您猜怎么着，那女的，那女的，那女的她不是女的，那是个男的。”

“谁是男的？”

“跳塔那个呀，真开眼啦，小香都比不了，男的都长成那样了，还要娘儿们干吗！”

他哈着腰，没笑，喘着，一下子坐在湿漉漉的地上，没意识到解放惊讶且狠狠地侧目。

开始刮起习习的风，对岸的杨树欢快地哗哗作响。

伴着一阵阵铁马声传来，浓雾正渐渐往西退去，在玲珑塔背后的西方升腾成暗灰色的云幕。上午的太阳斜斜地照耀着，残破的塔身包裹在纷纷蒸腾的细密的水汽里，在塔的侧旁，在那具美丽的尸骸上空幻化出淡淡的、不易被察觉的彩虹——而那只鸟依然寂寥无声。

它就在塔上，并且，它一定睁着眼睛凝视着，那眼的颜色像大海蓝色的深渊。

古道行

对于过去我们能知道些什么
对于未来更是无从谈起
时光的潮流永远向前奔流不息
什么的泡沫旧的破碎
新的浮现也是被过去的浮沫所激起
而帝国，排列成起伏的坟墓
宛如逝去的波涛

——拜伦

一

北风凶猛地吹。我叉开腿，站在军都山阴的巨岩上，俯瞰北面苍茫的河谷。

在我身后的石窝子里，一个牧羊人正在用干马粪和枯树枝点燃一小堆火。之后，他从怀里掏出四块玉米饼架在火旁，瞅了我一眼，木讷一笑，指了指那金黄色的饼。

我喜欢他木讷的笑，喜欢他看不出年龄的脸和他头上软塌塌的绿色棉军帽，喜欢他的玉米饼的金黄，更喜欢他的牧羊家伙什——那根光滑的木棍，一头有灵巧的小铲，我常见他用小铲铲起干马粪，或是铲起土块准确地抛在头羊身上。而另一头是牛筋编成的鞭子。鞭绳中间有块巴掌大的羊皮，他把石块放在羊皮里，把鞭绳对折兜住石块，举过头顶摇着，他越摇越快，一个手指猛然松开，放出鞭鞘。“砰”的一声，石块把远处的杨树干砸出一个坑。

我喜欢他的准确，他的木讷和敏捷让我想起罗马方阵前那些精灵般的抛石兵，让我想起大卫王。

此时，他的羊散落在陡峻的崖壁上。

记得做水手时，在荒岛的港口旁有高耸的巉岩，每至黄昏，常会有只健壮的公羊伫立崖头，它一动不动，久久地注视着喧腾的、退潮中的海，直至血红的落日被冬季的波涛吞没。此刻，我想我很像那只凝望大海的公羊。不同的是，太阳正从我右侧升起。残破的明长城锻炼在晨光之中，在寒冷的春风吹拂下，反射出刚出炉的煤渣那样耀目的光芒。

慕容垂的血是这样的吗？像刚出炉的煤渣那样有耀目的光芒——那悲愤的血。

一千六百余年前的一个初冬的黎明，就在鸡鸣山西一百公里处的妫水主干——桑干河左岸，两万北魏骑兵突袭正在东行的燕国大军。此役，鲜卑慕容氏王公战死被俘者数十人，全军覆灭，四万战俘被全数坑杀。史上因地称其为参合陂之战。手段如此残忍，连《魏书》也羞于言表。

后一年，七十余岁的燕主慕容垂带领他精锐的龙城兵，再次北征以报参合陂血仇。燕军凿通古飞狐道，由郸城经蔚州直指大同城下。魏国震恐。

慕容垂路过参合陂时，其心情可以想见。对此，司马光作如下记述：“垂之过参合陂也，见积骸如山，为之设祭，军士皆痛哭，声震山谷。垂惭愤呕血，由是发疾……”慕容垂在祭奠仪式上口吐鲜血是因为惭愤。他因此而一病不起。诸军哭声憾地，以至于敌军误以为他已死在军中。但即便如此，环伺的北魏军仍不敢贸然攻击，眼看着这只病虎缓缓退向东方的上谷。

关于慕容垂的死地，《魏书》与《资治通鉴》都指明为妫水边的上谷城。但关于参合陂战场的位置，《中国历史地图集》《辞海》等权威定论性的著作，都标注在内蒙古乌兰察布市的凉城岱海，其依据是郦道元的《水经注》。但伟大的郦道元也有粗心的时候。如此显而易见的谬误，众多学者至今争论不已，其中甚至不乏名家。

妫水由东向西南流汇于桑干，其绿如兰。那是皇帝把玉玺掉进河里，这水才变得这么清。牧羊人告诉我。我知道他说的是辽代末帝天祚与和氏璧的故事。1122年春，辽史有“上率卫兵五千余骑幸云中，遗传国玺于桑干河”的记载。后面金国铁骑追声已闻，而眼前桑干河风涛汹涌，天祚帝将传国玉玺奉献河神得以渡。天祚帝遗国玺处，当在妫水于桑干汇流之地——合河关旁的古渡口。无论这和氏璧真伪与否，天命去矣。

妫水将南北十五公里宽的山谷当中划开。千百年的风雨，将两边山岭上的黄土从山体上剥离，在山脚下冲积成丘陵，并在妫水两岸形成各约七公里宽的倾斜的平川。元代古老的驿道依稀可辨。它穿过这平原，像一根纤细的线，穿起一个个驿城，尽管这些驿城已经变成荒村，但在我的想象中，它们的原貌清晰地得以显现。

事实上，继汉唐之后，随着蒙古人欧亚大帝国的扩展，所谓的丝绸之路迎来了第三次全盛时期。

古老的驿路北出大都的健德门，翻越军都居庸，沿妫水向西，经鸡鸣山入桑干河谷。之后，穿大同武州塞出杀虎口，直达托克托的君子津古渡，从而连接河西走廊直抵地中海。而另外一条，正是从土木堡折向正北，翻越长安岭，经龙关、赤城、多伦诺尔直达库伦——今天的乌兰巴托。妫水川云集着各国商贾，路边鳞次栉比有西亚的酒肆和店铺，远处钩心斗角的是天子的行宫。偶尔你会看到豪华的仪仗，那是蒙古大汗率领他的各族臣子和各国宠妾在夏季到来之前，赶往上都多伦。那里面或许还闪现过欧阳玄、耶律楚材、刘佶、赵孟頫的身影。而元代最伟大的学者之一，《续后汉书》的著者郝经，竟然忘情地记述了他在怀来城调笑当炉胡姬的情景：

胡姬蟠头脸如玉，一撒青金腰线绿。
当门举酒唤客尝，俊入双眸耸秋鹘。
白云乱卷宾铁文，腊香一喷红染唇。
据鞍侧鞚半淋鬣，春风满面不肯嗔。

——看着美人惊鸟一般的眸子和香艳如蜡梅的红唇，不知不觉醉了。斜靠在马身，以至把酒晃洒在马鬃上。好一副纨绔文人的脸面。但难道不正是他吗，以《河东罪言》上书蒙元天子，以足致灭门的文字为汉民请命？还是这个郝经，作为忽必烈汗的特使出使南宋，竟被对方监禁达十六年之久而不屈膝。他得以回还大都的消息，使忽必烈汗热泪盈眶。郝经是我最敬佩的元代大学者之一。

还有赵孟頫，作为赵宋皇族的后裔竟栖身于蒙元汗庭，至死不得摆脱汉奸的罪名。至于吾图撒合理（长髯人）耶律楚材，他虽然保全了中国文明和四大汉姓，逃却脱不了“辽奸”和三代逆臣的议论。而刘佶，竟在徐达攻克大都的前夕，随元顺帝北投沙漠而不知所终，仅留下一部《北巡私记》，使不为人知的历史得以再现。

可见，作为理想的人类的行为准则，儒家思想原本不具有狭隘的民族意识。即使文天祥也是如此。对于弟弟文璧的降元行为，文天祥以“惟忠惟孝，各行其志矣”之“孝”明确认可了文璧的抉择。中华文明曾具有强大的同化力的重要原因或在于此。

逝者如斯夫，古道已破损不堪，只有在沉夜的月华之下，它默默地闪着幽暗的光芒，像即将干枯的桑干河一样，连同它曾负载的沉重的光荣，风流尽被雨打风吹去。

妫水在琅山前绕了个弯，它绕过河谷中的一座小山向西流。古怀来城就坐落在那里。残垣依旧在，城下从前有元代的白虎桥横卧以连接南北驿道。据说其宏伟不让卢沟。此桥毁于永乐皇帝之手，原因是皇帝“厌其名”而“即命毁之”。同时，皇帝还将城北的狼山之“狼”更名为琅。到了正德朝，为了回避宰猪，甚至有不许养猪的事发生。明代朱姓皇帝的敏感不无道理，永乐逝后仅二十五年，正是在琅山之下，怀来故城之西十公里处，他的重孙——英宗朱祁镇沦为号称狼兵的蒙古铁骑的战俘。

发生于1449年秋季的土木之战。斯战，仅二万余人的蒙古骑兵，将明朝远征军堵截于妫水右岸，8月15日晨，蒙古军派出自己的军使。战斗于中午前后展开。蒙古军蹂阵而入，“奋长刀以击大军，大呼解甲投刃者不杀”，竟一举击破明军数十万众。明廷重臣五十余人殉国，帝国局面由此衰微。

各类史料众口一词，以为王振弄权和水泉枯竭是战败的主因。其实都不是。在我的脑海里，有一场和所有记载都不相同的土木之战。它更接近历史的真实。我的好友，北大的李新峰教授对明远征军的人数提出疑问。而另一好友，东京大学的中村笃志教授认为，蒙古人在土木战后，明显地放弃了进攻北京的最佳时机，说明其内部隐伏着巨大的压力和危机。而离我最近的好友——那个牧羊人此刻正细心地翻烤着玉米饼。那饼焦黄喷香，偶尔有细雪粒撒在上面一触即化，像晶莹的盐，也像历史。有很多次，他就这样一面烤着玉米饼，一面带我走过不为人知的道路。

我注视着下面的战场，这战场曾布满尸骨。夹杂着细雪的风开始在山谷间飞舞。那些玲珑的骨骸不会感觉到寒冷。阳光依然灿烂，零星飘旋的雪花明亮剔透。妫水两岸一望无际的海棠树，此时已经抽出绿芽和红色的花蕾。透过稀疏的飘雪，在战场的南岸，隐约有高低绵延的土垣，那便是历经二千二百余年的上谷城和燕国长城的遗迹。

伟大的上谷，它和它不朽的守卫者们——秦开、李广、卫青、霍去病的英灵一起，目睹了咫尺间这场丢人的战争。而英宗皇帝并没有像慕容垂那样容易“惭愤”。一年之后他被放归故国。中国历史上，皇帝被俘而能全身归国恐怕仅此一例。又过了六年，即1457年，夺门之变使他再登御座，天顺朝黯然降临，伴随大规模的混乱，持续有明一代的党争由此开始。从此，帝国衰弱的军队再也不曾进入辽阔的草原。

砰的一声，牧羊人用鞭子向我脚旁抛来土块，他木讷一笑，指指火堆——玉米饼烤熟了。

二

1410年2月16日中午，永乐皇帝用手指着这座高山，告知在北风中瑟缩发抖的金幼孜、胡广、杨荣三位重臣：“此即鸡鸣山。”元亡，蒙元顺帝北逃过此山，恰遇山崩西北峰。成祖视之为天命归明的征兆。

那时候，寒冷的气流混杂着开始复苏的微弱春风吹拂着妫水河谷。大雪初晴，在如洗的碧空和白云缭绕的雪山之下，明朝的五十万远征军，正不间断地从怀来故城对岸渡过蓝色的妫水，沿着元代留下的古道，向冬季的蒙古草原深处进发。战士们敲击着军鼓，低沉的号角声在河谷中起伏回荡。

这是永乐对蒙古黄金家族第一次远征。大学士金幼孜骑在马背上，脸冻得发黑。他用僵硬的手指为我们记录了上述情景。而就在上一年，由丘福所统帅的十万名身经百战的明朝骑兵，全军覆没于克鲁伦河岸边。

时隔近六百年后的某个隆冬，一个刚刚飘下大雪的下午，在鸡鸣驿残破不堪的古城墙下，矿工金库斜挎在残破不堪的摩托车上，车前面吊着个肥硕的猪头。白色的猪头眯缝着眼，睫毛挺长，死相安详，甚至似乎面带笑意，这使我想起许多官吏在照相机前常有的表情。

金库一条穿着长靴的腿撑着地。身着光板的老羊皮，袖口和衣摆下露出黑漆漆的脏羊毛，发出骚臭的气味。他举着仅剩两根手指的右手指着这座高山，扭头对坐在后面瑟缩发抖的我说："这就是鸡鸣山。"记得每次过鸡鸣山，金库总会这么说一声。

他这一指使我想起永乐帝，我突然意识到这个金库和那个皇帝的长相确有相似之处——魁伟，黑黑的长方形脸下面一边一撇翘胡须。不过人家是堂上天子，而他金库却是地狱中人。透过纷乱如织的雪幕，我竟然看到了一只黄色的大鹰在雪空中低低盘旋。拔地而起的鸡鸣山像巨大的火山锥迎面兀立。万千年风雨，将千余米高的山体上的黄土层剥蚀殆尽，没有树，甚至少见枯草。锋利的岩石割破苍穹，苍凉肃杀，泛着钢和铁的灰色，使我想起庞大无比的鱼骨。

数不清的重型卡车满载湿漉漉的煤块，不间断地从山那边摇摇晃晃地开过来，这些车都经过改装，载重达七八十吨，颠簸蜗行于布满深坑和泥泞的黑色古道上。空气中弥漫着刺鼻的柴油和胶皮烧焦的味道。

"这是鸡鸣山。"金库又说。

"谁说这就是鸡鸣山？"我问。

"你咋？不信？这就是鸡鸣山。"金库说。他把"信"说成"幸"音。听起来好像是"不幸"。

"不幸，这地方能有鸡？"我问。

"多咧，哎呀——我说的不是那个——我说的是秦始皇过了这，过了这就听到鸡打鸣。鸡打鸣就叫了鸡鸣山。哎呀——好像饿了。"金库摸摸肚子说。

"开车，往你家去。让你媳妇弄俩菜喝着。"

“哎呀——那婆娘不行，那婆娘可是懒得厉害。”

“金库——”

“噢——”

“你金库这个库，是仓库的库呢还是裤裆的裤？”我问。

“哎呀，兄弟你又糊弄我，你说是咋都行。反正就是金的。哎呀——好像还是饿了。”

我知道金库饿了。中午，他骑摩托车到延庆接我就没吃上饭。我也知道金库饿了，他把唐太宗当成了秦始皇。原因是中国的历代皇帝，他或许只知道秦始皇。

金幼孜在其所著《北征录》中记述永乐八年北征鞑靼的战役。谈到鸡鸣山的由来说：“相传起于唐太宗征高丽至此，登山鸡鸣，由此得名。”

“相传”是中国历史常见的两个字。而鸡鸣山之“相传”起于何时何处？我想最近大概可追溯至元代的欧阳玄。金幼孜的《北征录》作如下记：

十七日，发鸡鸣山。山甚峭，上有斥堠，下有故永宁寺基，有欧阳玄所撰碑尚存……下即浑河，流出卢沟桥……

四十字，金幼孜的话我听懂了——西行古道是沿鸡鸣山南麓的浑河，即现在的洋河向前延伸。残毁的永宁寺应该坐落于路上方的山坳，并遗有欧阳玄所撰石碑。欧阳玄，这位欧阳修的族裔，元代大学者及朝廷撰史的总裁官。以现在观点看，无疑是个汉奸，他为我们留下了辽、金、宋三朝史记。他所撰的那通石碑我后来没有找到，但碑文却留存下来，并有载于《宣府镇志》：

学士欧阳玄记。太师右丞相秦王伯颜答剌罕，以巳赀复建鸡鸣山永宁寺，即成，皇帝有旨，命臣玄纪其绩于石……旧史言：唐太宗尝驻跸兹山，夜闻鸡鸣，甲以名山……

“夜闻鸡鸣”，这夜里叫的鸡大约是所谓的“荒鸡”。或者就是山鸡。这使我想起我所居住的小山村——四面青山如壁，每至晚春之夜，万籁俱寂之中偶尔传来山鸡的鸣叫，这声音低回哀婉，彻夜不绝，使人感到难言的孤寂。

“旧史言”，哪个旧史？欧阳玄没有指明。或许亦出自“相传”。但是无论是欧阳玄还是金幼孜或是“相传”以及如今的《怀来县志》，肯定都错了。

645年，唐太宗李世民或许来到这里，或许他真的驻跸此山，或许那个遥远春季的某个晚上，这哀婉之声也的确在这位帝王的梦中响起。然而，鸡鸣山这个名字当真和他没有关系。

古道边密集着无数的修车铺、大车店和饭铺子。每家店铺无一例外地悬着红灯和各种红色的脏窗帘。店外临古道边，停着成排的卡车，庞大如机车车头。被雪打湿的地面更显漆黑，似乎一脚踩下去便会渗出油来。

店铺的名称五花八门，各有千秋。

“西北风”，原来是一阵西北风吹掉了“西北风情”的“情”字使然。“红灯照”门外悬挂二十个肮脏的破灯笼——比当年随着义和拳闹扶清灭洋的“红灯照”还夸张，到了天黑，真个灯火辉煌，以至于窗子下面那白底蓝字的墙体广告大老远就一目了然。唤作“尸体保鲜”——来自异乡的矿工死在矿坑，偶遇仁义点的老板还能往家里捎个信儿。走在古道上——千里万里来奔丧。老老少少，忍泪吃上人家几顿饭，千恩万谢，怀里揣的是两万块人命钱，抱着骨灰回故乡。

那时，含泪劝灾民的慰问大师余秋雨还没出山，这回乡之路该是多么凄怆。在这之前，尸体便存放在一个能制冷的玻璃柜里等人来。矿难频发，于是出租此柜竟成暴利行当。美名曰“水晶棺”。真幽默。这样的广告，黄河两岸比比皆是。

别扯远了，我膝盖冻得打不了弯，还是跟着金库找吃的吧。

三

方圆数里，数“总是情”家的后院大——有约二十亩地，其间有几座山似的煤堆。

来自雁北或关西的年轻汉子爬上煤车，大平铲锹哗哗一抡，连吃带喝带女人就都有了。本地付账方式多以煤块计，再以人民币佐之，买卖如何，一看后院便知。另有如“夜来香”“如家”“家外家”“俏嫂”亦都如此。

“总是情”的派头显然不是金库敢光顾的。他绕过一座煤堆，左手拎着猪头，长两根手指的右手灵巧地掀开“俏嫂”的门帘。其灵活程度甚至使我怀疑，人长五根手指是否多余。那身材比壮汉不差的老板娘，此时双手揣在袄袖里，守坐在桌边。

“你要做甚？”老板娘问。那口气，似乎是面对闯入民宅的不轨之徒。

“吃饭。”

“莫饭。”她是说“没有饭”。

“哎呀，你这不是个饭店？”金库问。

“莫菜刀。”她是说“没有菜刀”。

一阵轻声窃笑，靠房角，大圆桌旁坐着的三个女人一齐往这边看。“还装哩。”其中有人说。

坐下。

“有煮羊脑。”老板娘不情愿地说。

“行，你把那醋给咱倒上一碗。”

“喝甚酒？”

“沙城。”

“慧慧，拿酒。”老板娘吆喝。

三个女人都站起来，花花绿绿的一堆。我这才感觉她们的岁数都不大，估摸不过十五六，个个屁股长得比脸蛋成熟。那个叫慧慧的走过时，笨拙地扭着身子，顺势用胯在我后腰上狠劲撞了一下，我仰了个趔趄，狼狈至极。这让金库和其他人，包括那不会笑的老板娘都笑了。

慧慧从柜上拎了瓶沙城老窖，一边拧开瓶盖一边斜视我问："你是做甚的？"她的身体紧靠在金库身边蹭来蹭去。探过上身往这边倒酒，从宽大的粗线毛衣领口看进去，里面竟什么也没穿，晃荡着一对肥白的乳房。

"你是搞文化的吧？"见我没吭声，慧慧又问。这女人嘴唇鲜艳，浓密的头发略带微黄，两眼细长，颧骨又圆又高，她大概有蒙古族血统。我瞧见金库的手已经搭在她圆圆的屁股上，开始不安分，而慧慧似乎并不在意。"你咋有这长胡子？我摸摸行不？"她问。其他几个女人也饶有兴致地看着我。

"咱是算命的。"我说。

我暂时还不想归流于"搞"文化，也不想活不会活，死不会死，有病遮掩，无病呻吟地做个有肉无骨的化内之人。

我的话使女人兴奋起来，两个围拢上来，无一例外地伸出右手要算命。甚至那老板娘也站起身靠过来，脸上有了好奇的样子。另一个则将金库微笑的猪头移放到墙边地上，悄声站到我身后。这女人小小身形，略黑皮肤，高额头下有一双流动的大眼眸。霎时间，气氛变得轻松，娼女的脸不再冷漠，也不再是无所谓的模样。渐渐地，这些面孔浮现出女孩特有的顽皮和天真，神情专注地听我解释手相。这些干过农活的手结实有力，指甲缝里有黑色的煤屑，虽说她们身上满是高锰酸钾和廉价的驱虫花露水的气味，但俨然仍旧是些少女，她们是农家的女儿。

老板娘把滚烫的羊头连汤带水端上桌的时候，金库早已拉着慧慧和另一个女孩去了后院。他"好像还是饿了"。

我大概可以想象出后院的情景——高大的煤堆旁有一排简陋的平房，里面没有火。用红砖垛支起的床板上铺着又黑又脏的被褥，散发着汗脚和煤烟的臭味。此时，那上面赤裸地蠕动着三具无奈的躯壳。数年前，在考察参合陂战场的途中，艾米坚持要住这样的地方。如今却成记忆。

天黑了，窗外北风呜咽，那油黑的地面已经变得白茫茫一片。而远处漆黑古原深处闪动着长串移动的灯光，无休无止，沿着鸡鸣山下古老的道路，源源不绝地流向东方的港口。这让我想起慕容垂悲愤的血。想起永乐的北征大军，战士们敲击着军鼓，低沉的号角声在河谷中起伏回荡。想起土木战场遍地的尸骨。无量头颅无量血，换来了宝藏，也换来了今天的苦难，换来了海岸边虚假的繁荣和少数人的富足。

又扯远了，这些事于我无关，我只是个走路之人。

“你叫甚？”我问那瘦女孩儿。她一直不知所措地看着我。

“珠珠。”她回答。

“假名吧？”

“是。”

“你不带上个黄米？”老板娘冲我问。古道边的人把妓女称作“黄米”。

“我阳痿。”我笑答。

“高高大大，不能！”老板娘也笑了。

“不幸(信)你试试看。”我说。

老板娘大笑起来。“嗨呀，还征(真)以为是文化人哩！”

我从兜里摸出钱，拿出十元放在桌上，对满脸沮丧的珠珠说：“这钱给你，给我倒酒，和我说说话。”

那女孩开心起来，我又拿出五元交给她，在她屁股上拍了一下：“这给你老板，算你出了台子。”

这下老板娘真的高兴了，“你这人不赖。”她说。

十五元钱买了好人缘不说，还弄了个小妮子陪酒。这小把戏使我心安理得地喝下第一杯。刚刚揣摩放浪形骸的魏晋名士，却又一下子惶恐起来。在这大雪飘天的荒郊野外，面对这幼小的“黄米”，却胆敢想起那个钱塘苏小小。真是俗中之大俗。整天的欧阳玄、金幼孜，这些究竟与我何干？自以为历尽数十万里之路，道这沙城的酒确是好酒。元代，专供宫廷的酒坊称为御酒务，其地就在怀来故城的南城墙下，白虎桥边。泉水称为酿泉，据说水色金黄。现已不见于官厅水库。

到了1696年9月，康熙率领他的八旗军远征噶尔丹，过鸡鸣山前路遇此酒，急忙弄了几瓶驰送北京的皇太后，沙酒从此扬名。那时候，此地的酒坊竟达五百余家。每逢灾荒，朝廷每每严重诏令封缸减产而收效甚微，可见烧缸造作之盛。

隔着窗，我向鸡鸣山望去，荒野山风雪正劲，漆黑的山顶颤动着数点孤独的灯光。山后的云天隐隐泛出淡淡的昏黄，那下面该是下花园的万家灯火。

527年，一位了不起的人被杀死在临潼东面的驿道上。和他一起赴死的，是他的两个儿子和一个弟弟。这便是五十七岁的郦道元。

郦道元在他不朽的名著《水经注》中，对我眼前这座山有如下描述：

……下洛城东北三十里有延河东流，北有鸡鸣山。

这里说的延河即今天的洋河，如今，它依旧在鸡鸣山南默默地流。只是那河水变得腥臭，鲜见鱼鳖。

郦道元的死与唐太宗东征相距一百一十八年，而他生前所著的《水经注》就已经提到了鸡鸣山的名字，可见唐太宗绝非闻此鸡鸣第一人。连欧阳玄、金幼孜这样的名家尚有此误，金库的秦始皇说又何足道哉。

“你这人不爱说话，想甚？”珠珠坐在我边上两手支着下巴斜脸看着我。这孩子有一对流动的大眼眸，令我想起爱听我讲故事的女儿。

“想过去的事儿。”

“你咋知道这多事？”

“做梦梦见的。”

“你算命挣钱多不？”

“咋，你想学学？”

“你能不能给咱好好看看，往深里算算？”

“不能，我收费贵哩。”

“好多钱？”

“三百五百不嫌少，三千五千不嫌多。”

珠珠沉默了，一会儿，她站起来给我倒上酒。

“咱没这么多钱，钱都寄回去了。你给咱好好看看，咱白让你睡。”她说。

我瞅着她流动的大眼眸，突然感觉到了自己的没意思。珠珠是认真的，她那样渴望窥探自己的命运，如同想窥破这荒原上无底的黑暗。而我的谎言恰恰像鬼魂一般游荡其中。

“咱的猪脑呢？”金库一边系裤腰带，一边从后门进来。一屁股坐到桌旁，伸手去抓珠珠手中的酒瓶。

这时，一辆巨大的载重卡车摇晃着开下古道，直冲“俏嫂”而来，雪亮的车灯从窗射入，把店内映得如同白昼。那卡车在煤堆旁停下，两个人影从车上跳下来。

老板娘两手揣在袄袖里走到窗前，冷静地瞅着窗外。显然，她可以凭借外面的声响和人的动作估摸出卸下多少煤。

不一会儿，这两个人一前一后进了门。前面的脸上挂笑，估摸有五十几岁，身上穿着油乎乎的警察服，一件邮局的老羊毛绿大衣斜挎在左肩上，同样满是油腻。紧跟在后面的是个身着光板羊皮坎肩的少年，高直个头，方方的肩膀，白皙的脸上闪动着稚气未脱的大眼睛。一进门，就傻乎乎地站在店中间一动不动，头发上的雪水沿着脸庞流下来，留下蚯蚓似的痕迹。

老者径直走向柜台。

“酒。”他说，他把“酒”说成“旧”音，我知道这是雁北人。

“咋，不吃饭？”老板娘一边拿过两瓶酒一边问。显然他们是熟人。

“急呢，给咱拿上几个馍。”老板娘又给他拿了馒头。

“你再给咱拿上个绳，徒弟鞋开了。”

我一直瞧着地中间的少年，他的眼睛突然变得不安，我顺着他的视线看去，慧慧出现在后门口。这女孩变化之大令我吃惊，她换了一身牛仔服，里面衬上铁秀红的高领毛衣，手中还拎了个小小的牛仔包，除了身子略显丰满，那表情活脱是个农村的中学生。她看着男孩儿，竟然羞得满脸通红。

“把慧慧交给咱们带上，带上她看看秦皇岛。”古道上的司机常常把相好的女人带上车，回来时再放下。见老板娘没吭气，老者扭头冲少年说：“去再给你婶卸下两锹煤。”

少年和慧慧跑出门时，金库用只剩下两根手指的右手敲着桌子，无限感慨地说：“这个老娘儿们，刚才对我还好着呢。”他的话让珠珠和老板娘大笑起来。

“你得看好你那媳妇，可别跟人跑了。”我说。

老板娘瞅着窗外：“慧慧怕是不能回了。”她说。

我望着窗外，看着少年从后面抱住慧慧的腰身，一下子托举起来，把她放进高高的驾驶室。有年轻的笑声从风雪中传来。车的大灯并未关闭，可以看见硕大的雪片像无数白蝶围裹着灯光飞舞。房檐下的几挂破灯笼，在风中撞击摇荡着竟然不熄灭，远近的雪地上撒下一片血红。

腊河口记事

一、灵海儿

我一直想弄清623年(武德六年)，唐与东突厥腊河口战场的确切位置，这场战役也称为马邑之战(非西汉马邑之战)。战役结果，唐使用政治阴谋及和亲手段，使东突厥不败而败，失去了雁北地区的控制权，最终导致其霸权地位的衰弱，也促成盛唐崛起。

马邑最初故城，当位于现朔州城西北角，后迁朔州以东，南至雁门关约三十公里，北距林家口直线约十三公里，基地居桑干河之北的纵向古道中。因此，腊河口战场，即突厥出兵主路当在林家口一带。我于2001年来到林家口。正是与灵海儿同时。那之后，我又十数次来过这里。

灵海儿姓林，雁北人把“林”叫成“灵”，我也就把他称作“灵海儿”。

灵海儿住在林家口村，他虽说姓林，但并不是林家口人。四年前，他带着个年轻女人来到这儿当了矿工，住下了。

灵海儿干的是一线工，月工资八百块。那会儿，干一线的都是外来人，本地人只干技术工，电工、维修什么的。灵海儿能干，十二个小时一个工他常连干两个。林志文老汉说，他要不能干，他女人也跑不了。他在下面卖苦力，工头在上面睡他女人。

这样的事我在矿区常有耳闻。

“他从哪儿来？”我问。

“鬼都不知道他从哪儿来。”林盛说。

我初来时见过那女人，吃过她做的菜，也记得她手指很长，好像说是湖北房县人。那时的灵海儿高直个头，脸膛儿干干净净，刮得发青，叉开长腿站在院中央，一板斧下去，米高的圆木滚子一破两半。

“我家的柴煤像山不？”灵海儿问我。

“我会做鱼，这鬼地方，去哪里也没有江鱼。”灵海儿的女人这么跟我说。至今，我记得她把“去”说成“克”音。

过了两年半，我又来了林家口，拎了烧酒去看灵海儿，炕头儿摆着两个男娃娃，一对双儿，窑洞里不见了他女人，说是带了钱跟浙江工头跑了。

这一次，来的时候我就想着灵海儿，特地带了酒给他。昨夜里一到了林盛家，我就想去看灵海儿，老林说要去打兔子，去不成。

“那两个娃娃怎样？”我问。

“好哪，老大丢了，老二病着呢。”林盛说。

“丢了？”

“下井了不是？圈在炕里头，回来不见了人儿，剩下个小的。”

“哎呀！”

“好哪，偷了卖了，赶上个正经家，人家疼呢。”林盛说。

“跟上个挖煤花子朝哪儿活？”林盛媳妇说。

“你说甚，我这不是个挖煤花花？你没活成？”林盛白了媳妇一眼。

灵海儿住在矿上，和外地来的人住在一起。本地人不和外地人住一道儿，本地人住村里，村在对面峁上，缺水。和这边隔着大沟，沟底的水哗哗地流，别看清凌凌的，可这水不能喝，这水是从沟里几个小煤窑流出的，有毒。过水地界不长草。

早间，我和林盛从北边大烟墩沿着土道往回走，这路是古道，近两米宽，直连着杀虎口外。我想那时的车轴长度不会超过这个宽度。

我们穿过黄土坡上一片低小的树林。林盛弯着身躯，右手提着枪，枪口冲下，左手拎着一个编织袋，里面有大大小小七只野兔。这时天刚蒙蒙亮，薄雾中的树叶一片朦胧的鲜红和金黄。

“你得把枪放袋子里。”我说。

“莫事，给咱点上根烟。”老林说。

“那就歇会儿。”

于是，我俩坐下来。他用舌头舔舔枪背上的商标，再用袖口仔细抹了抹枪身，那枪身很短，双筒，虎头牌。

“年前公安劝我买，六千元，还有证。不过一年就吼要上交，上交也不还钱，抢咧。”他从身边找了根细树枝，从中撅断。

“那是你开了煤窑，有钱。”我说。我知道林家口买通了国有大矿的矿长，在主矿脉边上掏了斜井，但主要收入要回扣给矿长和市里各衙门。村里人有了工作，挣上工资，大概能分个百分二三。于是选了林盛当村支书，因为他为村上谋了幸福。

“我那能是煤窑？我那能是个煤窑？靠个骡子往外驮，嗨，还不够他们咧。”

说起林家口的骡子们还真值得一提。骡子们早晨六点钟准时下井，下午六点钟歇。每到下班时间，任打任骂绝不再干。再逼急了，所有的骡子一起怪叫着奔井口——罢工啦！谁也拦阻不了。我起初不信，下至井底三百米深的工作面上一看，果然如此。

“嗨嗨，比咱人强啊，别看这些畜生。”林家口最有学问的老汉林志文对我这么说。

“我说，你该不能像个灵海儿荒诞下去，也该讨个婆姨。”老林似乎有了精神。

“没钱养，等你挣着钱再说。”

“嗨呀，又不是我讨，做甚等我挣了钱？”老林认真起来，直起身来，把枪放在袋子上。

“那就少问，再说，就是看上你能有办法？”

“只要是咱林家口的。”

“林锁媳妇我瞅上了，你能说来？”我说的是林家口有名的俊俏女人。

“嗨呀，人家正经婆姨，肚都这么大了，你当人家是‘黄米’？”老林在肚子前画了个弧形。

停一会儿，他突然独自笑起来。

“兄弟眼不懒，惦挂她的人可有哪。”老林说。

太阳上了山梁，阳光穿进来，斑斑驳驳洒在林子里。草芒上发出淡淡光晕，昆虫翅膀上的露水干了，四处开始发出飞舞声。一声沙哑的鸟鸣从林深处传来，仿佛尺八发出的劈裂的声响。林盛小心地慢慢站起来往远处看，又慢慢蹲下，轻轻把枪插进口袋里。他把手指竖起来点点嘴唇，又往林子里指了指。

“像是灵海儿。”林盛小声说。

我看见的灵海儿吓了我一跳，脸儿黑漆漆的，只有两眼圈下面露出两块儿皮肉。他似乎矮了好多，驼了背，怀里搂抱着脏布包，那里面包裹着的分明是娃儿。他腋下夹着一把铁锨，矿上救火的那种，红漆木把，把头上开发成了三角形的扶手。

林盛呼地站起来，像一堵边墙。

“你咋，你做甚？”

灵海儿也站下，好半天，他才开口。

“我儿殁啦。”说罢，他把娃儿轻轻放在草地上，往边上走了几步，靠着一棵树坐下。从肮脏的衣袋里摸出瓶烧酒，拧开盖灌了一口。那酒瓶是透亮的，商标是白的，黑草书写着“火爆”两字。

“你真能。”林盛上前，蹲下，打开头盖。

我看见那小小的脸膛儿像玉片儿一样雪白，长长的睫毛低垂着，挡着微睁的眼睛。鼻子下和嘴角有流出的污渍。

“你真能。”林盛又说。他站起来，想了想，脱掉外罩甩在地上，又脱下衬衣，那衬衣领口油黑。

林盛光着膀臂，小心地把布被打开，见那娃儿光溜溜地。

“啥时殁？”

“昨黑夜。”

“咋没硬？”

“不知道。”

“衣裳呢？”林盛问。

“不干净。”灵海儿说。

“酒。”林盛冲他伸手。他把酒说成“旧”音。灵海儿左手撑住地，半趴着伸出右手把酒递过。之后，晃悠悠地站直身子，拄着那把锨往林子深处踉跄走去。

“嗨！”林盛把衬衣团成一团儿，把那瓶酒全倒在上面。

“好娃儿，莫哭闹，把脸洗白白儿。”林盛这么说着。

他从娃儿的头发和脸轻轻擦起。他擦得仔细，那娃儿的头发开始有了光泽，柔软地覆在圆圆的额头上，眼睛不知何时闭上了，他这一睡将永不再醒。

从林子里传来缓慢的掘土声，四下寂寥，这是九月的一天，蜂鸣中的阳光依旧温暖。在那娃儿的身边盛开着白色的满天星和淡蓝色的兜兜花，远间还有成片的野金菊。林子外便是古道，静静地通向遥远的突厥故地，那儿有一块石碑，叫作阙特勤碑——在蒙古国的乌兰巴托附近。而眼前，胡麻花把山坡画上一道道的淡紫色，在圆圆的丘陵上有土台，像女人的乳头似的。那是明代的烽燧，是嘉靖朝余子俊的作品。

林盛用那块布再一次把娃儿包裹好，小心地抱起来，“哎！”他重重地叹了口气。我从草上拾起他的外罩和滚落的两颗子弹，拎起那只口袋，跟在他身后往密林深处走去。

二、农历四月初六

农历四月初六这天，是祭拜窑神爷的日子。每个矿井口都挂上红布帷幔，天色阴冥，那些红色显得耀眼。远处是高山，山上有孤零零的土丘。可为什么没有河呢？如果这山确是元姬山，那么山顶这烽燧就该是明代的腊河口墩。在北国荒凉的原野和山岗到处有沉默的烽燧，每个残破的墩台都曾经有自己的名字，只是它们已经死去，因而不为人所知。有谁会记得一个死去许久的士兵的名字？

灵海儿蹲在矿洞洞边上吸旱烟，他穿着一件军用的黄棉袄，看起来就像一团黄土。他抽的烟叫作一口儿香，烟管用细白的羊腿骨做成，已经搓磨出海棠果一样亮亮的鲜红，这让我想起祖母生前曾送我一串佛珠，那是用舍利子穿成的，每粒珠子都是这样的颜色。

羊腿骨前面有小指粗细的铜烟锅，灵海儿把烟丝揉成一小球放进去，点燃抽一口，噗的一下将烟灰吹出，再放入一小球烟丝。

灵海儿从半年前死了儿子后似乎利索许多，他的脸又刮得发青，脸色也越发苍白，兜儿里总揣着一支半尺长的短箫，时常拿出来呜呜吹几声，每到发薪，就搭上拉煤车往城里去。只是他的背再也没有直起过，他睡进了窑上的工棚，再也没回先前的窑洞。

井口已经搭上一块木板，板沿上并排压上两张黄纸。一书“土地窑神爷爷神位”，一写“比干爷爷神位”。我不知这比干是否财神，道教的确把比干称作“天官文财尊神”，为“三元”之首。或者就是因为比干乃林氏先祖，因而得了林家口人香火。

地上三只粗瓷大碗，一碗带尖的油炸豆腐，一碗满满的荞麦饸饹，上面架着肥肉片，还有一碗内摆了五个白面大馍。林盛哈着腰，把一只肥大的白猪头往前码。他扭头看我一眼，嘿嘿笑了。

“晚上弄了给你吃。”他说。

那猪头的表情充满欢乐，笑眼迷离，似乎对自己的一生打心眼里很满意，死而无憾。

从黝黑的井底发出嘶喘的声响，像哮喘病人从喉咙里发出呼唤的声音。井口往外翻腾着灰白色的蒸气。那蒸气暖烘烘的湿，浸过我的身躯，含着淡淡的硫黄味。要下雪了，远空彤云低垂，我感觉一切仿佛正在死去，我已看不见远山那孤零零的烽燧，这鬼森森的日子是矿工的节日。

天上开始飘落零星的雪花，林家口外左侧的山谷里升腾着一股股浓烈的白烟，那是大沟壑边上，众多的小石灰场在啃噬这山谷。我猛然意识到，进谷口时，黄土道右侧似乎有高高的石坝，起初我一直以为那是道护坡。

“咱口子里过去可是有条河？”我问。

“有呢，你不见口子上有个水库？”林盛说。

“那是水库？”

“嗨呀，那不就是个水库，泥没啦？”他的意思是水库被泥沙填满了。

“河呢！”

“渗了，春冬本就没水，你没再见有那么多矿？”林盛总算把那猪头摆得满意，搓搓大手掌，挺高兴。

“晚上大嫂弄了你吃。”他又说。好像我是那窑神。

我的心微微震颤一下儿，假如确曾有河，那就有了最主要的依据。无论从地望、位置、距离来看，此河确是腊河无疑。那么此地便是腊河谷口。

隋亡后，其版图割据林立。各地方势力依附于北方东突厥汗国，突厥遂成霸主。即使是唐，也不得不臣服其足下。

唐武德四年，即621年后，在逐步歼灭中原割据势力的同时，唐与突厥双方围绕马邑城展开激烈的争夺。控制马邑可视为对桑干河流域的夺取，突厥丧失马邑，李唐将封堵桑干河南岸沟注山的阳方、雁门、五回、飞狐等突厥南下诸口，使战线压向草原。同时，这里亦是马匹的重要产地，春秋赵国正是在夺得代地后，开始“胡服骑射”变为七雄之一。而腊河口古道，恰好是草原通往雁门最便宜走的道路之一。先前因为没了河，加之地名多有变化，使我一直无法确定其位置。

《资治通鉴》载：武德六年(623)秋，七月，丙子，苑君璋以突厥寇马邑，右武侯大将军李高迁及高满政御之，战于腊河谷，破之。

明朝万历年的《马邑县志》将腊河口称为“喇河口”。

清雍正《朔州志》把这里称作“腊河谷口”。腊河谷口，在州东北四十里宝宁山腊河口内。东西两山，蜿蜒而入，通马邑洪涛、平鲁黄草，左云大峪等山，即唐朔州总管高满攻破突厥兵处。显然，《朔州志》里提到的三个地名，一个是口外喇叭形的“腊河口”，另一个是口内谷地中的“腊河谷口”，还有一个是“宝宁山”，亦称“宝峰山”。雍正《朔州志》山川条称：宝峰山，在州北四十里腊河口内。中有圣佛严。明嘉靖间忽山麓倾裂，见出石佛两尊，一老一少，备极神工，其光如玉，其声如金，居民建寺于上，因以名焉。

林家口正在这宝峰山上，老林志文家东墙外有座废庙寺，恰恰称作“圣佛寺”。这里的所谓山，不过是丘陵中略高些的丘陵，所谓谷，仍水土流失形成的大沟壑。因而腊河口也称“腊壑口”。但向南一出山口地形就大不一样了，桑干南岸高山壁立千仞，明朝的内长城蜿蜒其上。

看来，或许是明代迁徙而来的林家口，逐渐掩盖了原来的腊河谷口，地名发生转换，腊河谷口不再为人所知晓。

“羊？”林盛问。他点燃一支烟，又甩一支给我。

“四叔牵着哩。”灵海儿答。

我望着峁上的林家口，高高低低错落着残破的窑洞。在它西南对面的元姬山下，密布着补丁一般的棚屋，那是羊剪煤矿矿工住所，此时，那里弥漫着一片浓烟。而林家口东北峁下大概就是腊河谷口，1377年前，这里到处飘扬着黑色的旗帜，那些旗帜上绣着金色的狼头，搏杀声震彻山谷。突厥人战败了，士兵们骑在马上，他们背着同伴的骨灰，一面用小刀割破自己的脸流出鲜血，一面流着眼泪退回草原。他们走过的道路至今清晰可辨。

我的想象里有条清澈的河流，从北面的莽莽丘原往南流去，它伴随着身边的古道流淌过漫长的历史，在林家口东南八公里处的洪涛山下汇入桑干河形成巨流，洪涛山因此得名。

如今，山下的黄道泉依旧喷涌不息，那是桑干之源。而腊河已经枯竭。

当矿工们陆续来到窑口时，天空中开始飘下雪花。最后来的是林志文，他驼背，穿件下摆空荡荡的光板老羊皮，脸上挂了老花镜，一把山羊胡子已经花白。他两手对插在袖管儿里，左腋下挟着两瓶烧酒和一卷黄纸，一根绳从袖口里拖向身后，牵了只肥硕的公羊。这位主祭者看起来极像个巫师。

一直蹲在边上抽烟的灵海儿兴奋地吹掉烟灰站起来，走过去用烟管敲敲羊角，大家围拢上来看那羊。

“让开让开。”林志文嘟囔，挺不耐烦。林志文从来不会笑。

“让开让开。”林盛喊着，伸手握住一只羊角往前拽，那羊两前腿抵住地面，不肯往洞口挪一步。于是林盛伸手握住另一只羊角，两手往前拖拽，拽不动。

“嗨呀，放开放开。”林志很不高兴地说。他把酒和黄纸塞给林盛，后背抵着洞壁蹲下，从怀里掏出一条雪白的毛巾，一边擦拭羊脸一边嘟囔着。

“羊，莫怕，把脸洗白白儿。羊，羊。”他扭头回视矿工们。

“都跪下！”他说。“都跪下，灵海儿跪下！”他又说。

刹那间，我想起半年前埋葬灵海儿娃儿时，林盛也这么说过。这当儿，没有一丝风，鸭掌大小的雪片开始纷纷扬扬地朝下掉，四十几个矿工在窑口跪了一地，雪落在他们身上，他们像是活的祭品。

林志文从肩膀头拔下一根针，搂定羊头，用针将羊耳挑破。血滴滴答答流下来，林盛忙摊开黄纸接那血。黄纸上写了很多字，不一会儿，纸被染红了。看起来，诸神嗜血。

“羊，羊，莫怕。你朝窑神爷爷说说，咱动了它财宝，咱没办法，咱没办法。朝它说说别动怒气，咱感恩，咱好菜饭祭祀它。”

林志文擦拭着羊脸，我猛然看见羊眼睛里流出大滴的泪水。

“酒！”林志文喊。林盛赶忙拧开瓶盖儿递上，老人接过来后往羊耳里灌了一点儿。“羊，莫怕，大礼。羊，大礼！”林志文抚着羊背说。

气氛紧张，所有的人一动不动地盯着这羊。远处传来炸山体的轰响，好一会儿，那羊晃晃头，凄切切地叫了一声。

人们明显松懈下来。

“成了。”有人说。

“窑神爷朝这儿笑呢。”有人说。

“跪下跪下。”林志文冲大家说。林盛膝行往前，拿出打火机点上香，又点燃林志文手里端着的沾满羊血的黄纸。众人开始磕头，前额碰在地皮上。

伴随着越发清晰的嘶吼声，从矿洞里翻滚出股股浓雾令我心颤，那只羊似乎醉了酒，蜷伏在一边再也没有了声息。我想起我所见过的那些萨满巫师，在和神鬼对话后大都如此状态。

不同的是这只羊将被宰杀，因为它看见了神，但神是不可见的。犹如历史和现实，想要窥伺真情，必将付出代价。

附录

腊河口战争的胜利，导致突厥更大规模的进攻。战场转为腊河口西南二十公里处的马邑城。那时的马邑位于朔州市西北角，而非后来神头南面，桑干河边的“马邑故城”。《资治通鉴》载：武德六年(623)九月初，苑君璋引突厥万余骑至城下，满政击破之。颉利可汗怒，大发兵攻马邑。高迁惧，帅所部二千人斩关节遁，虏邀之，失亡者半。颉利自率众攻城，满政出兵御之，或一日战十余合。上命行军总管刘世让救之，至松子岭，不敢进，还保障城。会颉利遣使求婚，上曰：“释马邑之围，乃可议婚。”颉利欲解兵，义成公主固请攻之。颉利以高开道善为攻具，召开道，与之攻马邑甚急。颉利诱满政使降，满政骂之。粮且尽，救兵未至，满政欲溃围走朔州，右虞候杜士远以虏兵盛，恐不免，壬戌，杀满政降于突厥，苑君璋复杀城中豪杰与满政同谋者三十余人。上以满政子玄积为上柱国，袭爵。丁卯，突厥复请和亲，以马邑归唐；上以将军秦武通为朔州总管。

李高迁逃走遇伏，高满政坚守马邑。仗打得如火如荼，颉利却在此时遣使求婚，唐以解围为条件，而隋朝时嫁到突厥的义成公主却催促攻城。城中守军发生哗变，杀满政降于突厥。然时仅逾五日，丁卯，突厥复请和亲，以马邑归唐。唐与突厥背后到底是怎样低三下四的勾当，或许永远不会为后人知晓，但唐终于取得马邑，其战略意义异常深远。

三、大风雪

林盛家年前盖了三间瓦房，里面格局按城里人的住房安排，竟然还装了坐便器。只是这玩意儿谁也不曾用过。

“莫水，把尿在屋里，嗨！”林嫂看一眼林盛说。她的意思是在家屋里排泄，脏。

房子盖了，不等抹上白灰，后墙就裂了口子，从上到下，越来越多。于是新房就变成了危房。

“嗨，下面都掏空咧，啥时轰地下去，你就找不见林家口。”林盛对我说。

我没回话，坐在暖烘烘的土炕上抱着一本《朔州志》看。

突厥人走了，我们的先人们走了。

爱国官员的孩子们走了，有钱人的孩子们也走了。有姿色的妓女走了，更爱国的文化学人也走了。他们在遥远的城市和国度，炽热地爱着祖国和故土，盼望她强大起来。他们是乘着东去的煤车走的，那煤车长长的，每一列都有六十节以上，载上四五千吨煤炭——都不会再回来。

剩下这些“没办法”的挖煤花花，还有这长满癞疥的土地。

西边不远处就是黄河峡谷，我记得那段歌词儿，“你到过黄河吗？你见过黄河吗？如果你已经忘了的话，那么，你听吧！”黄河往大海里搬运泥沙，黄土高原的土都不愿留下。现在黄河老了，不再咆哮。说实话，黄河原本就不咆哮，除非下游决了口。年复一年，那黏稠的泥流默默地往前流。

而窗外，对面遥远的元姬山下，羊剪矿上的漆黑夜里灯火通明，有机车头的汽笛声在川谷中回荡。林家口的煤炭正在赶夜车奔向秦皇岛。

至于林家口啥时轰地下去，我的确不知。因为我不是窑神爷。

太阳一落，北风就从草原那边吹过来，呜呜呼啸，这使我想起矿井的声音。

我能看见外屋闪动的火光。柴锅里，那只本该给窑神爷的猪头怕是熟了，肉汤沸腾的声音伴着阵阵浓香令人向往，这汤汁里定是放了林家口的土豆。林盛的几个孩子围着灶台闹腾着，欢声笑语传进来，此时，窗外大雪飘飞。窗玻璃上的雾气凝成水珠往下流淌。就在大女儿秀秀端上碗筷时，我猛然发现灵海儿远远蹲在院子里的矮墙下面。他定是蹲了好久，肩上落了厚厚的雪。见我隔着窗子瞧见他，就站起身，一面扑打身上的落雪，一面向我举起一瓶酒。

“嗨，这灵海儿！嗨！”林盛说。

秀秀这会儿飞跑出去，我瞧见她在雪中牵着灵海儿的衣摆往回拖拽，灵海儿一只手抚着秀秀的头，另一只手仍旧冲我举着那瓶酒。

“嗨！”林盛叹气。

“灵海儿吼叔去喝酒。”秀秀跑回屋，抹着脸上的雪水说。

“你咋不叫他进来？”林盛说。

“拽他不进。”秀秀说。

我下炕穿上靴子，应该去喝灵海儿的酒，我想。这样几个孩子就能吃上肉。有了客，媳妇孩子都不能上席，只能等吃剩儿。

大雪没了腿肚，我跟了灵海儿往沟下去，沟下有两个煤窑，一个是林家口村的，今天上午祭祀的那个。另一个较大，有轨道，被区上包给温州人，这矿不用骡子驮，是用卷扬机往上拖，拳头粗细的钢缆索每次拖上来四辆矿车。这四辆车，把缆索绷得紧紧的，砰砰地弹打着地面，这声音昼夜不得停歇。

“我有羊脑肉咧。这又给这多猪脑肉。”灵海儿小心端了一盘猪头肉往下去，对我说。或许是要和我喝上酒，灵海儿似乎很高兴，一面深深浅浅往下走，一面冲着大雪吼唱起来：

妹妹要走，哥哥我不叫走
一把拉在那怀里头
弯下身子亲上一个口
哎哎咳哟
再揣那绵奶头
妹妹要走，哥哥我不叫走
一把拉在那炕里头
铺了褥子再摆枕头
哎哎咳哟
再美也可不敢吼

这歌声在风雪中时断时续，使我想起《诗经》。窑上的灯将沟底映得雪亮，透过灯光，可以看见纷纷扬扬的大雪片儿，随着北风优美地翻舞。煤堆被雪覆盖，那钢缆索的声音砰砰地震荡山谷。

灵海儿住的工棚没有门，对着门框有一铺火炕，炕头上的黄泥灶煤火熊熊。炕上没有席，一头铺了水泥纸袋，一卷红色铺盖撂在墙角上，而另一边码着一堆酒瓶。看来灵海儿是真打算请喝酒，炕当间铺了报纸，上有一小盆炒鸡蛋，另一小盆内有劈开的煮羊头。我想起早上祭窑神的事儿。

“这羊会哭。”我说。“人也哭，窑神也吃。上炕。”灵海儿说。

他从怀里掏出酒，那酒瓶外包着雪白的衬纸，哗哗响。他撕开纸举到我眼前一亮，是一瓶汾酒。

“你有才学，喝这。”他说。把酒递给我。又掏出一瓶“火爆”拧开盖。

“我喝这。”他说罢，对着瓶嘴儿仰头灌一口。

他上了炕，想起什么，扭身从铺盖下摸索出脏兮兮的小本子和一支圆珠笔，趴到炕沿上往本上画些道道。

“做甚？”我问。

“记工。”他回答。

“又上两个班？”

“我给它上两个班，一个月才给我六百块钱。”

“不是八百吗？”

“嗨，那是本村人。”

“林志文说你不该上两个班，婆娘跑了不是？”

我忽然想起林志文，这老汉七十有六，在窑上灯房管矿灯。这灯房就在灵海儿隔壁。门外有两棵杨树。对面是十几米高的黄土峁，他家就在峁上村口。那儿也有两棵杨树，林志文老母九十三岁，裹着一双小脚在村里的黄土道上走得利索。每天中午十一点，老太太会准时出现在家门口，手扶着杨树冲下面喊。

“志文，回家吃面哟。志文，回家吃面哟。”老人的声音不大，却清晰幽婉。至今，我似乎还能听见。

半瓶酒落肚，灵海儿高兴了。把火钳插进灶火，爬到炕角抄起只空瓶“砰”的一声砸碎，从炕上捡起一片碎玻璃坐回来。他掏出那支短箫，拔下箫嘴儿，用玻璃片儿轻轻地刮。

“灵海儿。”

“咋？”

“给咱来段荤的。”我说。

“想咧？明白天领你去。”灵海儿说罢想唱，却停下了。

风凶猛地刮，门口那盏极亮的灯摇晃着。往门外望去，落雪发出幽幽的光，在那钢缆砰砰的敲击里，隐约传来女人纤细的呼唤声，似乎是在呼救，或者是哭诉。

我俩同时下了炕走到门口，外面白茫茫，雪地上没有足迹。那声音从黑漆漆的峁上传来，伴随着大雪从天而降。灵海儿往上指了指，我猛然望见一团火被风鼓上夜空，借着火光掠过的刹那间，我看到一个矮小的身影一闪即逝，那火团被风吹散，一些纸钱和火星飘落下来。

“林志文老母给孙子送钱咧。”

“林志文有儿子？”

“两个，和我一个样。都殁咧。”灵海儿伸出两个手指。他喝多了，舌头发硬。

“怎么死的？”

“嗨呀——飞车，杠死的，俩个儿，嗨呀。”

“什么？回探？”我没听懂。

“嗨呀，一次拉四个车，他们给挂了八个，钢丝绳绷断，杠死。也是浙江老板包的吗。”灵海儿说。

我听着风声，向矿井口望去，那钢缆抽打大地的声音异常凶险，我想象着八吨矿车是怎样冲向矿井，怎样碾过那对双胞胎的血肉之躯。

“上报了？”我问。

“莫。私下赔他六万。”

“为啥不报？”我问。

“这两矿都非法。村里人都在矿上，封井，咋活？”

“不是区上承包出去的？”我说。

“区上人私下包出去，也非法。”灵海儿说。

“那让林志文怎么办？”

“就是林志文不叫报，他说那不是我的儿，是我的儿就不死。”

灵海儿用手抓了块肉，吃了一口。

“其实他林志文心里疼得厉害，他疼得厉害。他说，我绝对对得起这个村，嗨呀，他说那不是我的儿，他心里疼得厉害，就拿我说，也疼。”

灵海儿说完就再不吭气了，他把刮好的哨嘴儿插在箫管儿头上，呜呜地吹起来。我知道他醉了。

四下静极了，只有那条钢缆发出空洞洞的击打声。峁上不再有那老女人的哭诉，她的两个孙子收到她的钱了吗？塞外的漆黑夜无边无际，风在荒野上劲吹，仿佛裹挟着无数不散的幽灵。在山西我还没见过这么大的风雪，雪无休无尽地飘落，似乎要填平所有的沟壑，填平这腊河口，埋葬一切。

灵海儿背靠土墙，脑袋垂下来睡着了。他流着口水，那短箫还握在手里。我想着刚才他说的话：

“就拿我说，也疼。”

我下了炕，把灶上加满煤块儿。之后上炕也靠墙坐下。我想看着门外的雪，呼吸这冰冷的北风，只有这样我才能自由地喘息。

那天夜里，我梦见了很多很多眼泪，我还梦见在雪地里站着那只祭祀的公羊，不停地叫，像是唱歌。

古道考察游记节选——石佛

在那一天，大地逆转，江海倒流
太阳将会熔化
在钴蓝色的夜空深处
汇成壮丽的火河
涅槃时刻，世间所有的钟将会鸣响
敦煌的石佛将走出冰冷的洞窟
在风暴弥漫的大漠上形成无尽的链条
天宇中震落着诵经之声
犹如大海奔腾的怒潮

——武钺《涅槃》第九节

一

1368年9月11日(元至正二十八年闰七月二十九日)这个晦暝的凌晨，元惠宗心里一定挺难受。他领着他的皇太子和各族后妃北出大都的健德门，其中当然也包括他的朝鲜籍皇后完者忽都。

由百来人的臣僚组成的侍从队伍相随前后，其中也掺杂各族人氏，其内就有来自叙利亚地区的基督徒哈喇子，海天秋阔雁呼霜，篱落风凄菊破黄。昨天，这位诗人流着泪水力阻惠宗弃国北去，而此时，朱元璋的北伐军已经占领了东边儿不远的通州。

在走出国门，永无归日的时刻，哈喇子一定思念着他的爱子，远在金陵的元曲作家文石。

哈喇子的诗歌和书法，或在元末战乱中遗失，或被后来的统治者有意识地销毁殆尽，直至1991年前后，中国人才在日本内阁文库看到他的《南游寓兴》，这是日本江户时代的刻本，它使中国的元诗词曲库中，增加了360首作品。

那时的大都城北，分布着低矮的沙丘和绿色的草原，湖泊众多，清河与沙河湍急而清澈，远方的山岭岗峦葱翠。

元惠宗就这么挺难受地，一边儿唱着悲伤的歌，一边儿往北走着。有个汉人官吏跨马赶上来，这位便是哈喇子的下属张佶，虽说后人大多称其为刘佶，但他自已的确说过他叫张佶：初九日，诏观音奴公赍手诏赐扩廓帖木儿王，征其入卫。观音公奏请以监察御史张佶从行，上允之。初十日，佶从观音公入见。十一日，启行。

日记至此终止，和哈喇子一样，张佶从此后再无消息。

正是这位张佶先生，在颠沛流离的惶恐之中写下了《北巡私记》，自二十八年闰七月至三十年正月共十一月之事，佶所知者撮其大要载之，以备异曰掌故。

在湮没522年后，即1908年，大学问家，《新元史》的编撰者柯劭忞先生使之重见天日，《北巡私记》极其翔实地记录了这场近百年大戏落幕的最后时刻，这唯一幸存于人间的末世笔记，使一位本无可能留下名字的小官吏，着实为蒙元帝国的尾声留下浓重的一笔。他的姓名也因而得以彪炳历史。

在《北巡私记》所记述的三十日这天，先生作如下记录：三十日，雨。车驾次鸡鸣山。辽阳行省左丞相也先不花奏至，请入觐，诏止之。是夜，鸡鸣山西北峰崩，声如巨雷，御营中人马皆惊。上御行殿召见群臣，以为贼兵奄至。黎明，抢攘始定。

七年后，金幼孜先生的《北征录》再次提及这大雨之夜，1357年冬季(明永乐八年)，五十万明朝军队冒着寒风和大雪进入草原，意图寻觅蒙古主力以与其决战。路过鸡鸣山时，永乐皇帝指着西北一座怪石嶙峋的山峰对先生说："这就是鸡鸣山，从前元顺帝北亡时，山忽然崩塌，那声响如雷鸣一般。等到明天路过时就能瞧见啦。"

金幼孜先生在《北征录》中继续写道：十七日发鸡鸣山，山甚峭，上有斥堠，下有故永宁寺基，有欧阳玄所误碑尚存。其西北崩处土石犹新，其下即浑河，流出卢沟桥，有石柱数十比列于河侧，其半出地上。

张信先生告诉我那个大雨之夜发生山崩的具体日期。而金幼孜先生则留给我更多珍贵的信息。

首先，永乐皇帝指示鸡鸣山时是在宿营地，其地点就是今天的鸡鸣驿，它到下一个宿营地泥河，直线距离是二十公里以上，正是明军行军一天的路程。

其次，上溯元末至今日，沿洋河西去的古道没有改变。因为只有在这条路上，才可能同时看到半山间的永宁寺和山崩处。

再次，根据金幼孜先生所描绘的景色，其观测地点是距鸡鸣驿向西约四公里的石佛寺，因为他所说的石柱数十，布列于河侧。这一景观的位置恰好在此，石柱位于石佛寺西百米以内，数目为七十五，高约一丈。这些桥柱甚至直到民国时代还在，而且，它们与石佛寺本为一体。当然，这些石柱现在已难寻踪迹。

古道出鸡鸣驿的西门，跨过一条布满石砾的干河床往西，之后，便沿着洋河北岸向前伸展，在这叫石佛寺的地方，遇到一座砂岩构造的小山丘向西突入河中，这儿从前是鸡鸣山古道的登山处。

小丘的临河面是切面整齐的断崖，从前，石崖高出地面四米以上。洪水的泥沙和西来的风沙在断崖下堆叠，形成陡峭的斜坡，掩埋断崖的绝大部分，原先，断崖下的石窟即所谓石佛寺及寺前的沿河古道正在其中。

于是，古道扭身向北，离开河岸，从小山丘上一跃而过，继续沿鸡鸣山西北坡前行，绕过下花园后南折，在上花园附近复降于洋河北岸。

无论是那个风声鹤唳中的雨夜，还是那个风雪交加中的远征，或是后来的1449年肃杀的秋季，在土木战役的前夜，生着长髯的朱勇，带着他的五万明朝骑兵，在火红的晚霞中奔赴有去无回的鹞儿岭战场。离这些历史过客仅咫尺之遥，一个伟大的灵魂静静地倾听着，听那些脚步，那些谈话，听他们从头顶上不断地走过去。

无数商人和他们的骆驼、货物及钱袋，无数士兵和他们的军马及戈矛，有很多帝王和他们的嫔妃及仪仗，这之中有雄心勃勃如唐太宗，有疾如箭镞如铁木真，有落魄凄怆如宋钦宗，他穿着黑色的囚衣，披戴着尖尖的黑毡帽，他被绑在马鞍上，在押送者的鞭打和斥骂声中，流着眼泪从石窟前走过。那时候，洋河的河床远低于今天，石窟悬于断崖上，其顶部有遮蔽风雨的青色瓦沿。窟内的石佛默睹这位不幸的皇上从石窟前走过去。

所有这些都从他身旁走过去了，消失于黑漆漆的历史深处。

这便是北魏石窟中的石佛。渐渐地，洪水淤积的泥沙使河床缓缓抬高，洞窟被淤泥和风的积沙掩埋于土坡下面，一千五百余年，他的许多时光在黑暗中度过。他面向西方，坐着。间或只是在冬季，在草木凋敝之时，从一个狐狸出入的洞穴，会透入宇宙间的微弱星光。这狐洞正位于石窟门顶的石窗处。

古道离开石佛寺，进入被称为蛇腰湾的地方，洋河在这儿向南拐了个大弯，之后，复归西北流向老龙背，在这里，道路变得异常凶险。最窄处仅百余米。先生对此做了如下描述：坳儿山路险，山石巉然下压，下临河水，路陡绝，旁有积雪，凝附于岸，雪上亦可行，但坼裂可畏。车行马骡，毛发悚然。

大概因为金幼孜先生是南方江西人，所以把鹞(要)写作坳(又)。92年后，这条古道正是那位酷爱书道的成国公朱勇，以及他麾下的五万骑兵的葬身之地。而这场惨败，决定了扎营于40公里外土木荒野上，数十万明朝远征军覆灭的命运。

宣化城东南的泥河村坐落于老龙背的西出口外。当年，石佛寺正位于蛇腰湾的东入口处，石窟埋没于那座断崖下淤积的泥土中。它阻断了沿河的老道路，加之陡峻的坡地下临湍急的河流，因而极难被世人窥知。石佛寺仅仅剩下了一个地名。

二

发生于1368年9月12日夜(元至正二十八年闰七月三十日)这场剧烈的山崩，无疑是帝国不幸的征兆。在滂沱寒冷的秋雨中，上有巨岩碎石惊雷般的泻落，下临洋河咆哮浑浊的滚滚波涛，元惠宗沮丧的情绪可以想见。仅隔一天之后，1836年9月14日(元至正二十八年八月初二日)，明军从大都东部的齐化门破城，大都沦陷。蒙元丧失其一半版图。

惠宗在北亡的路上唱了些什么样的歌呢？

1634年，蒙古最后一位大汗林丹汗，为后金皇太极所追迫死于青海大草滩，有感于蒙古诸部的衰弱，黄金家族的萨冈，写下伟大的史书《蒙古源流》，他们急切地要写下自己民族的历史，让子孙后代了解并记住蒙古人高贵的血统，源远流长的历史和曾经有过的辉煌业绩。

在《蒙古源流》中，萨冈记录的元惠宗的歌声却说，皇帝从古北口出逃，一路上泣吟而行：

各种珍宝修筑成的我那壮丽的大都城啊
舒畅消夏而居住的我那上都开平库尔都城啊
古时诸位神圣祖先的夏宫
我那上都的金莲川啊
在万物枯黄的戊申年，我丢失了我的国家哟。
九色珍宝修筑的我那宏伟的大都城啊
可执缚九十九匹白马的我那上都开平啊
广受众惠的我那政教二道的富乐啊
称为天下之主我那可惜的美名哟。
早起登高极目远望烟霞缭绕
前后眺望观赏，景色悦目
不分冬夏，居住无忧快乐
是我自在薛禅皇帝建立的宝城大都。
具有神力的薛禅皇帝多方营建的
福禄汇集的我那大都城啊
被汉人朱哥官人占去了
恶名落到我妥欢帖睦尔身上了！

却说，当时一伙接一伙陆续拼杀着逃脱出大都的，是四十万蒙古人中的六万人，其余三十四万人被截留于汉地。

了不起的萨冈，他身上奔流着高贵的血，终身决不向统治者屈从和臣服，据说，他最后被凌迟处死。

与萨冈·彻辰的说法不同，根据张佶的《北巡私记》，惠宗北亡之路显然不是古北口，而是北穿居庸关，沿水西行进入洋河古道，通过今天的宣化，经万全北上野狐岭，进入草原。

在这个世界上，变化最少的当数道路，因为择易而行是人的本能，在没有高架桥的漫长历史中，道路几乎万年不变。比如，渭水谷地去往成都平原的各条蜀道，太行九径，岭南诸道，野狐道和飞狐道，即使是以艰险而著称的丝绸之路至今也仍在使用着，不过是铺上了一层柏油。当然，所谓丝绸之路是欧洲人的称呼，因为他们喜爱丝绸。而中国人的叫法是玉石路，因而有了玉门关和玉门，这当然也是因为喜欢。

对于道路的坚韧，即使是伟大的工程师也很难不屑这一事实。如詹天佑先生，他所勘测和设计的京张铁路，无论主线还是支线，几乎完全沿着京北古道和京西古道走向。事实上，这两条路已经过万千年来无数人的勘测，先生所欲到达的目的地，是怎样让新的交通工具在古老的道路上行驶。为此，我敬仰詹天佑先生。

先生于1919年4月24日去世。然，正是因为有了詹天佑，在元惠宗曾经哀歌之地响起另一首歌，为表敬意，全文抄录如下：

唯我平绥　邦家之光　工程设计　誉满重洋。华人筑路　此为嚆矢　懿欤休哉　邦家之光。

唯我平绥　邦家之光　前程万里　远走遐荒。睦我五族　固我边防　懿鳅休哉　邦家之光。

唯我平绥　邦家之光　矿农禽畜　物产殷繁。移民边围　尤赖输将　懿欤休哉　邦家之光。

唯我平绥　邦家之光　同志奋斗　努力发扬。导夫斯路　日愈隆昌　懿欤休哉　邦家之光。

这是一首严格按律的格式写成的《平绥铁路颂》，当它唱响时，先生已离世一十有二年矣。

在八达岭一条狭窄宁静的山谷里，先生依旧站在那儿，和夏季的浓荫混在一起，很少为人们所注意。他有一张圆脸，微胖，矮小的个子。这使我时常想起鸡鸣山下的石佛。

这座由日本东京美术学院铸造的铜像，于先生辞世的同年便耸立于此。那时候，先生特地为此站购置的两辆美国马力跑山机车仍在运行，在颂歌声中，在先生睿智的双目默默地注视下，它们喷吐着浓烟和白色的蒸汽，缓缓开出青龙桥，开向八达岭隧道，开向荒凉的北方河谷。开向石佛寺。再没有什么比前进中的老机车更惊人心魄的。

“我似乎成了中国最佳的工程师，而且全体中国人和外国人正密切注视着我的工作。如果我失败，不仅是我个人的不幸，也是全体中国工程师和所有中国人的不幸，因为人们将不再信任中国工程师了。”

在先生睿智的双目默默地注视中，当代高铁的工程师们，当代三峡大坝的工程师们该如何面对。

当然，这不难。犹如娼妓面对贞洁的说教。很从容，而且回敬多多。

第一次看到石佛，是1990年元旦。我和滔前往西北，为筹备中的古装影片《倩女幽魂》寻找一处苍凉肃杀的外景地。

那天下着大雪，冰凉的雪花在眉睫上飘舞，几位矿工似乎刚刚走出矿井，像是雪中走动的木炭。面对我们的问询，扬手朝边儿上一指。传说中的北魏石窟近在咫尺。

相距二十五米宽的两条铁路间藏着一个井状深坑，深八米至十米，石窟就在坑底的东石壁，成了坑中之窟。窟后的山体被劈开约五十米，除有两条铁路外，还有一条宽二十米的101国道，而国道东部的山沟内有煤矿，这大概就是先前的鸡鸣山煤矿。石窟对面是货场，约五十米宽，内有铁路密切石窟铺设，货场边有防洪石堆，下五米即洋河。

我们沿简陋的铁梯下到坑底，一股骚臭味儿令人作呕，显然，这儿分明变成排泄场。窟门内黑暗寂静，门上有天窗，这窗一下让我联想到日本奈良地区众多的唐式寺院，弯脊，巨大的螭吻，双层歇山顶之间开正方形天窗，其窗正对殿堂内主佛像的面部，并燃以永不熄灭的长明灯。即使在沉沉黑夜之中，远远可以望见那宁静的面容，给夜行者以慰藉。

窟内窄小，满地污物。岩壁有被水浸泡过的痕迹。那石佛面门而坐，左面脸部被劈掉，整个佛身毁坏腐蚀惨烈，已经看不出任何细节，犹若溶化的人形。

“这就是北魏石佛？”我嘟囔。

滔没吱声，往上指指。在眼睛渐渐适应后，六个袅娜的飞天从昏暗的藻井中浮现出来。我甚至可以看清她们优雅的脸庞，感觉到在薄薄衣裙下，那丰腴的肢体跃跃欲动。她们环围着一朵巨大的莲花欢乐地飞舞着，在这污秽的人世间。

“典型的犍陀罗风格，真是美啊！”滔喃喃说。之后再无言语。

犍陀罗，印度河畔被称为“芳香”的国度。那里有温顺的大象和少女般依依的棕榈。那些水晶般的美，随着天神一样英俊的亚历山大来到那里，再由这些温顺的大象和吹过棕榈树的风，还有那些沉默的骆驼驮往东方。

雪缓缓飘落，似乎不情愿落在这里，又似乎想再一次把这肮脏的深坑掩埋。上面，北风劲吹，它吹过六百余年前深夜的那个崩塌之地，那昭示衰亡的痕迹依然清晰如昨，它吹过鸡鸣山峰刃般的巉岩，发出撕帛裂锦时的鸣响，让我想起惠宗远去的悲歌。

有人从铁梯上下来，挺着急地解开裤子蹲下去。显然，他没有想到洞窟内有人，当我们屏息从他眼前走过去时，他使劲低着头，这大约是名巡道工。我们上到地面时，清晰地听他念了句“阿弥陀佛”。这让我捂着嘴，弯下腰，蹲到地上大笑不止。

三

1905年(光绪三十一年)12月12日，詹天佑先生在京张铁路的起始点丰台站亲手打下第一枚道钉，于是，由中国人设计并出资修筑的京张铁路，以百折不挠的姿态，向着北方以雄险著称的八达岭铺轨前进。也正是在这一年五月，朝廷以六百七十五万美元的价格，从美国公司手中收回粤汉铁路。

时逾三年，在第四年即1909年(宣统元年)5月17日，最后一枚道钉在张家口落下，京张铁路比计划提前半年全线贯通。这是大清王朝留给这个国家的最后的可歌可泣的礼物。它使这个极具创造力的民族，在腐朽的政体赋予它长久的极度自卑中，第一次留意到自己污浊的身躯放射出的光辉。

在8月19日的通车典礼上，拙于辞令且似显木讷的詹先生在致报告词后大汗淋漓。时逾十年之后先生离世，民国政府于青龙桥为其造像：真石磨岩，刊垂不朽，以崇往哲，而励将来。

百年流过，先生至今仍静静站在他的铁路边上，他不用再说话，也不用再流汗了。

京张铁路通车两年后，在上海诞生了另一位伟大的铁路工程师，这就是黄万里先生。当然，他后来成为一名水利工程师。请记住这个名字，因为终有一天，这名字会让当代水利学术界颜面扫地，贱如粪土。他没有留下什么工程，却留下高贵的良心。

京张铁路的枕木是标准尺寸的榆木、柞木和楸木，一丝不苟。其间铺设八十五磅钢轨，一丝不苟。所有弯道都加护轨以保行车安全，一丝不苟。

那时候，在这条中国人制造的铁路上，美国的毛格尔机车欢快地奔跑着，它有长长的车身和细高的烟囱，看起来很像戴着大礼帽的英国绅士。后面挂了二十吨的水柜车，一节一等车厢，一节二等车厢，一节三等车厢，两节三十吨行李车，一节三十吨郢守车，挂在最后的是一节公务车箱。在这节车厢里时常会有这样的场景，脑袋后面拖着孔雀羽毛的官儿，留洋回来的学者们，他们或者她们，当然，那时好像还没有“她”们，因为刘半农先生还没从国外归来，“她”字还没有发明。学者们都很瘦弱，纤细和敏感。或身着西装，或裹着绵皮袍，这些人围坐在长桌旁，一面吃着罐头波罗蜜，一面谈论着历史和景物，一面忧郁伤感地凝视着车后的枕木，这些枕木正反向往后飞逝，无休无止，好像通往天国的阶梯。还是在那时候，吃罐头是件挺时髦的事儿，而能够巧妙熟练地打开罐头，则是挺优雅挺招人儿待见的事儿，这些空罐罐被抛出车厢，成为矿工的油灯和穷孩子的玩具，很是珍贵。这大约亦是被当今人们喋喋不休且无比向往的“范儿”的一种。

机车就这么欢快地奔跑着，远远地可以望见那座古老的驿城，它像正在脱壳的蝉，一动不动地蛰伏在灰色的鸡鸣山下。再过去便接近石佛寺，寺后有北魏昭太后的陵墓，这位老保姆的墓像个圆圆的馒头。那河中的石桥桩耸立着，与别人的说法不同，我想那亦是北魏遗存……

石佛静静地倾听着，这是新的声音，它清晰而嘹亮，像晨风中的马驹发出第一声嘶鸣。

他似乎想起我们的老祖母，九年前她刚从这儿跌跌撞撞地走过去，她相信了那些酷爱帝国和她本人的子民，以及他们装神弄鬼的本领和激情，老人家一口气儿同时向十一个国家宣了战，期望陷敌于人民战争的汪洋大海，谁要是说她老人家卖国，才真算瞎了眼。结果壮志未酬，她奔了西安，身后还松松垮垮跟着那位一脸倒霉相的光绪帝。半年前，他们都死了。

一抹夕阳的光辉穿过狐洞，映照出石佛的面容，低垂的双目流溢着恬淡的慈悲，他正以一种无法聆听的语言讲述《法华经》。在他的额头中央有镶嵌圣痣的孔痕，额头上方有四排整齐的螺发，而两侧的头发却呈下垂的波浪状。这种集北魏前和隋唐后两种发式于一身的佛教造像，至今尚不见于史。在石佛的对面，天窗两侧分别浮雕有印度婆罗门教的天神，四臂湿婆天和四臂昆纽天。毁灭之神湿婆天手中捧起月亮和葡萄，三目，他的眼睛曾喷出愤怒之火将爱神迦摩熔化，因此爱没有了形状。昆纽天的右臂上刻赤玉等汉字。这是佛教西来之初，尚未完全本土化的明证。

如果说云冈石窟的规模印证了北魏皇朝的强大和富饶，以及所谓“丝绸之路”的北移和长时间的繁荣，那么，下花园的石佛寺以及八达岭上的石佛寺，则印证了这条商路的延伸和波及范围。如果，我们将商路上的石窟连成线，比如被塔利班毁灭的巴米扬石窟，比如克孜尔千佛洞，再比如西宁的北山石窟，我们便可以清晰地看出这条古道的走向，它绝非仅仅止于长安。这便是结论。

石佛头部以下深深埋入泥土中，他的容貌完好地保留着。在他四周，尚未被埋没的岩壁上，露出众多佛陀和技艺菩萨，那朵巨大的莲花盛开着，永不凋零。六个飞天环绕着花朵，在窟顶快乐地飞舞着，她们身上覆以亮丽而沉稳的颜色，这是梦一般的北魏时代的色彩，完好地保留着。当然，这色彩今天是看不到了。

千百年来，洋河默默从鸡鸣山下流过，它冬季有时会变窄，大片的砂质河床裸露在强有力的西北风中，那时候，弥漫的黄沙埋没了宣府西面和北面高大的城墙，在河对岸的黄羊山北坡形成巨大的沙丘。而在夏季，河面波涛汹涌，泥沙俱下，一泻千里。

面向西方且突向河岸的石佛窟前，河床渐渐抬高，坡度变得平缓。京张铁路恰恰紧贴河岸，正是从这片淤积坡地上铺设过去，距石窟约四十米之外。

那时，从车厢里看石窟方向，看到的仅仅是砂质岩的小石山和被泥土覆盖的山坡。既然在离河岸最近的山体下尚有四十米宽度可以供施工利用，詹天佑先生真犯不着跟这小石山过不去。像当今诸公似的，非从这不挡道儿的石山当间，活生生劈条道儿出来不可。

古道考察游记节选——弑代

一

《春秋左氏传》说：凡自虐其君曰弑。自外曰戕。《说文》说：弑，臣杀君曰弑。赵襄子以晋国之卿而诛戮代国之君可谓“戕”。以弟迫姐死于野可视为“弑”。襄子姐为谋代地而嫁代君，以妻谋夫亦可视为“弑”。

春秋时代，公元前的457年，晋国的赵襄子以极其阴险的手段屠灭了代国。

这段历史，使我每看元杂剧《赵氏孤儿》便必然会想起。因而，对这出剧里惨遭屠岸贾灭门的赵氏多少产生些冷冰和不屑的感觉。

赵襄子吞并代国后，仅仅过二千四百六十八年，也就是飘荡在虚空的大地，缓慢地环绕着光辉的太阳转了二千四百六十八圈之后，一切并没有发生质的改变。在一个深秋的早晨，我蹲在路口的黄土坡上一道泥墙下，手捧着一大碗油炸豆腐吃得高兴，汤水上漂着一层油花，与小贩夫妇鼻尖上的汗珠相似。当我要第二碗时，小两口儿显然深受鼓舞，特地多给了两条豆腐，身边一老汉一直看我痛吃，感慨点头叹曰：“城里人，能吃咧。”

这让我想起“尚能饭否”的赵国名将廉颇，蔚地曾经是这位信平君的封地，《史记·赵世家》卷四十三第十三：“(孝成王)十五年，以尉文封相国廉颇为信平君。”他在赵国使臣面前夸张的表演，其情形大约同我类似。果然，过不一会儿我就感觉肚子不太妙，于是上前向女主人讨了一头大蒜，嚼碎咽下，再来一碗。

我脚下的黄土堆三四米高，又秃，直直地往东西两方延伸，它有九里长短，很像是一道弓水坡渠，据说这便是当年代国王宫的城墙，现在，此地依旧被称为代王城。而我大概正是蹲在它的南城门口，在我眼前是刚刚支起的炸豆腐挑担，其后是沙河，远处枯竭的河床上有骡马集市，淡雾中的牛马静静地行立着，好像还没有醒来，买卖人们三三两两踱步其间，老到地打量牲口，也是静静地，无人喧哗。

地形往南隆起两个小小的土坡，之后缓缓倾斜下去。遥远的下面，便是晨晖映照着的辽阔的壶流河谷地，玉米和向日葵刚刚收获，收割粗糙的田野里密布着半人高的玉米和葵花的秸秆。冬小麦已经一片旧绿，其间有数座巨大残缺的圆冢，那是汉代的墓葬群正在一片雀鸣中苏醒，它们走出夜和雾霭，好奇地注视着二千余年后这个陌生的早晨。

在赵襄子灭代国之后过了二百多年，吕不韦撰成《吕氏春秋》，我一直感觉，这部遗嘱般深沉的著作充满不安，全不似《史记》那么悲愤。据说成书之后，先生派人将书简悬挂于咸阳城门旁，声言有能加减一字者当得千金之赐，因此，这是一部号称一字千金的书。亦该是一部信誉极高的书，书中记载了发生在此地不远的那场凶残的谋杀。吕不韦写道(译文)：

赵简子临终前，对儿子毋恤说：“我死了，安葬毕，你要穿着丧服登上夏屋山替我眺望代国。”毋恤恭敬地答应了。

赵简子死，安葬毕，毋恤继位，这便是赵襄子，他穿着丧服对家臣们说:“我要去登夏屋山远眺。”众人试图劝阻说:“登夏屋山是游玩之事。主公穿着丧服去游玩，不太好吧!”襄子说:“这是先君的遗嘱，我怎么敢妄自废止呢。”

在夏屋山上，襄子远眺代国的土地，景色十分优美，于是襄子感慨地说:“先父定是用这种办法来教我和提示我啊!”

回来后，他便谋划并吞代国，他先向代君示好。代君好色，赵襄子请求把自己的姐姐嫁给他，姐姐嫁过去后，襄子更是万般取悦于代君。代国产好马，代君就以良马回赠赵襄子。

不久，襄子请代君会饮于边境。

襄子事先让数百名舞人将兵器藏在羽毛做的舞具里，并特制了盛酒用的大铜斗。酒喝得正高兴，斟酒人突然翻过大铜斗，以斗足猛击代君，只一下就砸烂了代君的头，脑浆流了一地。舞人也取出兵器，杀光代君的随从。

事毕，襄子用代君的车子去接回他的姐姐，也就是代夫人。夫人得知真相后，于途中磨尖了插发的簪子，自刺而死。所以赵国这个地方到今天还流传“刺笄”的故事和“反斗”的恶名。

既然“代君好色”，那么代君夫人定非丑女。

这位美丽的君夫人，她可是从我脚下的南门离开王城，永不归来？这条古道笔直向南通向河谷，和那时略不相同，它多了一层薄薄的柏油变成青色，仿佛像一根手指，固执而无言，永远地指示着夫人离去的方向。

在远天之下，壶流河对岸铁灰色的群山连绵壁立。那是著名的飞狐陉所在，飞狐古道像游丝一般穿越太行崇山峻岭，跨过易水，连接着赵国的故都邯郸。而隘口边的高岭正当古道，它被称作马头山，有说那便是君夫人磨笄自刺之地。

这位美丽的君夫人，在她以锋利的长簪用力刺向自己的咽喉的刹那，她松开的长发一定在虚空中飘舞着，那柔软的发梢曾无数次扫过我的心，也似钢鞭一般抽打着中国历史的灵魂，永无休止。使无数英雄的大业黯然失色。

可以看出来，即使是吕不韦这样老辣的政治家，对于赵氏这歹毒凶残的一击亦不无鄙视之意，他原文如下：“故赵氏至今有刺笄之证与反斗之号。”“至今”两个字表明，即便是在事去二百余年之后，磨笄夫人的故事翌日在坊间和乡野间广为流传，而在此时，虎狼强秦正着手准备鲸吞诛灭六国，《吕氏春秋》大约于公元前239年撰成，九年后，韩国破。十七年后，赵国亡。显然，赵氏祖上的毒辣行径成了秦国灭赵的理由之一。

公元前228年，秦军攻陷邯郸，这之后又五年，即公元前222年，赵氏最后的漏网者代王嘉被秦俘获于代地，残破赵国最终亡于代王城下。逝者如斯，每过蔚州，我便定会感慨这段往事。

我曾到过湖北的房县——赵氏后裔的流放处，那是被无数巍峨的大山环绕囚锁之地。据说这些赵国的战俘，怀想着远方的故乡，满含热泪唱着思念故国的歌谣。“赵王迁流于房陵，思故乡，作为山水之温，闻之者莫不流涕。”那时的遗裔们，不知是否也想起了赵襄子的铜斗以及代君夫人那悲愤的一刺，赵氏对于暴秦的抗击是何等的惨烈不屈，但赵国灭亡时的凄冷和血腥，却从未使赵氏祖上的恶行淡出历史分毫。而且，这历史延续着，纵贯至今，并深深地浸渍着我们民族的灵魂。

太阳完全退去了橘红，越发明亮。在代王城边，河岸上那些坟墓的黄土，在阳光的照耀下变得松软洁净。倘使吃罢油炸豆腐后，便用这温暖的土覆盖在疲惫不堪的身体上静静睡去，人生该是多么惬意的事。“你那无梦之乡的静谧，使我羡慕得不再哭泣。”

这时候，我身后的泥墙下不知何时蹲开一溜儿男人，大都半张着嘴，默默瞅着我，很像是在打探一头待售的毛驴。这些毫无神采的眼神平静得使我自卑。我站起来，半弯着腰走过去，先向几位年长者递上几支烟，众人惊慌，但无一例外地露出笑容。

年纪最长者冲我点头，忙将右手从一位年轻汉子的手中抽回来，他接过烟卷插于耳尖，之后，又转身握住那只手。汉子脸颊通红，像正在冷却的铁块儿，这大约是张北草原上人。他粗硬的头发竖着，像防御中的刺猬。两人手握得很松，他们的手指不停蠕动。

而老者的左手则背在身后握着另外一只手，这是位中年人，细高身段，消瘦，穿短黑棉衣，他们的手伸在棉衣袖里握着，使人看不见手的动作。这人的眼神似乎是在漫无边际地四下游荡，偶尔隔过掮客的肩膀看我，没有表情。一场交易正在不动声色地进行。沿北纬四十度线往西，直至数千公里外的喀什噶尔，民间生意大都如此。

其他人则将烟衔在唇上，一边在自己身上里外摸索火柴，同时，为我挪开一个位置。于是，我也理所当然地蹲下来，半张着嘴瞅着这位老掮客的手，成为他们中的一员。

二

《吕氏春秋》书成，被悬挂于城门之后，又一百四十八年过去。到了公元前91年，伟大的文学史学家司马迁完成了历史巨作《史记》，此时，距赵襄子屠灭代国王族已过去三百六十余年。每看这部书，我的心便会产生这样的假设，倘若太史公还活着，他会怎样看待和描写当今的中国及天下众生相？

我身旁的老掮客双手扶着膝盖骨慢慢站起来，脸上有了笑容，那笑如旱裂的黄土。该是买卖说成了，另两个人也站起来，青年汉子抬头喘了口大气，一道白色哈气在阳光中散开。我笑了，想起荆轲。想起他在离此不远的易水边唱着歌："探虎穴兮入蛟宫，仰天嘘气兮化白虹。"这汉子五短身材，细长的单眼皮，两条很明显的罗圈腿呈"O"形。右腋下夹着尺长的短马鞭，这种马鞭以短柄和五条宽的短皮带制成，打在马身上只是提醒，并不会使马疼痛。他脸色如火焰中的青铜，而皮肤却如丝绸般平滑。荆轲就该是这样的。

那位脸色灰白的消瘦者手里也提着马鞭，细细的鞭梢上坠着发亮的小铁坠儿。此刻他不再旁顾，但依旧面色灰冷，直直往远处看着。远处的古墓边有七棵杨树，树叶尽落。树干旁有三三两两的马匹，静静伫立，等待着新的主人。

沿壶流河直至整个桑干河流域，地名中带"马"字的村镇尤其多，马邑便是之一。此地自古是好马的产地。吕不韦说："马郡宜马，代君以善马奉襄子，马郡尽。"

然，这正是赵氏父子处心积虑吞并代国的主因。灭代一百三十二年后，赵氏后裔赵武灵王开始胡服骑射，笨重的平原战车兵变成机动而迅猛的单骑兵，冲突开始具备了规模及速度和辽阔的空间，战争的要素明确地显现。这亦是中原文明曾经被胡化的例证。从此，沙漠和丘陵，无边的草原成为坦途。这也是中国战争史上最伟大的进步之一，那之后，赵国开始得以向西北大规模扩张，所筑长城直至河套以西，阴山以南的高阙塞，从上北虎视强秦于黄河河岸。甚至于发生了武灵王化装成使臣亲赴咸阳，傲视秦王于秦廷之上的事儿。秦不灭赵，赵必亡秦。这样的结果，若无代地充足的马匹储备怕很难达成。

司马迁所记述的弑代与吕不韦有所不同，他说(译文)：

赵襄子的姐姐以前嫁给代君，是代夫人。赵简子下葬后，襄子穿着丧服登上夏屋山宴请这位姐夫。他让厨人以铜枓为代君和从者进酒食，行斟时，暗令宰人用铜枓击杀代君和随从，之后，吞并了代国。代夫人听到夫君的死讯，仰天痛哭，磨尖了绾发的簪子自刺而死。代国人哀悼她，把她所死之地称作“摩笄之山”。

“宰人”这个词大概是宰官，即官僚，赵氏家臣之意。

两位先人记述内容的区别在于：吕不韦认为代夫人是在赵简子死后，由弟弟襄子做主嫁于代君。而太史公则认为，代君夫人在赵简子死前就已经嫁给代君。反斗弑代之事，在简子死后随即发生。

孰是？我本人更倾向于太史公。当然，且从行文上看，太史公的写作无疑以《吕氏春秋》为重要数据。但既然弑代一案发生于赵襄子元年，即公元前457年年下，襄子的姐姐代君夫人当在此年之前就已经嫁于代君，我想在简子的葬期和守孝期内，赵氏不可能行嫁娶之事。嫁姐和弑代不太可能在赵襄子元年同时发生。否则，弑代所发生之时就绝非襄子元年。我以为这亦是太史公没有采用吕氏说的原因之一，显然，布下这诡谲棋局的，正是老谋深算赵简子。而毋恤，这位小婢生养的襄子，起初正是因为洞察明彻了父亲吞并代国的意图后，始被改立为继承人。他使死去的赵简子的灵魂得以复活，并寄生于自身。而他本人，只是死去的简子挪动棋子的手指而已，这让莎翁的《哈姆雷特》也大大为之失色，一死一生，一鬼一人，一老一少合谋出卖了他们的女儿和姐妹，无丝毫怜悯和片刻犹豫。

太史公笔落，雷霆万钧。真惊魂动魄。

父亲死后，身着丧服的赵襄子像鬼魂一样登临夏屋山，紧迫之情可以想见。之后，以宴请为名一举击杀代国首脑于席间，凶手是厨人和宰人，凶器是横柄铜科，这诡计实施怕用费不到一个时辰，真可谓迅雷不及掩耳。太史公的叙述极具戏剧性。看来，酒宴有时真未必是什么好事情，现今的政要、淑女和商人们可真要小心了。若有闲钱，不如像我一样蹲在这儿吃碗油炸豆腐，何其悠悠哉。

我再次想起太史公的千古绝唱《鸿门宴》，情形是何等的相似，但结果又是何等的迥异。同是诡谲凶险的饭局，同在双方接壤的边界线，一局是千钧悬于一发，剑拔弩张却化险为夷，另一局却是款款深情，和风细雨而肝脑涂地。

吕氏行文中的“斗”，在司马氏变作“科”。酒杯变成了铜科，科为专用名称，横柄，很像勺，但有别。

在这两场著名的宴会上，都出现了“斗”这一行酒器皿。鸿门宴上，在刘邦逃走之后，张良出面言于西楚霸王项羽：“沛公不胜栖杓，不能辞。谨使臣良奉白璧一双，再拜献大王足下；玉斗一双，再拜奉大将军足下。”张良将这一双玉斗献于范曾，范曾“受玉斗，置之地，拔剑撞而破之”。

范曾拔剑击碎的玉斗显然是玉酒杯而非“玉勺”。那么同样，在夏屋山上，正如吕不韦所记，赵襄子和他的臣宰们所用的“大金斗”是青铜酒杯，并以此击碎了姐夫的头盖骨。而非太史公所说的类似铜勺的“铜科”。因而坊间有“反斗”之号，而却无“反勺”或“反科”之号。

清代的段玉裁在《说文解字注》中注说：酒杯的“斗”字与“科”本来无关。并指出后来两字发生了混淆。西汉的刘向，在其所著《烈女传·卷五之七·代赵夫人》中，在弑代发生的时间上采用了太史公的说法，但所用凶器，却坚持了吕氏说。这大约是与西周之后，“科”这种行酒器渐渐淡出历史有关。而今天，绝大多数行此文者仍旧将斗、勺、科混淆。

我曾见过一种战国铜斗，类似今天的深口碗而稍大，斗外壁饰有云纹，有两耳(亦有斗具备短柄者，但不能因此就视之为勺或科)。不用时可想扣成一，若鼓形。赵襄子以铜制大斗无疑是欲加重其重量和盛酒量，“反斗而击之”是因为斗足较斗口更厚重，更顺手。果然，只“一成，脑涂地”。

当我将离开代王城时，老掮客屈腿再一次站起来冲我点头，他似乎是站不直的。其他几个也做出要站起的姿态，弯曲着腿和腰背，笑容从这些面孔上浮现了，又快速退去，像是被水下的鱼轻轻叨一下儿的浮漂。很快，他们又蹲下，袖着手，所有的嘴都半张开，茫然地目送我离去。

我也曾见过这些呆滞的眼睛流淌出滚烫的激情，并放射光芒。

由代王向城东北行三十余公里，有地名称吉家庄镇，这是个大去处，此地以酱驴肉和驴板肠著名，但最有名的当数吉家庄的赶大集，一连数天，小贩连街，商贾云集。三教九流无所不包。十三年前，我曾经带着五岁的女儿夜宿矿工金库家中，那天晚上游荡夜市，本意是想大饱口福，不想竟在此集上见识了中国农村的山寨脱衣舞。

巨大的帆布帐幕把四下遮得严严实实，汽灯雪亮悬着。尽管是冬夜，空气像腐败的稻草发出暖烘烘的温热，这热混杂着刺鼻的烟草味，酒腥屁臭和体臭味道。台下的看客不下二百人，个个屁股下竖着一两块残砖。

台上那个领舞的干瘦女人，两手高举作蟹行状，一只手摇着脱下的红乳罩，像是要套住台下什么，而另外一只手则是一条红内裤，也摇着。这倒让我想起崔健的那首《一块红布》。她身后还有四个女伴舞也同样摇着，个个腰粗腿肥，走着笨拙的秧歌步。台上肉光滚滚，台下目光如炬。金库肯定地说，这是河南某地来的某著名模特队。当然，金库的消息很灵的。

在老友苏越的《黄土高坡》节奏中，台下的每个屁股都离开了砖头，身体向前屈倾着，同今天相似，也都是半张着嘴，不同的是，每个人的喉结都在上下蠕动，咽着唾液。每双眼睛都燃烧着，真能把烟点燃。

当年，在夏屋山上，砸碎代王颅骨的铜斗高高举起的刹那，赵襄子的神情是这样的吗？

我打算买上两瓶酒，去看看我的朋友黎宝志。这位蔚州著名的古刹北极阁的看门人。七十有二的老鳏夫，据说新近得了位女朋友。这让我很好奇。我也很想在他的道观里住上一两夜，想想该如何写下一篇《夏屋山》。

在前往蔚州城的路上，我独自想着那年那天的脱衣舞，忍俊不禁地大笑起来。

“你说阿姨干吗不穿衣服？”在回金库家的路上，小女儿问道。

那时，定安河水已经枯竭，河谷上空星光灿烂，弯月如鹅毛，高悬于小五台山顶，辉耀着那上面皑皑的白雪。当我们回过头去，望那巨大的幕帐的侧影，里面透不出一丝灯火，宛若代王城边那些汉代丘冢。

“大约是刚刚洗完澡吧。”我搂着女儿的小肩膀，这么回答。

无论丑或美，我都希望孩子能多看多知一些，快些成熟起来。越早知免疫力就越强，因为生命的质量绝非凭岁数计算的。而那一次，我撒了谎。

据此，我想我们的先人们一定也对我们讲了不少谎言，这使得我们在阅读史籍时倍感困难。继太史公的《史记》后，代君夫人又一次出现在西汉刘向先生的《烈女传》中，而这时，所谓的儒术地位已经得到独尊，新代君夫人似乎已经熄却发生了的她的悲愤，俨然是“不归不怨，遂留野死”的烈女了。

古道考察游记节选——冰壶

何时，何处
是我锉骨扬灰之地。
何时，何处
能洗净我溃烂的右手
在刺骨的冰河。
我有一只如玉的冰壶，
要汲取逝川之水，
我梦游在龟裂的河床上
那条曾流过敦煌和云冈的
早已干枯的河流。

——武钺．逝川

一

这是我头一回见这女人，她正从寺院的旁门走进来，门外是寺院的厕所和菜地，她手里捧着几个冻烂的土豆，黑乎乎的。她把土豆放在僧房的窗台上，用手掌心一个一个按扁，冲我笑。

“弄给你好东西吃。”她说。

这女子四十不到，脸儿白净，高个头儿，染一头紫红短发，穿淡紫色的黑花棉袄，笑时露出一颗金门牙。她身后便是看寺人住的小僧房，窗挺净亮的，里面有长得挺好的仙人掌，半人高，本地人叫作霸王鞭，一盆开满朱红花朵的蟹爪莲，一盆叶合，本地人叫柞浆草，开淡粉小花，喜光，每入夜，心形草叶便合上睡了。

我想这女人大概就是宝枝说的女朋友。

“宝枝哪？”

“说你要下来，喊咱等在这里。”

“那宝枝哪？”

“匝上拎酒来。”这“匝上”是街上的意思。

女人眼不转，盯着我上下瞅，这叫我不自在。

“大嫂不是本地人？”

“大同。”

“大同的婆娘，蔚州的城墙，宣府的校场。我说咋这漂亮。”我笑言。

“咦，你咋也知道个这？”她露出牙，笑了。

“你这人挺硬，进。”她闪身推开僧房门。蔚人说“硬”，大概是利落，挺爷儿们的意思。

这僧舍横两米，纵五米，北墙下支一张小床，床板上没有被褥。东墙边儿有一缸清水，小桌上的电视机正放着《三国演义》，好像是白门楼那段儿。西墙下置有小火炉，挺暖。

“宝枝人可是不赖。”我说。心想这床咋躺得下两个人。

“哎呀，不行。”女人说。

“我看不赖。”

“哎呀，这人不行。”女人说着眼圈发红，冲我摆手，手腕上晃着一只绿翠镯子。

“上去看看画儿。”我把包搁桌上，不想家长里短，从门框上摘了钥匙串儿。

“去。”她说。

玉皇阁坐落在蔚州的北城墙上，若蹲伏巨虎，凸形南向，最后一回大修是在百余年前，阁上从前有浓重彩绘，经百余年风雪，剥落无痕，仅剩裸木斗柱，却无一丝朽迹。

僧舍边上即是白石阶，宽一米余，陡然四十五度角，走上十七级，便站在阁院小门下，回头南望，千仞常山横如巨壁。这蔚州城正在山下大壑之中，远有南门上的景仙楼，近有高耸的文昌帝君祠，数百年不拔之势至今犹存，想当年，蔚州真天下雄镇铁城。

“明洪武七年春……上命怀远将军周房同知蔚州卫指挥使司。时方天下归附之初，城中道尽暴骼，满目纵横。尘肆凋敝，粟竭财殚，物情淘汹弗靖。”

元末，民族间仇杀荼毒之惨烈可见一斑。这是明洪武十年筑城之碑文，撰文者北平人，名叫杨融。城筑就，此碑立，距今六百三十余年。碑石早已湮没无迹，而碑文却得以永存。

到了1538年的嘉靖朝，有个名叫杨白之的人，再撰碑文以颂前人功德，他极详尽的描述，使当年蔚州城的雄霸气概宛若重生。

城高三丈五尺，堞六尺，下阔四丈，上阔两丈五尺，垛口以数计者二千一百有奇。城四面中各建重楼，下则关门以通耕牧，楼高三级，阔五楹。四角各有楼如门制。敌台以座计者二十有四，楹级杀之。更铺间楼一置。门外仍置瓮城，城亦设小楼，则二级一楹。

东之门曰安定，楼曰景阳。南之门曰景仙，门曰万山。西之门曰清远，门曰广运。北故无门，而楼则与东西南并峙。城外包以砖石，高厚岭壑，极为坚致，屹然云朔一巨防也。窥者知其不可犯，号为铁城。而边人称城之坚固者，亦必曰蔚州。

那之后又四百七十余年流去，我恰好在没有城门的北城墙上，倚危楼头，满眼残垣废城，历历在目。碑石早已湮没无迹，而碑文亦得以永存。

下面传来焓锅的动静，这娘儿们瞅着挺利落。据说她家先前是个富户，是怎样的机缘，让这两位相逢于古刹，并使她委身于形同侏儒一般的宝枝？

我坐在门前檐下，远望极目处的常山大岭，如大洋怒涛般汹涌东去，东南处一峰突兀，蔚人称之为马头山。那就是磨笄之山吗？公元前475年，赵国襄子以极毒辣的手段，在夏屋山上谋杀掉他的姐夫代王，并一举吞并山后代国，其姐代夫人闻讯，以绾发的长笄自杀，所殉国殉夫之地被称为磨笄之山。那位美丽的代夫人，在她拔下长笄时，她悲愤的长发一定在风中飘舞着，当她刺向自己的刹那间，这山便拥有了她的名字。那真是磨笄之山吗？

642年，唐太宗的四儿子李泰撰成《括地志》，书中作如下记：

摩笄山一名磨笄山，亦名为历山，在蔚州飞狐县东北百五十里。

《魏土地记》云：

代郡东南二十五里有马头山，赵襄子既杀代王，使人迎其妇，代夫人曰："以弟慢夫非仁也，以夫慢弟非义也。磨笄自刺而死，使者遂亦自杀。"

唐代飞狐县，即是如今的涞源城，这城正坐落于那高山之南的飞狐道中。而《魏土地记》所云，不过是照抄西汉刘向先生的《烈女传》而已。

从下面飘来肉炒蘑菇的香味儿，这味道让我的胃感到振奋。此地的蘑菇挺有名，个头小且黄瘦，真像宝枝。我已经忘了怎么认识了宝枝，上次来时，这形单影只的看庙老人挺神秘，悄声告诉我，说是好上个女，是寡妇，丈夫死在煤窑里，儿子死在车轮下边儿。蔚人把女人单称一个女字。

我从兜里掏出半块巧克力，一边嚼，一边儿往城下看，阁下正对一条长长瘦街，两米宽窄，叫作马神庙街，还真像一张马脸，两面杂房错落，这些民居延至阁下斜坡边儿，渐渐稀疏，地界也越发荒凉起来。我已经望见，街尽头正拐出宝枝的小身骨儿。老人跨着自行车，慢慢悠悠往这里来。

阁西是所小学校，当是从前都司署所在。高铁网围着操场，我上来时正赶上下课，高音喇叭播着钢琴曲，放的是贝多芬的《致爱丽丝》。一群孩童吵吵嚷嚷顺着网跑，跟着看，做鬼脸，吐舌头，扔石子儿，还有几个往外攀爬，半空悬挂，像扭动在网上的几条鲜鱼。

紧靠玉皇阁东侧有巨坑。十五年前和如花初来蔚州，路过此地时正逢黄昏细雨。天色昏冥，沉夜将至，猛见坑底野草下漾起微弱的粼光，那冷冷星火曲颤着，像从地底下伸出抖动的手指。

“瞧。”如花蹲下来，指别处，那边儿也飘出同样的冷火。

那些火花挺快活，仅升尺高，便在细雨中溶化泯灭，像悄悄吟唱着无声的歌。

蔚人把此地称作万人冢。日本投降，内战再起。蔚州城破，文昌帝君祠和城北玉皇阁是守军的绝地。凡抵抗的国军将士全部坑杀于此。

“坑”的说法古已有之，但做法却与今人不同。古代的坑原该写作“阬”。所谓焚书坑儒并非指活埋，是将夺命之尸堆成高丘，以土囤围，筑高台，耸立于城门之外，以扬武威，以丧敌国之胆，以慑已国之民。即所谓京观，亦称武军。

“君盍筑武军，而收晋尸以为京观。臣闻克敌必示子孙，以无忘武功。”在《春秋左传·宣公》中，楚国的右广将军潘熏有此说法。“盍”的意思大约是“为啥不”，此句意即，您干吗不堆个死人山，当纪念碑使？这便是当年的“坑”。

我甚至疑心，汉代的魏阙建筑的源头，或许与此有关。埋人竟埋于城内，还要在城里最高处，此地该是当年新朝京观所在。

冷翠烛，劳光彩，西陵下，风吹雨。尚飨。

宝枝年近七十，丁形脸，齿半落，寸头，身板儿矮小，米半长短。这会儿推着自行车进了院儿。

“咋不早说能来，给你做个八大碗。”他冲上喊。这话让我肚子忽然饿得厉害。

他车后驮着新铺盖，厚塑料包裹着，前筐装了些下酒菜，薄塑料袋装着，外加瓶蔚州老窖。

“这是我女朋友。”他又冲上喊，把酒菜递过去。

他喊完这两句，便不再大声儿，默默把铺盖抱进屋，而后顺石阶走上来，握住我的手，仰脸瞅我笑。

“能住下？”他问。

“买了新被褥？”

“以前那铺盖，点了，烧啦，飞啦。”女人在下面，两手狠狠冲天一扬，做了个火焰冲天的手势。

“咋烧啦？”我问。

“你问他。”女人在下面说。

“嗨呀，兄弟咋不进？”宝枝不回头，不回嘴，小声说罢，从我手里接过那串钥匙把锁捅开，哗啦一声，铁锁链落地，他推开玉皇阁院门。

二

阁前，院宽仅九米，仰视玉皇阁，彩绘油工早已脱落，仅露干裂木石，歇山三重，巍然下压，危迫似将倾覆。然重檐飞卷上挑，一排裸木大柱箍着铸铁，顶起一圈沉重的外梁。这梁行话里称作额枋，主要用作支撑巨檐。额枋上再架起密集的斗拱，撑住上面的椽木，椽木上还残留着昔日色彩。这些斗拱下，斜挑出的木榫叫作昂，从下向上望，就像探出重重的犀角和象牙一般，杀气腾腾。门楣匾额上有“靖边楼”三个大字，大概是出自今人之手。两重楼上左右各一长匾，左为云蒸霞蔚，右为历古阅今。最上重，西侧阁檐已经有垂倾之虞，下面的结构咬牙支撑着，当正中，高危处，悬巨匾，蓝地金字，上书“玉皇阁”三字。这定是今人手笔，似乎哪本史书上有记，古匾该是“玉皇飞阁”。

宝枝默默站在我身后，微笑。我望那高高的重檐间，正落下成群的灰色野鸽，阁上一片咕咕的鸽鸣声，而老迈的玉皇阁耸立着，像一只苍老的狮子静静立于城头，雄透着北方荒野，土红色的夕阳把它镀成金色。城下，近乎干枯的壶流河床，形成宽阔的沟壑，长满荒苇，向东北倾斜而去。

北方连绵着低矮的山岭，那便是襄山，该是从赵襄子那儿得来的名字。山上原有赵国长城，西北山落处有古道，称作五岔。五岔道北通顺圣东西城，直去大同，当是慕容垂进军平城之路，也是土木之战时，英宗原计划回京之路。亦是有明一代，蒙军南下之路。襄山横向，东接太行。西去便是六棱山和夏屋山。春秋时代，从代地前往赵国，必经夏屋南北，而此山正是赵襄子残杀代王之处。再向西，沟注大岭柱地摩天，沟注之南就是赵国故地，古称赵原，今作原平。沟注岭上的沟注径和雁门关，恰恰是沟注和夏屋的分界。

山南有滹沱河西南流，山北有桑干河东北流。如今，这条太阳之河仅剩条水沟，抬脚儿便可以迈过去。蔚州南北东西山岭，古代时概称常山一脉（今不同），只是此地山系纠结，名称繁杂，难以缠清。

“咋挺挺站着不言语？”我用蔚州话问宝枝。

“嗨呀。”

“咋让这女人一团一个毛蛋？”我再用蔚州话问。其意是：咋会让这女人整成这样？

“敢杀人吗？寻个尿湿鞋的女人。”宝枝说。这尿湿鞋大约是指甩不掉、不好惹的女人。

“搞女人被逮着啦？”我问。

宝枝平生孤身无牵累，人又极节俭，传说中是存下俩养老钱儿的，在这苦寒之地，这孤老头儿让妇女瞄上理在其中，不过我倒是头回听说。

“兄弟你不知道，思摸着能杀人哩。”他摇头。这“思摸”大约是指琢磨的意思。

“你一月多少工钱？”

“嗨，现在她把看着。”他冲我伸出五根弯曲的手指。

“就这，还思摸着要让我吃八大碗儿？省省吧。”我说。

“倒是多少？”我问。

“五百。”

“存下点儿没？”

他点点头：“能杀人噻。”老人说罢，灰脸儿把那串钥匙交到我手上，转身下楼去。

明朝建国十年，蔚州铁城屹立塞外。那之后二百六十余年，明蒙之间的战争几乎持续始终。这大约是世界历史上最长的战争。大明建元八十一年后，明五十万远征军，在蔚州东北的土木堡，竟覆灭于三万蒙古骑兵之手，而太监王振，是导致这场战争失败的主要人物之一，王振正是蔚人，其祖坟当在州城西边儿，一个叫薄家庄的村子。自那儿起，明朝边防再未振作。

如果把1127年之后的南宋称为偏安，那么，有明一代亦可视为一种偏安。不过是战线更北而已。老友郑西泠先生有此说。由腐败和无能所导致的亡国，其过程既漫长，又痛苦。而整个战争之惨烈，首推嘉靖一朝，仅蔚州一地便有众多史记。

嘉靖十九年秋即1540年秋，俺答诸部大举入宣府，逼顺圣，抵蔚州。总兵白爵等出战，败绩。敌大掠而南，遂薄蔚广，杀掠惨毒。

嘉靖二十三年即1544年10月，俺答入万全右卫，戊寅掠蔚州，至于顺平县。

嘉靖二十四年即1545年8月，俺答入松子岭，杀守备张文瀚。

嘉靖二十九年即1550年8月，俺答围困北京。

嘉靖三十二年即1553年8月，寇犯蔚州，寇五六万出张家口，入过怀安，抵顺圣东西城，南及蔚广，杀掠甚众。

嘉靖三十八年即1549年8月，敌冠顺圣东西川，抵蔚州，攻破城堡十数，杀掠数万计，镇兵皆避，不敢击。

跟蒙古人相比，阁西的万人冢真不算啥。蒙古人筑京观极拿手，西征时，是拿整城的老百姓筑武军。事实上，京观正是纪念碑的源头。之后的满人，还有再后来的农民义军，亦丝毫不逊前辈。新朝也有杀二十万、保二十年稳定之说法。快哉！

明代有个叫作“岷峨山人”的先生，写了一本书，书名是《译语》。我以为，在明人关于蒙古人的笔记中，这是最好的一部，当然，这仅仅是就我的寡知而言。(译文)

蒙古人善跨马，他们以鞍马为家。奔驰时不是坐着，而是用膝盖夹紧马鞍，手把着马缰绳儿，好像掌握能操持千钧的力量。就是马绊了蹄也不会掉下来。唐代的高适说：胡儿十岁能骑马。我就见过一个六岁的蒙古小孩儿，顺着山坡登上马镫，拽着缰绳爬上马背，还没有十岁哩。

蒙古人的弓又长又大，弓弦用兽皮做，天热下雨就发会软，没有力量。

一到秋天，弓和弦会绷紧。他们使的箭很长，箭镞用金属或兽角制造。箭杆后装饰着旋转的鸟毛，说这样的箭在风中不会摆动。蒙古人最心疼箭，有必射中的把握，才会把箭放出去。但他们的箭飞得不很远，他们造弓箭的技巧比我们汉人差些。

蒙古人不怕死，以贪生为耻，以战死为“巴图”，巴图是蒙古语“英雄”的意思，喜战斗，因为利害一致而同心，因为食肉和奶酪而有力，善弓刀，胆大，好野战，不结战阵，各自为战。这样一来，我们的火炮和长铳很难集中攻击。这是他们最怕的家伙。战斗中，蒙古人发挥自己的长处，所以战无不胜。连年毁长城，侵入内地很远的地方，杀掳之惨无法言喻。真所谓：朔马东骛，胡风南埃。路无归軎，野有委骸。

而我们的军队，舒展的军旗如闪电一样亮丽，戈矛像整齐的森林一般，器械不是很多。铁骑奔腾，战鼓震怒，兵马不是不威武。摆天鹅观，鱼丽那样的阵形，就像青龙张开翅膀，战阵不是不严整。可是，一遭到敌人的冲击，骑兵丢掉弓箭，步兵倒背着武器，跑啦。“其故何哉？盖将不预选，兵不预练，恩信未孚，号令未严尔。”

在玉皇阁的檐下，横向陈列数块残碑，大多是历次修观时，捐钱捐物的功德无量碑。其中唯有一通断过的诗碑，是抹过锅底灰，被人揭过拓片的。这是一首明人诗词：“清帝祠前赤帝祠，步虚声里梦回时，羽轮归去鹤书迟，山吐月，水平堤，冷冷玉露淫仙衣。”

这是一首写神仙的《天仙子》词，嘉靖皇帝也是爱神仙的。此碑用行草书就，字如大盘，神采飞扬，酣畅若飘雪穿云，让我想起挚友梅一先生的丹青。来时她曾送我一枚白玉，此时正沉甸甸装在兜儿里。该给她弄幅拓片。我想。

此碑的价值当不在玉皇阁之下。碑文的落款：

嘉靖甲辰秋，口犯紫荆，予以督饷至蔚州。且趣兵进薄广昌，乘月登阵，环胝群山，如有列仙者，骖莺跨凤，翱翔其间。乃作小词一阕，名天仙子，寄遐思云。明进士山西右参议.固安寒村苏志皋并书。

甲辰年当为嘉靖二十三年，即1544年。是“俺答入万全右卫，戊寅掠蔚州，至于顺平县”那一年，看来，此君此行，与此有关联。“趣兵”之趣，督促之意。

一提起苏志皋，知者大多会想起，在京师宣武门外归义寺，他写诗戏弄壁画上的鬼神。以至于诸位神灵挺不好意思，深夜托梦，央求苏君笔下留点儿情面。此事蒋一葵先生在《尧山堂外纪》中有记。

关于《译语》的作者岷峨山人究竟为何人，史界历来争论不休，以《明史》和《代州志》为根据，认为作者是蔚州才子尹耕的说法几成定论。尹耕曾撰有地理名著《两镇三关志》。直到1942年，日本学者和田清先生撰成《东亚史论薮》后，此悬案始得化解。而一直到今天，我国出版界和学术界依旧昏沉，常闹出张冠李戴的玩笑。历史就像融化的冰壶，你可以看到水渍，却难以想象壶的模样。郑西泠先生如是说。

岷峨山人，正是蔚州玉皇阁上《天仙子》的作者并书者，眼前这位苏志皋先生。

三

打开玉皇阁的殿门时，我心里想着宝枝。怕不会有哪部历史能记下这事儿：

某年，玉皇阁看门人宝枝遇一女，遂相燕好，枝妄怒，卷其所污被褥，阁下纵火焚之。

记忆本是残破的片段，经剪辑拼接始成历史。从某种意义上看，史书仅仅是故事，在古时，史的概念远比今天宽泛。

门乍放，冷气森然。玉皇的神塑是今人所为，面目龌龊，粗俗不堪，与殿高不成比例。但大殿四壁，惨淡愁云中浮现众神狰狞踪影，真可谓栩栩如生。内容大约是三十六部雷霆诸神，手持法器，各挂腰牌，以标明来路。白底中仅剩下核桃黑、朱砂红、湖蓝、石青、苏红、珊瑚红和赭色，残破中更显影影绰绰，衣袂飘扬，神随风动。

三北地区的古代残城，多不开设北城门，大概是因为北向风沙猛烈，北面的落沙会越上城墙，形成坡地。而敌人亦多从北而来的缘故。无论是城墙或是堡墙，北墙上多建关塑、玄武一类庙宇，我想，这霹雳雷神定与北向多战事有关。

曾翻过乾隆十年(1745)和光绪三年(1877)的州志，城中各祠寺都有祭祀标准和日期，唯玉皇阁不提。在更早些的蔚县志中(乾隆四年，即1739年)，玉皇阁条下，淡淡一行小字："州民供奉香火，不敢祭祀。"

因何故不敢祭祀呢？谁也不说。看来是讳言。

仰视一层殿顶，三块白漆木牌横嵌于殿梁之上，牌上墨字，记录着历次修观时工匠的名字。每来玉皇阁，我都会长久地凝视这些名字。古人的德行，今人真是难以望其项背。

雨和雪可以冲洗掩去足迹，风沙和海浪也会，它们是永恒的，周而复始。但正是人对人类自身的崇敬和自信，才有了人的历史。依稀记得民国时代，在大同大华严寺，正是凭据这样的木牌，梁启超和林徽因两先生，才得以论证那座唐刹的历史。而今华严寺已成废墟，其原址，当在蔚州城西南十五公里处。

我特地记下康熙年画匠的姓名：王家有、张怀、王颖、温进宝、贺名高、王鲲斗、李全。

玉皇座前，两根大柱直上二层阁梁，一副楹联由柱顶倾泻而下，棕色牌匾，右青魏碑。

阳联是：物换星移问阁中玉帝何在依旧亳山晓晴壶流夜语。

阴联为：篱啼燕啭叹槛外游人谁解犹说夏屋遗恨寒松清风。

初见这楹联时很是欢喜，好字且工整，以为是今人书写的古联，再细想，于玉皇阁内，问阁中玉帝何在，这样失敬的事儿，恐怕古人不太敢为之。而在此寺观内，既然用了“槛外”两字，槛外游人的说法儿或许有失精准，槛外人当指看破红尘，生死度外之人，多指出家人。“纵有千年铁门限，终须一个土馒头。”范成大有此说。“门限”即门槛。“槛外人妙玉恭肃遥叩芳辰”,《红楼梦》中，比丘尼妙玉有此说。或许笔者就是仅指这玉皇阁的门槛，不入内焚香者，必无俗事有求于神祇，正所谓信则有，不信则无，称其槛外人也罢。

到底还是今人所著楹联。我想。但无论古今，我很喜欢这文采。所调“夏屋道恨”当指代王夫人，看来，这位先生熟知磨笄之事。无论游人是否知晓，风里雨里，依旧在讲述那女人悲痛的故事，直至今天。

关于磨笄之山究竟在何处，历史上众家议论不休。有以为，今天张家口东南的鸡鸣山即磨笄之山。也有以为，蔚州东南的马头山为磨笄之山。两下南北相去直线百六十里。

明人将一癸先生，在其所著《长安客话》中有言：“按保安上谷属地，春秋时为东胡所据，原非代壤。今代郡废城在蔚州，州南有磨笄山。则此为鸡鸣山无疑。”保安当指今天河北的新保安，原称雷家站，明代景泰朝之后，鸡鸣山属于其治下。代郡废城当指今天蔚州代王城镇，那是春秋代国故都。除之外,《括地志》《魏土地记》也同作此注。

我以为，造成混乱的原因，大约是起自北魏郦道元先生的《水经注》。在说到下花园鸡鸣山时，郦先生作如下记述：

《史记》曰，赵襄子杀代王于夏屋而并其土，襄子迎其姐于代。其姐，代之夫人也，至此曰：代已亡矣，吾将何归乎？遂磨笄于山而自杀。代人怜之，为立祠焉，因名其山为磨笄山。每夜有野鸡，群鸣于祠屋上，故亦谓之鸡鸣山。

郦先生标明这大段话引自太史公的《史记》，但是，却无一句是《史记》原文。这大概只是郦氏自己的话。太史公并未说逊“到此曰”，也未说过“鸡鸣山”。

甚至更早的《吕氏春秋》，也未指明夫人死地。关于磨笄，吕不韦仅写了三十五字：

因以代君之车迎其妻，其妻遥闻之状，磨笄以自刺。故赵氏至今有刺笄之征与反斗之号。

往哪儿迎呢？当然是回赵国故地。至于刺笄之证何在，吕氏不言。

看起来，郦道元先生只是凭自己的理解和记忆引用了《史记》，假如在郦先生之前，鸡鸣山即磨笄山的说法已有流传，而这一错误的引用，无意中使乡野传闻得到巨大的支撑，这之后，凡有持此论者，无一不引据郦氏这段文字为佐证。司马迁和郦道元同属不朽之人，而《史记》和《水经注》同属不朽之作，影响之深不难想见。虽说郦先生在之后也提到蔚州马项山，并明确表示不知道哪一个是磨笄之山，但《史记》的分量的确了得，它使得郦道元先生“未详熟是”的另一个的笄之山——相对来说更为可信的磨笄之地——蔚州马头山，渐渐被人们淡忘。

走出大殿，绕到玉皇阁后背，在北城墙的垛堞上坐下来，点燃一支烟，我似乎听到宝枝在下面呼唤，在我头上的阁檐间，东向悬长匾，上书“极目千里”四个大字。这时候，城内外升起千家晚炊，飘浮成低低的云障，牧羊人正赶着他的羊群，那些羊散漫地翻过表面残破的城丘。壶流河床也泛起白雾，宛若一层淡淡的乳汁。

飞起弯月，苍茫一痕，倒让我想起当年，在秦廷之上那凶猛的一击，永远留下的弧光刀影。

山吐月，水平堤。但太阳却还没有沉没，西方半壁燃起冲天烈焰。这光辉把南方壁立的大墙映成紫色，那上面，璀璨的冰雪燃烧着，像少女初潮时的鲜红。在东南，马头山迎空斜耸，似乎要甩开禁锢它的大地。它下面便是古飞狐道，想当年，秦国大军正是从那儿攻入代地，这山默视着代王城头挂起降幡，默视着赵国的公子嘉投降，默视着赵国最终的亡国之地。秦国在这儿设立了代郡，这是代夫人自戕之后，再二百五十四年的事了。

赵氏后人被流放于边远的湖北房县，那是被高耸的群山围困的蛮瘴之地，其南向不远，便是今天的神农架。赵氏遗族在那儿唱起哀伤的歌，至今，他们带去的那些歌儿还活着。魏风中的《伐檀》，唐风中的《无衣》《扬之水》等故国之音，一直被乡野传唱，直到今天。

四

宝枝的小桌靠墙放，一头顶着水缸，一边儿靠近火炉。剩下一面仅能坐下俩人。

我坐下，从包里取出折叠锯、强光军用手电和十盒胃药放在桌上。

“给宝枝。”我说。

“这人可真够情长。老远带这些。”女人说。旁边坐下。

“宝枝人好。”

“好啥哩？苦命苦，寻个背锅打蛋的人儿。想起来泪汩汩。”那女人扭头望向门外。

外面天色晦暗，大地正泛起垂死的灰色，像腐败的鱼。空中飘下不易察觉的细雪。窗台上那盆夜合花，已经合上花朵和叶子，睡了。可那盆蟹爪莲怒放着，蓬起充满汁液的肥厚躯干，繁密的花宛如燃烧的红烛。

女人转回头，忽然想起似的，在我腿上重重拍了一下。

“那个可好，那个可能干。给咱留下六十万。”

她在夸她死去的前夫。这让我舒服。我喜欢女人在我面前赞美她爱的，或曾经爱过的男人。

“啥营生？”

“医生。”

“咋走了？”

“1996年5月他就死了。死在左云马口矿。”女人手比划着，神经兮兮，两眼射出光亮。

“您是个基督徒？”我问。

这话让她一愣，不知该怎样回答，犹豫，看着我，一笑，露出金牙，点点头。

“医生咋能死矿上？”

“嗨，要当二道窑黑子，他就死了。”女人说。这“二道窑黑子”是蔚州说法儿，通指煤老板和煤贩。

“说一块儿买个矿，信用社社长、派出所所长一伙儿下去看，赶上塌垮，全盖在下面，一个也没能出来。”女人说。

“那会儿的煤贱，洗过才二十块一吨。”我说。

我也曾下过小煤窑，地下千八百米，漆黑狭窄洞穴里，四下水声，那打眼儿放炮的声音嘶吼而来，呼啸而去，这声儿能把人穿透，撞碎。好多晃动在矿灯里的眼睛掠过我的记忆。想知道地狱啥样，下回煤窑就成。

“虎皮丸子，豆腐丸子。”宝枝进屋，他头上戴着羊毛氇帽，油乎乎的帽檐放下来，包住后脑勺和半只耳朵，这帽儿和绍兴毡帽极相似，我想起，早年口内外的氆帽行当，中堂似乎也是悬挂虎图的。

老人细细的面皮上有些汗污，两手上热气腾腾两大碗。显然挺高兴，这是蔚州八碗中的两味。大概是买了半成品，厨房火上煨熟。两碗间架着一盘烤成黑炭似的冻土豆。他忙不迭将这些摆上桌，望着我带给他的东西笑。

“咋弄个黑脸花乎儿？”那女人说罢，看了我一眼，站起身儿，用手掌心为宝枝抹去脸上污渍。这动作挺刻意。宝枝又忙不迭转身，从火炉上的铜壶中拎出那瓶蔚州老窖，拧了盖儿，往玻璃杯中注酒，一股酒腥辣气飘满屋。这酒被滚水烫过，热腾腾。

“俄兄弟好喝酒。嗨，黑夜里冻死个人儿。”宝枝说。他是烟酒不沾的人。每次来，倒总是有酒给我喝。

“今天是个好日子，你给兄弟倒上，咱要随他喝一口。”女人又在我腿上拍一下，先自端去这满满一杯，直叮嘱我说。话落，酒已下去半杯。

她这一口猛酒，让气氛霎时沉闷起来。

老人默默再倒上一杯酒，之后，便站到女人身后，他无处落座，抱着酒瓶，平淡的表情和低小的个头儿令我想起古画夜宴图上的侍从。男人下厨，女人待客，江东多见，塞北稀有。

就这会儿，玉皇阁响起冷笑，寂静，接着又是凄厉地一声。

宝枝细听，看了看那女人，她呆滞地望着墙壁，似乎也在听。那墙上挂着日历，厚厚一本，标注了阴阳风水的那种。这叫我想起小时曾偷看过老父的一本厚书，清末沪上版本，粗蓝布封面，书名是《酬世大全》，版式和这日历真挺像，其内有句话：“笑人齿缺，曰狗窦大开。”

“啥玩意儿叫？”我问。

“呼忽悠子。”静默好一会儿，女人说。这是蔚人对猫头鹰的称呼。这鸟叫，先是一串颤抖的“呼”声，其声由高渐弱，声绝，猛然又是极低沉一声：“悠子。”

我想起，春秋赵国的死敌中山国，其境有天险，号称鸱之塞，这关塞离此不远，正当马头山南的飞狐道中，即如今称作倒马关的。何故以鸱为名，大概是其地高险而多鹞鹰的缘故，三北沿长城一线，称“鹞”和“雕”的地名不少，鸱之塞即苍鹰之塞。由此又想起鸱鸮，曹植曾将鸱鸮与豺狼并列以喻恶人。鸱鸮就是呼忽悠子，有说是鹰，但不是，鹰的叫声我听过，像婴儿开心时稚嫩的细语。

公元前476年，赵襄子谋杀代王吞并代国，在此之前十五年(前491)，赵氏已占据飞狐道南端的邯郸，但这古道依旧被中山国阻塞，代夫人不可能沿此路去邯郸。而赵国以邯郸为都城，该是在灭代九十年之后(前386)的事。

蒋一葵先生有言，下花园鸡鸣山“原非代壤”。因此不会是代王夫人死地，同样，蔚州马头山以南，飞狐以远乃中山之地，亦非代壤。虽说在灭代之前十三年，襄子之父赵简子曾攻打中山，但并未使之亡国，这条古道大约依旧为中山所控。事实上，赵襄子吞并代国，以及后来的胡服骑射，定都邯郸，其目的之一，正是要南北并进，以图中山，以通代道。

既然赵襄子要迎代夫人回国，赵国在西，夫人何故向中山所在的东南行，而非西去？从飞狐的确有路可通灵丘和赵国故地，但道路漫漫，萦纡凶险，夫人又何必不直走灵丘道，反而舍近求远，舍易而就险？

马头山真的就是磨笄之山吗？

赵灭中山，是在代夫人磨笄自刺后一百八十年(前296)，亦是中山第二次灭国。此后，赵国南北终于连成一片。“代道大通。”太史公说。“代马胡犬，昆山之玉”尽从此道北来。而中山国的王子肤施却被流放到陕西榆林西北，从那时起，他的放逐之地被称作肤施，直至北宋，这地名内迁，即后来的保安，如今的延安。中山遗民怀念故国的易水，多姓易。

玉皇阁上，凄厉声间歇不断。这哭笑之间的声音。

微有醉态的女人渐渐安静下来，似乎觉得不想再说什么，我的腿松快许多。宝枝亦无话，抱着酒瓶默站着，望着窗外黑夜。那声音戛然而止。火炉上的水发出嘶嘶声，窗台上怒放着火焰般的花朵，或许要下大雪啦。我想。

猛然，阁上惊起一阵躁动，大群的野鸽呼啦啦飞起，屋外夜空中响起一阵翅膀的击打声，像无数绷动的弓弦。鸱鸮鸱鸮，既取我子，无毁我室。我想起豳风，鸱鸮。

“都说这阁上有邪？”记起县志上那句“州民供奉香火，不敢祭祀”。我问宝枝。

“不能，能有啥邪。”老人喃喃说，他小心翼翼看那女人，目光闪烁不定。

“咋不邪，打雷，画上能动。黑夜里。”女人直愣愣对着墙上日历，说罢，仰脖又喝下半杯猛酒，她似乎受了极大的委屈，刹那间，一脸热泪簌簌落下。

“你这七泼八泪的是做甚？”宝枝小声说。

“你咋能知道，今天是我儿祭日。”女人又在我腿上拍一下，之后，用手揉搓着腕上那只翡翠镯，哽咽抽泣起来。

她死去的男人留下的钱财，她不敢动，后来却让相好的浙江人卷去大半。儿子懂事争了脸面，北京矿业大学念下来，在黑石岭矿上寻了个高管的营生。她高兴一回，用剩下的钱，为毕业的儿子买了轿车，本指望他能风风光光，寻上个好女人成家。

不承想，才两天，儿子撞了运煤车，横死在路上。而眼下政府征地，强拆了她的房。这些事儿，我睡下前才听宝枝慢悠悠说起。

在厨房的火炉边儿，宝枝用两只条凳支起一片儿老门板，宽窄长短正好放下睡袋。我躺在上面，想象着自己是具尸体。一盏马灯搁在头边的小凳上，是宝枝走时摆下的，很有些墓穴里的意味儿。

“回时带上。”老人说。他知道我喜欢这灯。

灯壶上有FEUERHAND的字样，一只锈蚀的手，手掌中托起燃烧的火焰，放出一圈光芒。下边从右往左三个汉字：美最时。字旁有一只飞动的蝴蝶。这是一盏德国产的老灯，晚清后的民国时期曾大量装备中国军队，这大概是当年阎锡山的晋军，或冯倒戈的西北军的遗物。我想。

可代王夫人为何要南去飞狐口，她本该向西走灵丘道才对。难道那条古道当时并未通行？我想。

“水北金台路，年年行客稀，近闻天子使，多取雁门归。”这是唐人王建的诗，可见唐代，沟注南北前往赵原乃至长安的路是畅通的。

事实上，在春秋时代，灵丘古道也一定通畅，只是未称灵丘道，没这称呼。

灵丘因赵武灵王的墓冢而得名，那是后来的事。夏屋山在蔚州以西，沟注之东。实际上，沟注夏屋实为一山，只是被陉口所隔，山南紧邻赵地。代王之所以在此被襄子反斗击杀，如果路不相通，他何以前往。

当事时，他或出代王城，沿壶流河西行至广灵，再南折进入赵国灵丘，过瓶形，走沟注山前，沿滹沱河至繁峙，至夏屋，即后人所称的灵丘道。或西北走五叉，过望狐驿至应县，走沟注山后，沿桑干河至夏屋，至雁门。而且，走这条路的可能性极大，因为此路的全程，尽在代国版图内。

同样，代王夫人被迎回赵国亦该是走这两条道路之一，全无道理向东南走马头山下飞狐口。

蔚州马头山，似并非磨笄之山。

灯火如豆。静如丘壕。这寂静令人无法入眠，总觉着窗外檐下有人轻轻走动。我想着女人说的话，索性爬出睡袋，起身披衣穿上皮靴，拧亮马灯。

我推开门，刹那间，通身裹上一团冷气，迎面天地间一片苍白，蔚州城下雪了。

宝枝的房里没有声息，我想着他那张小床，想那两个年龄和命运极悬殊的人，他们并不相爱，却会像玉皇阁檐下的野鸽一样挤在一起。爱很奢侈，有太多太多的人这样过活。人格本身就是破碎的，想用逻辑圈套人性挺低级。人性和人格无序，那种“序”不存在，就像地球仪上的经纬线，事实上，它并不存在。我这么想。

沿着陡峻的石阶小心走上高台，走进院门，望一眼苏志皋那通石碑，漆黑立在那儿，像一个冷冷站在暗夜中的人形。我想着那只鸮鸟，推开玉皇殿门，感觉到一种腐烂的草垛发出的温热。黑暗中，举起马灯去看那些雷霆之神，墙上的色彩猛然变得浓烈亮丽，原本灰白底色，竟浮现淡淡的青绿和土黄。摇动的灯光似乎将渗入墙壁的颜色吸出来，珊瑚红幻化成鲜艳的朱红，核桃黑变成墨绿，蓝靛变成青莲。而青莲幻化成松石绿，藤黄变成淡鹅黄。大片的赭色泛出辉煌的金红。那些鸟嘴三目的面孔，从空洞无底的漆黑里现出身影，在灯火中跃动着，甲胄鲜明，衣袂舞荡，那些眼目炯炯流动，须发飘然，活了一般，令人窒息。我想着梁顶木牌上那些画匠的名字。外面北风劲吹，玉皇阁上下，一片叮咚的铁马鸣响。

殿门被推开，玉皇座前一片微弱的雪光中，走进长长的影子。

那女人将一把点燃的供香，插在座前的香炉里，之后，扶着香炉，一点儿一点儿慢慢跪下来，那渐渐缩小的身影似正在渗入大地，她两手抱着炉足，把头深深触在冰冷的地上，缩成小小一团，一动不动。

北风吹过城头，吹过阁下万人壕边的白草，蔚州城没有灯火，没有声息，像多年前沉没在深海大壑中的巨船。

我想，在雪云之上，弯月和星光一定灿烂，辉映着辽阔的天庭之海，那海面上，也一定奔驰着滚滚狂飙，一定狂涛骇浪汹涌澎湃。

而死寂的海底正飘着大雪，在古老的土地上，玉皇阁像是年迈苍老的海神，它沉睡着，年复一年，守护着这艘腐朽的沉船。

墨淡如白——艺术家孙大立先生家事

一

时近六点钟，看出大立没有要走的意思。我便站起身收拾茶具，把动静弄得叮当响，做出驱客姿态。

大立安稳坐在椅上，静静地微笑着看我动作，在我端起茶具将要转身那一刻，胸有成竹地吩咐说：“对，不要绿茶了，换一点红茶吧。”

于是，收尾又变成开始，只能给他换上红茶，恰似我起初就是这个打算。

就在这时候，他的手机热热闹闹地响起来，铃声好像是打倒土豪什么的。大立慌忙站起，把上身所有衣袋摸索一遍，掏出手机看也不看，往我面前一递：“说我回不去。”他小声说。

我将信将疑，把手机小心靠在耳朵上，果然是大立太太琼嫂之音。

“你咋还没回家？你在哪里？”

“我……”

“你干啥子呢？”

“我是老武。”

“老武啊，大立呢？”

“睡了。”

“睡了？”

“他中午喝多了。”

“他刚出院，他痛风，你怎么还给他酒喝？”每次都是如此，买酒办肉供他吃喝，结果是落埋怨。

“他就是要喝，我也没的法子煞。”我用四川话说。

“嗨——你把他灌成这个样儿，让他住你那里，莫让他回来了，夜里莫要乱跑呵。”

“要得。”

放下电话，感觉头皮发凉。大立一副事不关己的样子，这会儿，他满脸无辜地说：

“又把你琼嫂骗啦，我回不去啦！咱们晚上吃什么？”

孙大立先生长我十二岁，相交近二十载，想来当算作忘年之交。

作为艺术家，大立善良而低调，好酒肉，略微有些好色的嫌疑。他鲜与别人发生争执，诙谐且多才艺。但谈起他的太太琼嫂，总让我有吝啬刻薄之感。在此仅列两例。

1995年，大立的作品《八十八罗汉》获美国福特基金会国际陶瓷展铜奖，这是继1987年大立的《狮》代表中国获萨格勒布陶艺金奖后的又一荣誉。而琼嫂却拒绝大立去领奖，理由简单——没钱！于是圈内大哗。

“对方是负担机票和食宿的呀。”我说。

“还会有其他支出。”琼嫂说。

“有奖金呀。”

“少，美国亲戚多，还是要搭钱。”

于是众人商议集资助行，但转念一想，大立是完全有经济能力去领奖的呀，遂止。

大立家住北五环外，我住西山，相隔有距。逢大立欲来我处，琼嫂便从包儿里摸得硬币两文递给大立道：

“这是到地铁站的。”

再加上两文：

“这是到苹果园的。”

最后再给两文：

“这是六二一路到老武家的。”

“不够哇——那叫我怎么回来？”

“老武不会让你走着回来吧。”

于是，大立拳头里攥着有去无回的六文盘缠，怀着对我的几许思念，拖着一条病腿，秋风易水，仆仆风尘来到西山。见面不及叙旧，当头一句便是：“怎么回去？”

渐渐地，每次由我安顿回程遂成定制。

琼嫂真真让我惊叹不已，叹的是一个深闺妇道人家亦知我不忍让大立徒步而回，可见在下侠名之远播。惊的是对自己的老公如此算计，大立处境可谓艰危。

二

桌子摆在院子里的槐树下。盘碗未上桌，大立便端坐桌旁，我家那条极凶猛的高加索獒就趴在他脚边。不知什么缘故，这条令所有人胆寒的家伙偏偏对大立表现出相当的友好。此时，它巨大的脑袋平伸在草地上半闭着眼，老佛打坐一般昏然，似乎已经梦入庄周。

"虎对你不错。"

"这你不懂，它是在监视我!"大立的回答令我领略了他的聪悟和自知。

大立有乌黑浓密的胡须，头发略略卷曲，一副高度近视眼镜挡住半张生动的脸。多少次，老友的这张面庞给我以无尽的遐想。我想象若没有大立的友情，我的人生是否会略微感到缺憾。为此，我甚至特地设计了他的死亡。

那该是个冬季，大雪纷纷扬扬下了一夜。在凌晨四点半钟，一个扫雪的环卫工老太太发现一个雪堆——就在鼓楼前的马路边上。她用扫帚苗儿拂开落雪，现出一张长着胡须的脸。这便是著名陶瓷艺术家孙大立的脸。

昨晚九时许，大立在太太琼嫂的催促下出了门。太太要他去东城某地取回别人拖欠的三百元设计费。

大立如数拿回了三百元，对方还请以足量酒肉。可当他在鼓楼前下车打算换乘时，才发现十一点已过——没车了。而大立又从不舍得打出租。

于是，酒精和腿病使大立在马路边坐下来，一边幻想着还会有开来的末班车，一边看着白色的雪花从鼓楼巨大的阴影中闪现，迎面扑来。他似乎想起某件陶瓷名品上绘有这样的雪景——画得真不赖——但那是绘画而不是陶瓷——只不过是没有画在纸上而是画在陶瓷上——陶瓷是陶瓷而不是画，真正的陶瓷只讲拉坯和釉色，与绘画好不好没有什么关系。渐渐地，他的躯壳，头脑，思想落满雪，像白色的瓷。

我突然有点儿想热泪盈眶。这是个完整的想象。

结论是：我的一生既然有了大立这份交情，便肯定无法再失去。这或许是宿命吧。

怀着对自己的感动，我迫不及待地给他打电话。我绘声绘色给他讲我的所想所思。他在电话那头闻讯放声大哭，就在我鼻子也跟着微微一酸的那一刻，他说："惨，惨，惨，太惨。"

这一串"惨"吓我一跳，满腹的悲戚顿时不翼而飞。我想起大清康熙朝那个被腰斩的监考官。据说他被砍成两截，在缓慢死去的过程中，以手蘸已血，在沙地上连书七个“惨”字。这七个“惨”字震撼了监斩的皇子，也就是后来的雍正，导致腰斩酷刑最终被废止。

我很想跟他解释这不过是个假设，不必太当真。他吸溜着鼻子挺难过，继续说：“既然就这么死了，又这么惨，我得去找你告个别。”

“……”

“你先让小刘下山买几斤腔骨——肉多的那种。炖烂点儿——别放辣椒。”

小刘，四川广安人，是我好友，亦是我家阿姨。她十分迷恋辣椒的功效，即使一盘西红柿炒鸡蛋，也一定要放上一把朝天椒。听了大立的话，我半天没吱声。那边又说了：

“还有酒——白瓶的那种。”他是指十二元一瓶的二锅头。

“琼嫂说你有痛风，不能……”我连忙说。

“那病九月以后才犯，还差三个月呢。”

“天都这么晚……”我还想阻止。

“等我死了，你就是天天一早把酒和肉放在我坟头上又有什么用？那才晚了。”

“来也成，把罗汉带过来，你早答应的！”我指的是他的作品，弄巧成拙，还要搭酒搭肉，实在令人不快。

“送你就送你，不过喝完酒你还得请客去歌厅。”大立的声调依旧有点儿哭哭啼啼。

一场挺动人的感情交流就这么庸俗猥琐地结束，最后双方都如此自然地蜕化回斤斤计较的市井俗民。“这种感觉真让我舒服”。两人轰轰烈烈“雅”了一把，最终又大大方方回来做小人。既然俗，就不得不“雅”。

让真正的优雅之人学会俗，那真是万难的事儿。但是，一个低俗之人连点儿优雅都模仿不来，那也真是俗到家了。遗憾，现今世道这样的俗人比比皆是，繁衍迅猛。

“玩高雅从来就是俗人的事儿。”大立如是说。

三

想来这二十年，没少遭遇琼嫂怪罪。究其缘由，问题出在大立身上。

“谁管它痛风不痛风，今天吃肉喝酒，明天死了也无所谓!”您听，这可是大立原话。

民不畏死，奈何以死惧之?

前不久，大立因十二指肠溃疡住院，出院时，医生嘱咐道：

“近期不可以吃油腻的噢。”

“当然不能吃油腻的。我很少吃肉。我只吃点青菜。”大立回答，那听话的样儿活像个懂事的小娘。

“特别是不能喝酒噢。”

“当然，我很少喝酒，基本不喝酒。”大立笑眯眯地，真乖。

出医院门不回家，一溜烟儿来找我，正好赶上我在请客。大立落座，后果可想而知，当天晚上腹痛，不能忍，不欲生，即便到了这地步，依然打来电话告我痛苦形状，怪我予其油腻。第二天一清早，弯腰捧腹重返医院。

以如今时尚语言概括之如此“折腾”，琼嫂焉能不怪?

但本末不可以倒置，言者或许记不清了。相交二十余载，时有折腾的是孙大立孙先生而非在下。冤哉!

朝闻肉，夕死可也!有如此魏晋风骨的好友另外还有俩人，一并记下，以备他日补遗。

一个是杭州郭建荣，一个是北京常百成。立此存照。

十四岁那年，我突发奇想欲学书法，于是拜在蜀南苏元章先生门下。先生教诲早随先生仙逝若云烟尽散，只一句话懵懂间却记得分明：无白。墨淡如白。

由是，一生放弃了想做完人的渴望。不欲做完人，亦不装作完人，然大立先生何尝不是如此？

在友人圈内，大立颇有孝名，其父孙老先生今年逾九十八岁，竟无一丝白发，无一记老人斑痕。

记得数年前第一次拜谒老先生，先生身着雪白的衬衣，衣摆收在裤腰里，双手拄拐杖于腹前，端正地站在位居六层的家门口。相互问候之后，老先生问："先生可是共产党员？"

"呵，我不够格啊。"我忽然不好意思起来，虽言出这所谓"格"，我确实不知自己所云何物。偷眼看看大立，大立很得意地站在那里，一副礼贤下士，接见下人的作秀模样儿。

大立好歹还是农工民主党员，据说里面有钱的医界人士居多，名称和内容如此风马牛——但大立毕竟在党呀。

老人这才引我走进斗室，南向是模样高古的长沙发，西面门旁有一面民国时的老落地镜。于是我说："这该是民国旧物喽。"

"剧团里的，从前大立舅舅蓝马送来的。"老人一面回答，一面右手松开手杖，缓缓挥向沙发，做了请的手势，那动作说不出的儒雅。

"先生请落座。"老人说。

"总听大立谈起你的才华，想知道什么呢？请提问吧。"

老先生一句话宛如雪水灌顶，直淋得我满面通红，我知道他曾执鞭于西南联大理学院化学系。慌忙站起，不知所措。

我不知何谓"才华"，一直得意于自己如小混混一般，纵情于市井，放浪人世间。从来自许洒脱，自觉名利场外之人。

那一天我们谈了很多，谈了很久，谈到胡适，谈到陈寅恪，谈到刘文典和沈从文，甚至也谈到汪曾祺先生。

我留意到，从始至终，老先生上身笔直，丝毫没有松弛过。他以四十五度角侧对我，决不搭二郎腿。双手置于杖首，放于胸襟之前，双目随和而聪敏地直视对方，给予你问询的勇气。

我所熟悉的台湾才子高信疆，陶艺大师陈佐导，日本学者小野寺等老人都具有如此风骨，而后两位都是年近九十高龄的长者。在我们大陆上，这样有修养有气质的长辈的确鲜为一见了。我曾听文化之人谈及日本礼节，结论是“真累”！ .

是，台上似是而非地摆弄两下确是有赏心悦目之感，然化作生活之骨，贯彻于行为准则而成自然，溶之人道，“化内人”看了的确“真累”。但那是一个民族的美，那文明之美源于我们的先贤大哲，是我们的先人创建了礼而并不知其“真累”。怕累，就别指望别人以礼来待您。

老人每每对我谈及西南联大诸君诸事，清晰可点，娓娓如数家珍一般。此刻，琼嫂则一直在不远处，偶尔过来为老人拭去额上细汗，但绝不打断老人兴致，大立夫妇乃有微德之人。

离开孙家时路灯亮了，从远处传来喧嚣的锣鼓声。众多披红挂绿的老人正在聚集，厚厚的胭脂下不知掩盖着怎样空洞的脸。

那天很热，傍晚，满耳尖厉的蝉鸣依然不休。这使我想起琼嫂。

怪罪归怪罪，但琼嫂一生身世飘零，能够略有知晓的，我当算其一。既然说的是孙大立先生家事，琼嫂事理当囊括其中。

四

连续写了《墨淡如白》四篇小文儿，得大立先生勉强首肯，窃喜之余，忽然萌发了邀功的心思——很下作。

于是拨电话往孙宅，得琼嫂告余：大立，眼下正忙着在甘肃天水捐画赈灾。

好啊！仁哉大立，捐画救灾民。这几幅画作或许让几多穷孩子吃上饭，念上书。好啊！信哉大立，捐画就是捐画而绝不言捐钱。

由此我又想起大立先生所在之党。记得大立曾告知在下：

“你怎么写我都成，只是别提我们党。我可是党内先进分子。”

原来果真如此。中国农工民主党算是培育出了好党员。章伯钧老先生九泉有知，定会回眸一笑而慰。

感慨罢，又忽然想起大立的画作确是难得，大立师从蒋兆和先生多年，与鼎鼎大名的范曾同出一门。画作不多，但可谓炉火纯青。陌路范曾的画作我尚有私藏，但作为二十年之故人，大立丹青我却竟然无缘。何不借邀功之念求赐一两幅？于是暗暗打定主意，静候大立回京。

这一天，终于盼得大立回銮，怀着忐忑心情，忙不迭地打了电话给孙宅，而接电话者正是大立。

“是咱们的武钺吧？”——多亲的声音。

“您回来啦，孙老师？”

“这次是飞去飞回，上了麦积山，还去了伏羲庙。”话语兴奋。

“不虚此行，不虚此行。那地方——还是很穷的吧？”

“是够穷的，真穷。”

“您吃浆水面了吗？”

“吃啦。政府请客。”这话让我多少有些意外，心中感慨时下竟有这等浆水面的廉明。

“好吃吗？”我嘴里有点发酸。

“好吃，我要求吃的，哨子里肉丁少了点儿。”

刹那间，往事从脑海深处疾掠而来。那该是二十年前的一个深夜，在甘肃武威南边儿一个叫作“岔嘴湾”的小村庄。

四下是无边无际的黄土高原，初秋寒气浸骨。在瓦蓝色的夜空中，壮丽辉煌的银河从我身旁流泻而过，直倾东南。就在熠熠星光中，一眼摇曳着灯光的小窑洞里，家徒四壁，灶火将熄。老汉喝水捧着一大海碗面条放在我面前，又转身从炕洞里拎出黑色的大瓦罐，打开，从里面倒出青黄色的汁水浇在面条上，一股酸甜的馊味像油灯的光芒一般弥散开。之后，喝水右手捏着一根鸡毛，把羽尖探入一小罐，蘸了点儿辣子油点在面条上，对我说：“吃！”他把“吃”说成“彻”音。

我在喝水和他的小女儿慧慧的注视下“彻”了这碗面。那孩子穿了件补了袖口的红线衣，十七岁的年龄，可胸脯还是平平的。当我狼吞虎咽的时候，她一双乌黑的大眼闪亮在晃动的灯影里，越过喝水的宽宽肩头朝这边望着，笑着。到后来，姑娘笑出声，她跳下炕，捧上黑瓦罐，打开，把我碗底的残汤剩水小心地倒回去。这是我吃过的浆水面。

“你还在听吗？怎么没声儿啦？”大立说。

“我想起浆水面——唉，我想问您求两幅字画。”

“送人吗？”

“自己留。”

“早该了，怎么着，是您自己来挑，还是专门给您画？”

大立的话让我心头发热，忙回答说：

“还是我自己去挑吧，专门画，齁费劲儿的，谢啦。”

五

都说琼嫂的祖籍是江苏昆山，原因很简单，因为徐祖怡和徐祖正两位名流都自云昆山人。

其实是。但也可说不是。

年内大立陪同美国回来的妹妹一家去游皖南，说好要住在屯溪我家老宅里。大立来电话问我该游何处，我回答：

“往东北去三十里，沿新安江，一定先去歙县。”

大立不解。

“歙县有什么，不就那几个牌楼吗？”

“去看歙县西园，那可是您老婆的祖居。”

“您听谁说的？她们家是正宗昆山人。”

“反正不是听您说的。”

尽管咫尺之遥，大立到底没有去歙县。

正是这西园，琼嫂的三位祖上徐干学、徐秉义、徐元文诞生于此。他们师承其舅父，即清中期国学干嘉学派的开山大师，“天下兴亡，匹夫有责”之顾炎武。既然说是谈家事，我不妨谈远点儿。

有知情者《徐祖正教授最后的愿望》云：

他曾对自己的小辈说起：“我们的先祖昆山徐氏，过去有徐干学的传是楼，是当时江南颇有声誉的藏书楼，我也有这种兴趣，但是我并不想传之子孙。”

这话想必是有的，但或许有欠精准。徐祖正有书，有皮鞋和手杖，但就是没有子孙。这不是他想不想的事儿。原因简单，基督徒徐祖正和他同是信徒的妹妹一样，一生未婚，直到生前死后之际，琼嫂一直伴他左右。

1675年春，集国恨家仇于一身的旷世大儒顾炎武，往神烈山南麓哭祭明孝陵。复国大业已成无望，他尽卖昆山家产，孑然一身，从京口古渡渡过长江的万古愁波，掉楫北去，从此至死永不还乡。刚烈如此，现今诸多“国学‘大师’”的人格和学识谁敢与之比肩？何德何能，敢妄称“师”？

“何处望神州？满眼风光北固楼。千古兴亡多少事，悠悠，不尽长江滚滚流！”中华亡国故事，一二再三。我想，当这位伟大的中国学者身处碧水中流而再次回过头去，凝望郁郁的北固亭和大明龙兴之地神烈山时，他该是怎样的心情。

万事有不平，尔何空自苦；
长将一寸身，衔木到终古？
我愿平东海，身沉心不改；
大海无平期，我心无绝时。

此问答的诗作《精卫》，乃顾氏所作。

与舅舅顾炎武相左，他的三个外甥都采取和异族现政权合作的态度，而这种态度似乎并未影响顾炎武与他们之间的关系。这再次令我想起元初文天祥和两个弟弟的旧事。

抗日军兴，高校退往西南。徐祖正临危受命，留驻北平仍任北师大校长和英语教授。于倭寇周旋护校(徐祖正精通古日语，后为北大东语系一级教授)，竟被敌伪送入精神病院。

我再一次重新思考儒家思想的普世性。使我渐渐洞见顾炎武“亡国”与“亡天下”观念的不同所在。我以为这是顾炎武学说的精髓。扯远了。

徐干学：康熙九年(1670)庚戌科探花。

徐秉义：康熙十二年(1673)癸丑科进士探花。

徐元文：清顺治十六年(1659)己亥科进士状元。

史上对徐干学的人声官声多有褒贬，感兴趣的可以去翻一翻刘成禺或是夏仁虎的著作。但谈起徐干学的“传是楼”，无论朝野上下或是中外古今都是一派赞叹之声。

六

我叹息那些做长辈的，有想以土地传后人，但子孙能世代富下去吗；有想把金玉之类的宝物传下去，而子孙就一定能拿这些东西当宝贝吗；有想把园林车马之类传下去，而子孙就一定能世代享受这些吗。我把这看作鉴戒。那我传给你们什么呢？他指着书高兴地说："传给你们的，就是这些！"于是就以"传是"两字作为楼名。(译文)

上面是汪琬先生《传是楼记》中的一段话。这里的"我"，正是徐干学。

这位汪琬，我不敢肯定是否就是清初散文"三大家"之一的汪钝庵先生，但从所处时代和时间上看应当是他。

在汪琬笔下，我似乎看到琼嫂的先人传书与子孙时喜悦和欣慰的笑貌音容。可谓栩栩如生。

岁月匆匆，从徐干学1694年驾鹤西归至1977年徐祖正谢世，在徐家后人颠沛流离之中，二百九十年风雨过去了。沧海桑田，物非人非。徐家子孙是否珍藏着祖先的托付呢——云散了，只是昆山千灯镇顾炎武的一抔黄土旁，有"三徐堂"尚在。只有徐干学所总裁的《清会典》《大清一统志》《通志堂经解》《传是楼书目》《资治通鉴后编》等经典和"传是楼"的故事为学子所珍存。这位被康熙皇帝誉为"光焰万丈"的大学问家，假若活在今天的盛世，该是大师中的大师吧？但历史上没有人这么称呼他。人们称他为"传是楼主人"。

我不由得想到徐祖正先生弥留之际。这位扫厕所的一级，后来又降到三级，死后又抬至二级的东语系教授，眼含泪水，不停地吩咐琼嫂："这些书捐是捐了，但我死前一本都不要动，我死了再拿去吧。"

那是一个视书如粪土的时代，我体会到老先生为他的书的结局的深深担忧。

老先生的书可曾无恙吗？那些书，其中还含有张奚若教授的部分典籍，还在开启后人以慧心智吗？北大的金克木教授生前曾提及这些书下落。金教授和徐祖正先生并不特别熟悉，他说，我去北大图书馆，到编目室闲看，见到地上堆着许多外文书，捡起一看，都是日本印的英国文学书，老古董，想到这必是新故的徐祖正教授赠图书馆的遗书。随后翻看几本，不料有一本书里夹着一张纸。一望那写得满满的毛笔字就知道是周作人的手迹，不免匆匆偷阅一遍。开头是“耀辰兄”，末尾是“弟作人”，中间是借书。周作人早年译过日本的《狂言十番》，这信正是借《狂言》，还说到一些作者和版本，可惜我茫然没记住。我看信后既不敢“私下腰包”，也不敢告诉编目的朋友，恐怕一声张就会遭到销没，甚至于抄检书籍，影响到徐氏赠书的命运。我心凄怆黯然。

徐祖正先生四月底寂寥西归，数日后，琼嫂一把火烧掉了老人生前的两百余封信件。其中不少是与他的学生，当今“国宝”季羡林先生的通信。她不知道这些文件意味着什么。对这个从小流离，连小学三年级都未念完的琼嫂，我又如何评价呢！从筑楼藏书至琼嫂焚稿，徐家彻底走完了轮回。

我想起“天下兴亡，匹夫有责”之顾炎武。

动笔前，我曾以此事请教我的兄长，著名电影摄影师钱酒先生。少言的他放下酒杯沉默许久许久，对我说：“真实地写，这是你的责任。”我看到他眼里满含泪水。我知道，他的先人钱玄同先生亦是徐祖正的至交。

我很敬重复旦大学的钱文忠教授，也偶尔看看他的百家讲坛。

众所周知，持重而博学的钱先生是季羡林先生的得意高足。记得前数年，钱先生一年一度的拜师礼很是轰动一场。本来，门生弟子，人之常情。中国人拜师美德已持续两千余年，又非当今祭孔大典表演，实在没什么可轰轰烈烈的。但如今有所不同，时下的新中国人不太了解旧中国人的风俗，新鲜。于是，报纸登，电视演，大众抻长脖子看，把好端端的礼仪弄得有点儿像杂耍。而钱文忠先生的“动机”多少令人误生了意味深长之感。

看到季羡林老先生端坐椅上，接受钱文忠跪拜的情景，我再次想到季先生的老师和老同事徐祖正先生。

七

1973年后，剧烈的煎熬有了平息的迹象。中国的知识界幸存诸公宛如车辙中的鱼，似乎在幻觉中隐约听到远方传来的轻轻的雷声。

在排成长串的殉难者的名单中，没有北京大学的教授徐祖正。

他还在缓慢前行，他不再穿着他的西装，但皮鞋还是要的，“他一生没穿过布鞋”，琼嫂如是说。当然，他也依旧撑拄着那根著名的手杖，这位二十世纪三十年代的“文坛勇士”，在琼嫂搀扶下，走过承泽园的小径。他小小的身躯，在朝阳中拖下长长的阴影。

偶尔有人远远迎面而来，之后又匆忙走下道路，进入道边的树林。显然，这人绕路的原因是避开徐祖正。

“那是季羡林，从前天天来我们家的。”徐祖正对琼嫂说。

“从被打成右派他再没来过，每天的信也没得了。病重时我想他会来，没来，到死也没来。”琼嫂又如是说。

我想起钱文忠先生的拜师礼，在昭昭众目前，钱先生蜷伏着微胖的身体跪下来，当他再站起来时，似乎高大了许多。这正是传统的绝妙之处。

我依稀看到，在那匆忙避去的身影中遗落的几许无奈和胆寒。而徐祖正先生也并非不染一尘，有南汇张礼千教授1955年自沉未名湖故事尚去不远。

徐祖正躺在床上，那张床头饰有基督和十字架的雕刻。

来日无多的预感使他做了两个决定。一是向北京大学提出申请：因自己年迈，且无子女，望领导考虑将在河北魏县插队的外甥孙女琼调回身边，以便有个照料。当事时，琼嫂已照顾先生有年，但这位没有文化的女孩的身份却是插队于农村的“知识青年”，她得不停往返北大与邯郸之间，以使假期得到延续。

这第二个决定便是捐书(事实上，在徐氏预先所立遗嘱上已有此项)，所藏图书分为两部分，分别捐给北京大学和北京图书馆。

徐祖正先生可谓冥顽不灵，“文革”尚未平息，提什么捐书不捐书？风暴中销毁的书籍可湮山没海，您区区6226套图书又何足道哉！

1976年年末，徐祖正病重入校医院，周培源先生代表校方探望他，在夸赞了琼嫂及另外的孙辈后人“小鬼当家”之后，宣布徐祖正按二级教授待遇。然徐祖正早在建元初期，就已经是一级教授。

那么，右派的帽子摘了没有呢？

“不知道，好像没说——我记得是没说。升二级了，应该就算是摘了吧。”琼嫂说。

二级教授徐祖正死去了，他的骨灰在琼嫂的哥哥家里存放多年。直到近些年，一个他青年时暗恋过的表妹，在北京金山墓地为他买了个位置。徐祖正最终得以下葬。他本来是想回到昆山的，他的表妹也是希望他回到昆山，但最终没能回去。

琼嫂依旧回河北邯郸的魏县做“知识青年”，后来，徐祖正的一个学生设法将其调入邯郸陶瓷厂，在那里，她结识了陶瓷名家孙大立先生。

又多年后，徐家后人得到两张小小奖状，为奖赏徐祖正先生捐书事。

徐先生个子很矮，皮鞋是特制的高底，手里经常拿着一根西式手杖。我一见他就恍惚遇上了没胡子的夏目漱石。“文革”时剥夺了他的皮鞋和手杖。他在“勒令”之下无可奈何，不能西装革履持手杖打扫厕所。

我经常去北大会友人，每次走过北大西门，我都会碰上那位小个子老人。他打着赤脚，肩上扛着手杖，杖尖上挑着一对拴缚一起的皮鞋。他正赶去清扫女厕所。他是琼嫂的先人徐祖正。

八

孙老先生有个愿望，他想活过一百岁。

“那好吧，那就活过一百岁吧。”大立捋着胡子说。俨然他不是上帝就是阎王，左右说了算。

老先生1912年6月17日生人，到2012年6月正好一百岁。生日之前，摄影家王哥特地赶去孙家为老人拍了照片，他平素极敬重这位老者，每年为他拍一幅人像，一丝不苟，从不耽误，何况这是九十九大寿。

忙活了半天拍好照片，再亲自驱车二十公里，将底片送去图片社洗印，标清缩放尺寸，付清费用。之后，打电话给大立，叮咛一番，通知一定于五日内取回，包括一幅生日用的放大的人像。

王哥编辑出身，做事极精细，心里有事儿总放不下，尤其对面是孙大立，这的确更有些令人不安。而大立信誓旦旦，不就取个相片儿吗，用得着这么教嘛？领受委托时，他眼镜片儿后的一双眼睛挺无辜，那表情极像个从不被大人信赖的小小儿。

果然，四天没动静，转眼到了最后一天，中午一顿饭吃到下午六点半，正在酒桌上谈天说地合纵连横，电话响了，是王哥。

“我已经告诉图片社，八点前不取，麻烦请他们把照片销毁。”王哥平静说罢挂掉电话。

大立到底在差点儿八点的时候冲进图片社，据说为此还打了出租车(从来舍不得)。小姑娘已经换掉工服，靠在柜台上剔指甲，看样子正收拾好准备下班走人，一见大立扑进来就抿嘴乐。

“您就是孙大立孙先生吧，您片子在这儿哪。”她指指台面上的大纸袋。

大立打开纸袋抽出数张，果然张张精美，愣过神儿，于是挺起肚腹，打算调侃一番。

“您猜这老头儿多大岁数？”大立问。

“谁不知道啊，是您家九十九老寿星。要不说还当是王老师家人哪，人家比您上心多啦。”这话让大立有点儿灰头土脸。

“我要来不了，您还真要撕喽？”大立喘着问。

“您瞅啊，碎纸机都开啦。”女孩指指说。这会儿电话响了，整八点钟。“他刚到。”姑娘拿起电话说。

“王老师请您听电话呢。”姑娘又冲大立说。

“喂。”

“大立呀，咱俩说好，明儿中午我得请您吃饭。”

“请我？干吗干吗，干吗您请我？”大立摸着脑门儿问。

“看来您还算尊重我这位老朋友。就为这。”王哥说。

“当时我差点儿就钻了地沟。”大立事后跟我说。挺羞愧。

“您差点儿钻地沟的事儿还多着哪。”我说。

“再说，就算钻了地沟也没啥，时下的中国人可爱吃地沟油啦，香着哪。”瞧他脸上有点挂不住，我赶紧补一句。

“太刻薄！注意啦。”大立对我的话极不满。

“王哥又请孙老师您下馆子啦？”我问。

“请了，淮扬菜。”

“谁付账？”我又问。

“他请我。”他瞧着我，眼镜片儿后的一双眼睛永远无辜。

孙老先生思维极敏捷，爱开个玩笑。但到底年事已高，偶尔的小便失禁会令老人很伤自尊，他绝不允许儿媳上前为他更换衣裤。甚至琼嫂提醒他上卫生间也会令其不快。用他的话说：“人是有尊严的。”这么一来，这些琐事儿自然大立要担当。而大立往往会用调侃来化解老人的尴尬。这时候，老人会随着大立进入角色，变得可爱顽皮，妙语连珠，那情形极动我心。

大立为父亲换好衣服时满头是汗。毕竟是六十几岁的人了。他拿起便器对老人说：

“想活过一百岁，一天得排出一公斤废水，爸爸，您这儿还差四两半哪。”他不提“尿”字。

“噢，这么精准。那待会儿去卫生间，不用那玩意儿。”老人说。楼下锣鼓喧天，是些老头老太们正扎堆儿扭秧歌儿。

“这毛先生又斗争谁呢？”老人直起身细听，半晌不吭声儿。

“您弄错啦，毛先生八十三就过世啦，都三十五年喽。”

“那就放心了，可怎么会呢，都说能活一万年哪，太可惜了。太可惜了。”老人说。

于是老人在大立搀扶下去了卫生间，问题顺利解决。不想刚一出来老人就站下，想起什么似的。

“朝鲜的金日成金先生身体可好？”老人问。

“……”用谢侯之先生的话说，大立一晕。

“他和我同年生，1912年4月15日，大我两个月，没错吧？”老人清晰地说。大立显然又一晕。

“金先生身体不赖，上午还托人带信儿来，要接咱俩去朝鲜，想和您一块儿过生日来着。”事已至此，大立开始闭眼胡嘞。

“人哪？”

“看您睡着，走啦。人家还打听您都爱吃什么。”大立说罢，瞅不冷子回过头，小声冲我嘀咕：“还挺能攀高枝儿！”

“但凡好吃的都爱吃。唉，能不能商量把你弟你妹也带上，一块儿去，多好。”

"成，您您，您先进屋歇着，我去找他们商量。"

大立小心把父亲送到卧室门口，老人又站下了。

"还是谢谢人家，不去的好。"

"……"

"听说见面还得下跪，我不会哎。"老人左思右想后说。

"您瞧，这儿都联系好了，咋又变卦啦？人家可是都准备啦。"这会儿，大立已经晕得可以。

"还听说金先生特喜欢别人管他叫爸爸，就差俩月，怕叫不出口。别去了，你也歇吧。"老人说。

"这可是您自己说不去的，往后可别赖我啊。"大立调整情绪，表情庄严，眼镜片儿后的一双眼睛充满了无辜，但明显松了口气，忙不迭从高台阶上出溜下来。

就在关上门时，老人冲我笑着眨眨眼。

"歇吧。"老人说。

九

我坐在大立家的长沙发上昏昏欲睡，这沙发陈旧，使人产生一陷到底的没落感觉，坐下去容易，站起来两脚乱蹬，挺费劲儿。而客厅也狭小，大约九个平方，总让我想起电梯间——运货的那种。

醉意沉沉，忽然想起一张孩子般的笑脸，就在这柔软坐榻上，谢侯之大哥递给我一整条黑面包、一块熏肉、一瓶琥珀色的德国苹果酒，之后，他瞪大眼睛看别人咀嚼，咽下，忙不迭问："味道咋样？"那当天，谢哥似乎刚从德国回来，为让大伙儿尝鲜，特地从那边空港买了这些吃喝。

大立最先吃完他自己那份儿，两眼瞅瞅我手里头，咂咂嘴："太少，还没咂摸出味儿呢。”他说。

孙伯坐在轮椅上，把面包一点儿一点儿掰开放进嘴里，慢慢嚼，点点头。而我则把酒和面包，好像还有熏肉都放入纸袋，打算带给慢慢。那天真快活，琼嫂竟然给大家冲了咖啡，一人一杯，就是没孙伯的。而后，她站在一旁，一边听大家伙谈天说地，一边紧紧盯着我手中的杯子。

孙伯也盯着这杯子，他抽抽鼻子冲我笑，用手点着那咖啡杯，我挤眉弄眼地表示无奈，也用手指指琼嫂。

孙伯有三个爱好，网球，交响乐加咖啡。交响乐爱听施特劳斯的圆舞曲，如今上了年纪，耳背。咖啡也喝不成了，说是影响心脏，而在大立家，能常得琼嫂咖啡招待，大约唯我一人。于是，常趁琼嫂不备，伸出杯子也请老伯喝上几口，相顾莞尔一笑，很得计。

此刻，我想着那晚上的面包，觉着挺饿。因为饿，又忽然想起自己伶仃半世，流年似水而萍踪不定，不禁伤感起来。

“惶恐滩头说惶恐，零丁洋上叹零丁。唉！”

“外面下馆子从来不吃啥子东西，光喝酒，喝成这样儿。”厨房里琼嫂叹气，看来她是在冲咖啡，我已嗅出那让人迷醉的气味儿。

孙伯坐在我对面的轮椅上，占据这电梯间的中心。他静静地看着大立。这老人在想什么呢？

我知道，战时他曾在西南联大当助教。我也知道，后来他又去了中央机械厂工作。这厂子就坐落在昆明城北的丘陵坡地上，那地方似乎叫作茨填，大门口上有两座歇山顶的门楼。每片儿瓦当上铸有鸽子和国旗。这是中国第一个大型国有机械制造企业，它支撑着战争危局。

那时候，国际援华物资经海路由越南的海防港登陆，再由中越铁路北上。大量囤积于中越边境上的河口，而为了阻敌前进，中国军队的龙云将军只能破坏通往昆明的滇越段的窄轨，并在崇山峻岭间布置了五道防线。

于是，挑夫和马帮被动员起来，中国人以这种古老的方式抢运物资——赶在法属越南沦陷之前。

或许因为孙伯通晓法语和英语，他领受了这一任务。这也大约是他离开学校的原因。

我曾走过那条马帮走的路，它穿过险绝的哀牢大山，沿湍急的南溪江和南盘江，沿铁路线一路向北，越过重重峡谷。噫吁嚱，危乎高哉！虽非蜀道，之难亦难于上青天。

孙伯常对我提起界河上的那座桥，它今天还横在南溪河口，是座长约三十米的两墩水泥桥，桥身挂满绿色的藤萝，静静的。而对岸，那座西式小楼也依旧立在那儿，也静静的。那是当年办理交接手续的法国海关。

越南沦陷后，流落于昆明的越南人开了一家“南美咖啡馆”，就在法国人修筑的滇越铁路火车站边儿上，那时候，西南联大的年轻人们经常流连于此，那里一定也会有喜爱咖啡的孙伯的身影。我还知道这咖啡馆里曾有位弹奏独弦琴的越南姑娘。唉，此刻，他是否想起敌机轰鸣下的咖啡味道，和那让人永难忘怀的琴声。

也是在战乱迫近、惶恐万状的昆明街头，一位身着旗袍的曼妙女子回眸一笑：“若是我不跟你讲话，你难道就永远不会主动跟我说话？”她对孙伯说。这话被孙伯永记于心。

那次邂逅会是在老昆明的金碧路上吗？在金马碧鸡坊，有座“新越西餐馆”，它卖的咖啡当场研磨，而且还可以喝到云南产的阿拉比卡咖啡。

说话的是位民国名媛，中国话剧事业的先行者董世锦先生。她和孙伯恪守了自己的誓言，直至抗战胜利后，他们于1945年双十节成婚，两年后生下大立。

而此刻，这位大立仁兄，正把一张熟宣纸铺在直径90厘米圆饭桌上，打算借酒意泼洒丹青。这桌面用胶合板制就，下面有交叉的金属管支撑，占去电梯间的五分之一。

“我要为你画像。”他对我说。

“别，您知道我从不照镜子。”

“干吗？为什么？”

“怕吓出毛病。”我说。

“那我画你写的人儿。”大立将小碟子里的墨汁缓缓倾倒纸上，然后双手撑着桌沿儿观看片刻。我真担心那桌子会被压翻。黑色的墨汁开始在雪白的宣州纸上流淌，扩散着，发出芬芳的气味儿，一如昨天，一如那些逝去的年代。

“我先画‘鬼头刀’。”他边说边摸起一支小号斗笔和一支叶筋笔，手指间夹拿着，屏息走笔。

琼嫂端上我的咖啡，警告意味儿地冲我和老人各瞅一眼。

孙伯挺高兴，直冲我笑，他那双钩状的手握着手杖，高居四层楼而无法活动，已使他的双腿渐渐僵硬变形。只是那双眼睛，依旧流出俏皮的神情。

“孙大画家，求您也给我画张相，成吗？”孙伯问。

“不成，得收费。”大立不抬头。

“您这价码咋论哪？”孙伯问。

大立直起腰，反手捶捶后背，仍旧眼不离画面，慢吞吞说：

“您出五十，给您画一个大圈，里边儿画四个小圈，写上‘我爸爸孙承提’。”

“噢。”

“您出五百，这回就画得像您啦，不过是挺不高兴的样儿。”

“噢。”

趁琼嫂转身进厨房的空当，我把咖啡杯伸到老人面前，他努嘴小心吮一口，毫无声息。

“您要是出五千，您就站在天安门广场上，不过哪，还是挺不高兴的样儿。”大立若无其事，继续说。

“要是出五万呢？”孙伯问，喝口咖啡，他显然得意。

“嘿，那就不一样啦。我把您画在天安门城楼子上，洋洋喜气，喜气洋洋。”大立喘了口气。

“要是出五十万哪？”爷儿俩同时问。

大立咂咂嘴儿，和刚吃罢谢哥的面包和熏肉时的样儿一模一样。

“那您就站在楼子正当间，您咧着嘴儿乐，别提多高兴啦，手里还捏一小本儿没完没了摇着。”大立又喘了口气，抹脑门儿，并不抬头。

“是红宝书吧？”

“不是，是本一亿的存折。绿的。”

梅影疏斜兴教寺

一

记得三年前离开咸阳，临别前，威希望我能见见他的内弟。

这沉默寡言的西北汉子沉默了好久，伸出左臂，用右手做注射状，笑着摇摇头，那笑容呆板，焦躁，痛苦。

“能和你聊聊可能对他有好处。自杀过五回啦，没死成。”威这么说。

我曾听一位老熟人谈起过这位内弟，那时，内弟受聘于国外某矿山医院做院长，“毒瘾大概那会儿就染上了。唉，他太优秀了。”老友说。

我没有见内弟，因为我没有下地狱救人的本事，我非目莲，连根稻草都不是。

然而这一次，我急于想见内弟。在我的背袋里有一本书，赭色封面，黑色行书书名:《属于生命》。临来咸阳时，我看到这本书。

“威的内弟写的，你看看。”老熟人说。

书的封底有这位医生作者的简介，其文抄录于下:

姓名，口口，男，1966年3月出生，中国陕西人，大学毕业后漂泊世界十余年，历尽人间苦难。本书成稿于2004年，作者身体极度衰弱之时，作者真诚希望人类生命能够快乐幸福。

“好，先看了兴教寺再说。”对我的要求，威回答说。

威驾车沉稳，崭新的轿车是他妹妹刚买的，车子像那女人一样白皙清秀，车内弥漫着崭新的气息。没有口臭和烟臭，也没有脚臭味。那时，车子正驶下少陵塬，沿青笔直的子午大道，穿过狭窄的滴水谷地往神禾塬上驶去，终南山迎面破雾而来，那上面有皑皑积雪安息。

我知道杜少陵和白香山都曾居住少陵塬樊川，在十六岁时，白居易正是以一首《赋得古原草送别》而名扬天下。我似乎听到《卖炭翁》中的斧声。那个烧炭的老人还在山中伐薪吗？他卖炭于长安的市南城外，定会路过少陵塬，他曾与诗人在这路上相遇并倾诉他的哀愁吗？

高耸的终南山彤云密布，明天的长安城或会又是“夜来城外一尺雪”？他的牛车或会再碾过这古道冰辙，那张在白居易诗歌中得以永生的，沾满灰黑的木讷的脸，或会再一次走过我身旁，迟缓地向着我背后黑暗的历史深处走去。

而东北方的乐游塬上，长安城高楼林立，远远望去，像立满碑铭的庞大墓地。

心情不太好的李商隐曾面对这累累黄土吟哦：“向晚意不适，驱车登古原。夕阳无限好，只是近黄昏。”这诗让我看到他清癯落寞的脸上，土黄色的温暖光芒正在疲惫地退去，这面容慢慢隐入黑暗。在我的想象中，诗人都是瘦瘦的。

薄幸杜牧也在那塬上唱道：“清时有味是无能，闲爱孤云静爱僧。欲把一麾江海去，乐游原上望昭陵。”

记忆中，似乎杜牧也住居少陵塬，故被称为杜樊川。好一个小杜，就是比老杜来得洒脱。既然不能“欲把一麾江海去”，那就“落魄江湖载酒行，楚腰纤细掌中轻”。

不幸，我也生逢这“清平盛世”，因此，做了四处游荡的无能之人。此时，我去兴教寺为看玄奘，更为看他的大弟子，那位《大唐西域记》的撰写者，只活了三十岁便死去的辩机。

“我知道你喜欢什么，去兴教寺吧！那地方没人去，有三座唐塔——玄奘的。”“那庙里的樱花特美，可惜现在你看不到。”

在西安，一位名叫朱燕军的不俗的出租车司机这么对我说。他的车牌号：陕AU2596。

刹那之间，我似乎看到在钴蓝色的天空下，赤裸的黄土塬上开满粉白的花朵，远方是灰蓝色的终南山，湖蓝色的滴水泛起耀眼的光辉。

其他两座塔中会不会有辩机？哪怕是幢衣冠冢也会让我得以释怀。我这么想。

辩机与高阳公主相逢，据说是在公主的封地。公主狩猎途中，遇辩机于沙门苦修时所结草庐。遂相燕好。

公主封地在长安城西南的永阳坊，的确，辩机出家所在的大总持寺恰坐落于此。寺院恢宏，据说占据了永阳坊以西的半坊之地。有两百余亩的样子。

如果是狩猎，那或许该是在一个秋季，公主出入的是明德门吗？十六岁的她是否骑在高大的西域骏马上？那马身饰有怎样的丝络？她是否穿着低胸的丝绸唐装，是否涂抹着黑色的唇膏，两颊也贴着美丽的珠花？

天色越发晦暗，终南山上阴云四合，再看不见北方墓碑似的楼群，我极喜欢在异常的天气中出行，或风或雨，或在大雪飘飞中，这样的旅途总令人兴奋不已。威紧闭嘴唇，双目直视。

“张村，张灵甫的故乡。”他忽然说。

一张俊美的脸，一些飘逸的书法和一个小村落从左侧一掠而过。

辩机想到过他会因此而死吗？大概会想到，从之后他倾全力为玄奘编纂《大唐西域记》以至于到了呕心沥血的程度，或可窥见他的内心。大罪已经坐成，雷霆正在聚集，斧钺顷刻会相交而下，犹如这终南山雪。

来日无多，生如朝露。

果然，一年后《大唐西域记》书成。又三年，一个盗贼捅破这惊天大案，其赃物间竟现出公主赠予辩机的玉枕，两人时逾七年的私情始白于天下。

辩机从师玄奘后，似再未见过自己的恋人。无论《大唐西域记》如何不朽，也不能拯救辩机百死之身于万一。丑闻上达天听，龙颜无比震怒，腰斩沙门辩机于长安西市。那时的长安，东西市都有刑场，东市刑场被人称作"狗脊岭"，用来斩杀地位低下者。而西市刑场位于金光门内群贤坊边，被称作"独柳树"，是朝廷重犯行刑之所。在留下一部不朽的名作同时，辩机和公主为后世留下一首凄美的绝唱，或赞或叹，或讥或讽，"零落成泥碾作尘，唯有香如故"。

"这样的故事只能发生在唐朝。"记得艾米这么说。

"人生快事，莫若如此。"她又说。

很多时候，我们会看到一些初恋者，为了爱情不惜伤害很多至亲至爱之人的情感(包括他们的父母之爱——这一天下最伟大的情感)而一意孤行。这时候的恋爱者，头脑被圣洁的爱情充斥，对未知的异性领域充满美好的幻想，自己对于对方的情感纯之又纯，而对于彼方的情感则完全丧失了判断力。这时候，他们的思想没有理智。这就是真正的爱，生死相许。

内弟在其所著书中如是说。善哉。我急于想见他。"他每次决定自杀前都会去周陵附近，在一个种果树的农民家中住上一段时间。"威说。

"他是外科医生，每次割腕创口极小却流血满地。人怎么会有这么多血？"威说。

“起初他还以为他能控制住局面，后来对我说‘不行了，只有死’。他极有自尊。”威说。

二

车子东行穿过子午镇，又折向北再跨过滴水。一个萧索的小村落横在少陵塬下，那是樊川的东江坡村，兴教寺就坐落在后面的断崖中间，好像悬挂在那儿。

寺院并不大，我以步度，南北长约120米，东西长约240米。矮墙呈暗红色，从墙内探出森森柏树呈陈旧的黑绿色，灰砖砌就的凸字形的三洞拱门南向设，门楣有砖雕“护国兴教寺”五字。两步石阶，古朴无华，门外没有狮子，院落寂寥似无人迹。

唐高宗麟德元年，即664年正月8日，玄奘的弟子玄觉做了一个梦，他梦见一尊高大的佛像瞬间崩坍。

得知此情，玄奘对惊恐的学生说：“与你无关，这是我将寂灭的征兆。”至2月5日，玄奘圆寂于铜川玉华寺。

2月4日，玄奘法师合掌祈祷很久。之后，他将左手平放于左腿上，用右掌支撑脸颊，舒腿并足向右斜侧卧。直至寂灭不再有所动。他就这样不饮不食，到2月5日午夜。弟子们轻声询问他：老师定会在弥勒身旁得永生吗？玄奘回答说：“我将得到永生。”

说完这句话，他的呼吸渐渐微弱，不一会儿便仙逝而去。他那么平静，以至于人们用丝絮放在他口鼻和唇边，才知道大师已经化灭。

“言讫喘息渐微。少间神逝。侍人不觉，属纩方知。”原作原文如此。

这是《大唐大慈恩寺三藏法师传》中所记载的历史。玄奘最后一句话：“得生！”

向西穿过圆形的月门，郁郁柏林间有三座佛塔。当中那高些的便是玄奘五级浮屠，西侧三级塔刚整修毕，上刻“基师塔”三字，这是唐朝开国武臣，老百姓的门神，凌烟阁二十四功臣之一的尉迟恭之侄窥基大师的浮屠，即著名的“三车和尚”。窥基应该有鲜卑或突厥血统，记忆中，他是因聪慧和俊美，由玄奘相中，并由唐太宗指定代替皇上出家。

东侧三级塔为“测师塔”，圆测大师是朝鲜半岛人，为新罗国王之孙，亦是玄奘的重要译经助手之一。

只是没有辩机。

从雾中柏林间掠过黑色的鸟影。那是辩机吗？

我和威往深处走，威小心轻步，说话声压得很低，不时问些关于辩机的问题。我敬佩这位友人，喜欢他的认真和善待他人的态度，喜欢他的好奇，他的内弟也如此吗？好奇是生命高贵的特征之一，不好奇是死亡的表象，麻木者不仁。麻木不仁者，走肉行尸。

“如果我们有这种面对死亡的机会，那么我们要正确评价我们生命的意义，生存的意义一旦不存在了，平静，凛然地对待死亡是我们应该去做的。”内弟在《属于生命·死亡》第八章作此议论。

三座佛塔的北面是玄奘的纪念堂，那门正对这里洞开。门前长短横斜着几枝稀疏的黄色蜡梅，隔过这消瘦的花朵，在殿堂内红色的温暖光辉中，我看到玄奘大师和窥基、圆测在一起，他们穿着红袈裟，正在翻译典籍。在汉地，这是极少见的精美如生的新佛塑。在他们身后三面墙壁上镶嵌有木制浅浮雕，刀法细腻而神似，其取经故事的情节正出自《大唐西域记》。

这里没有辩机，只有眼前的黄花在色如溶铅的空气中颤动，爱中的心是这样吗？爱中的肉体是这样吗？撰写《大唐西域记》的笔尖，还有被砍成两段的躯体，意识在最后寂灭的那一刻，是这样吗？

“这肮脏的躯壳令我深感厌恶，该做的事做完了，我没有必要久居其内。”辩机死十五年后，玄奘大师寂灭前说。

大师言此时，脑海是否掠过爱徒俊秀的身影？或许是种种无奈，使《大唐大慈恩寺三藏法师传》没有提及关于辩机的只言词组。但在其卷六，似不经意间，笔下赫然流过辩机的名字，并将其列为“缀文大德九人”之三，玄奘对辩机的评价和怀念可见一斑。

辩机十五岁入空门，二十六岁始着《大唐西域记》，那该是645年，即贞观十九年。

四年后，贞观二十三年，即649年，辩机坐罪被腰斩于西市，时年该是三十岁。与其一同赴死的，是高阳公主的十几名侍女，她们为公主隐瞒了恋情。

公主十五岁时下嫁开国勋房玄龄的二公子房遗爱。她比辩机多活了四年，于653年(高宗永征四年)被赐自裁，时年二十八岁。

算起来，辩机遇公主时是二十二岁，而公主年仅十六岁，正是美丽的花季。即便后世的语病者，面对这样的青春或会哑然。辩机死后不久，一代英主唐太宗崩亡于洛阳翠微宫的含风殿，适其时，辩机的老师玄奘恰在其侧。《大唐大慈恩寺三藏法师传卷第七》有如下记：

帝发京时。虽少违和。而神威睿虑无减平昔。至五月己巳。微加头痛。留法师宿宫中。庚午帝崩于含风殿。

在父亲的葬仪中，高阳公主面无表情，毫无悲戚之色。可见其怨意之深。《新唐书卷八十三，列传第八，诸帝公主传》：“至是，浮屠殊死，杀奴婢十余。主益望，帝崩无哀容。”而正是这绝望的哀怨，彻底改变她短暂的人生。

我感到脸颊上有不易察觉的刺痛，蜉蝣般细微的雪开始从天空中飘落，仿佛阳光里的灰尘一般散漫游移于枝头花间。

威站在我身旁，望着远方。

“他已经走了，走了有两个星期，是用了吗啡了结。我本不想告诉你。”威似乎不是对我说。

“他最担心拖累妻儿，他觉着控制不了局面了。”

我望着东面白鹿塬方向没回答。玄奘最初就葬在那塬下的浐水边。据说送行者有百万人之众。

“还是去了周陵那农民家，两口子早晨起来人已经没了，就睡在外屋长沙发上。”沉默了好久。威又说。

“他们真的一点儿没察觉？”我问。

“他们睡里屋，我想——这是咱们说——应该知道。”

我说，真好。

我感到一种怪诞的欣慰，很难说清是为了我或是为了内弟。我突然发觉，我一直期待着威会有如此告白。

“其实这里也没有玄奘。”我慢慢对威说。

玄奘墓当毁于882年，“我花开后百花杀”的冲天大将军黄巢血洗长安城。那是“满城尽带黄金甲”的时节，兴教寺在劫难逃。从那之后，玄奘的顶骨舍利流落四方。1942年，日本军于南京大报恩寺遗址掘得藏有大师顶骨舍利的石函。于是分为三，一藏北平，一藏南京，一藏日本。

而北平所藏再分为四，一藏天津大悲院，1957年被送给印度。一藏北海观音殿，在史无前例的“文化大血洗”中寂灭。一被供奉于广州六榕寺，亦在此劫中寂灭。第四份则藏于成都文殊院，未知可否长安。“西学东渐”以来，我们民族对于自己文明的彻底摒弃和毁灭的勇气及能力，在世界各民族之林中绝无仅有，它使我深深感受到国人愚昧中所蕴藏的巨大能量。

这里没有辩机，没有辩机的浮屠，他没有舍利也没有坟墓。这里甚至也没有玄奘。这里只有我的记忆。

当车子沿着坡道缓缓驶下少陵塬，我想起背袋中的那本书，它的名字是《属于生命》，我想，这该是内弟对未曾谋面的我讲的话，所以我听懂了。这时候，一个老人正赶着他的羊群无声地走过风雪道边，当他抬起头，向我送来木讷一笑，这熟悉的脸使我的心感到震颤。

当我再一次转过身，去望那少陵塬上的兴教寺，天空中已飘落下大雪，在纷纷扬扬的飞雪中，兴教寺变得越发虚幻和飘忽。来时的路已经灰白，宛若落满余烬，那刚刚走过的羊群和老人，也在晃动中越发变得不真实。

那神秘的鸟影还在寺内松柏间吗？此刻，风雪中的三座唐塔会是怎样的情景？窥基和圆测，他们对唯识宗不同的解读所造成的宗派分裂延续至今，现在，它们会紧紧靠在一起吗？还有那稀疏的梅花，那些淡漠的黄色一定和飞雪混在一起，和飞雪一起飞舞，宛若舞蹈中的精灵。

墙角数枝梅，凌寒独自开。遥知不是雪，为有暗香来。

历史真的只是一个传说吗？兴教寺也只是个传说吗？玄奘、辩机和内弟不是一个传说吗？“所有的历史，都是现实的历史。”记得有人这么说过。直到有一天，不见了你，也不见了我，而这些传说却汇成不枯的河流，从不断龟裂破碎着的生命中流过。所有真和美，都必将“得生”。

此刻，这二月的苍茫古塬上，只有雪舞风啸。

三座塔中，圆测的浮屠实是宋代迁入，但新形制依旧仿唐。因而我一概称之为唐塔。后人先后将两人遗存置于玄奘旁，我想这大概与都以为自己秉承正宗的心态有关。

一座寺庙的诞生

一

整个夜晚，我无法让昨天黄昏走过我身旁的老人走出我脑海。

满是污垢的藏袍发出浓烈的异味，他高高举起枯瘦的手臂，手掌上套着的木屐在他头顶相击发出清脆的声响。合十的手落于面前，再落于胸口。他跪下，向前扑倒，努力向前伸出双手。他似乎正在变得僵硬。就这样，在地上待了好久才缓慢地爬起，蹒跚向前走到刚才双手所及处，再改将双手伸向天空。

当这手又一次缓慢举起，相击的声音回荡在寂塞的河谷。在越发浓郁的昏暗中，这老者变成一个重复的符号，渐渐融入东方的夜，只有他后背上背着的小小铜佛龛，在残余的夕阳里晃荡着微弱的光。

“这人见不到圣湖啦！”巴桑叹气说。

整个夜晚，那孤独的木屐相击声从遥远而荒凉的路上传来，从游荡着狼狐的莽原上传来，不间断地响彻我的梦——整个夜晚。

当念青唐古拉主峰的山尖——战神之山，他们所说的那只雄鹰开始蒙蒙发亮，沾满白霜的桑曲河谷渐渐从夜中走出来了。巴桑和一个姑娘出现在当雄县政府招待所的院子里，他冲着我的窗，用他怪模怪样的汉地官话喊着："嘎嘎起来吧！骆驼起来吧！星星都跑光啦！"

巴桑把兴华称作骆驼，是因为他有两米高的个头而且有点驼背，他独自在西藏生活教书十余年。到我写这故事时，又十余年过去了，他还在那里。作为一流的图片摄影师，他未出卖过一幅关于西藏的作品，"我不拿西藏换纸。"他说。江孜最显赫的帕拉家族，把在抗英战争中赢得不朽的帕拉姓氏赠予兴华。在西藏除贵族外，普通人没有姓氏。这个赠予大概是近代唯一的一次。巴桑称滔作"嘎嘎"，但滔并非像个鸭子。他有一张刚毅而优雅的脸，目光锋利且寡言少语，一旦发声，那深沉的语音令人难忘。兴华解释说，"嘎嘎"是对小孩子的称呼，有"好"或"可爱"的意思。应该是吧。

我其实很早就醒了——在星星还没有逃跑之前。并且，两位老兄滔和兴华更早，他们已经打理好行装，坐在床沿上等呢。

我一面往起爬，一面把头举过窗口，先瞧见巴桑长着鬈发的大脑袋，像煮熟放凉后的猪肝颜色，我一直担心他的肝有毛病。他嘴唇上像是有一层白霜。再就是一口雪白的牙。他左手搂着一个绿铁壳的大暖瓶，右手抱着一探红漆木碗，一双罗圈腿支撑着魁梧的身体，也微驼个背，那样子像个黑熊。

不知为什么，每次见到巴桑我就想乐，甚至一想到他就忍俊不禁。我先后十四次进藏，每次都请巴桑做向导。我们成为挚友。"巴桑"在藏语中有"星期五"的含义。他全名叫作"巴桑甲巴"，大概是"胖子星期五"的意思。巴桑有个特点，他说藏语时声音宛若洪钟，可一旦讲起汉地官话，坏了，那声调细声细气儿，从嗓子眼挤出来的动静，怎么听都像个太监。

站在巴桑身后的姑娘，拖着一辆板车，车上放有一大块鲜牛肉。姑娘二十几岁，身材挺拔，穿着黑灰色的藏袍，右袖拖在身后，上身露出微微褪了色的红丝绸衬衣。浑圆的胸前悬挂着天珠和红珊瑚珠。油黑的头发编成很多的发辫，瀑布般披在后背，头上缀有蜜蜡石和红色丝络。一柄银鞘的户撒小刀坠于左腰下。

“这个巴桑，我说他干吗死活不住招待所，原来如此。”我说。

滔和兴华也跑到窗前往外看，他俩的表情仿佛是夜路上撞见了白度母。

我们把器材搬到大门口时，巴桑也将那辆伤痕累累的三菱吉普车倒过来。大家一起将设备装车，我嗅见巴桑身上浓浓的青稞酒的味道。

“喝这么多，开得了吗？”我问。

“不喝怎么开车？”

“巴桑真不够意思啊，真不够意思。”兴华摇头感叹说。

“怎么不够意思？”巴桑怪声怪气地，装傻。

“你过来。”兴华抓住巴桑的袖子使劲闻了闻。

“你这上面都什么味？酒味，肉味，丢下我们，还有女人味——漂亮女人味。”

“漂亮女人什么味？不是都一个味？”巴桑还嘿嘿地笑，像有人搔了他的痒。

“咱们能追上那老头吗？”我心里一直在想昨天的老人，问巴桑。

“他看不见腾格里了。”巴桑肯定地回答。之后，小声细气地对我说：“回来再去我曲波家，昨天你们不能去，去了今天走不了，明天走不了，再一天也走不了。”

姑娘把四只木碗放在地上，倒入热奶茶。当中摆个方木盘，里面有奶疙瘩和干牛肉。她站在板车旁静静地望着，她的目光似乎一直停在滔身上。

院子里寂静无声。这座藏北小县城与其说是城，不如说是个荒凉的小村庄。这是1995年某月二日凌晨，女孩儿的意外出现，使这天在我们的生命中注定被记忆。

望果节已经过去，路边没有了青稞的金黄。两面雪山上的雪线开始向下扩展。桑曲河畔的牧草也变成鲜艳的血红色。

在缥缈的晨雾里，我们四个男人在板车旁蹲成一圈叽叽喳喳地喝奶茶，都没抬头瞧那姑娘。

但每个人都感觉到，她那双镶有丝绸的白羊皮靴子轻轻地、不停地在我们的身旁移动。我们每喝一口她便立即再满上。这似乎是永远喝不完的茶。

每当她弯下腰时，我都会嗅到从她身上发出的暖烘烘的麦秸味和淡淡的，略带膻味的奶香。我感觉，这姑娘尤其关照滔，给他倒茶的次数最多。每次倒完一圈之后，这双靴子总停在滔身边。

“这是卓玛，是我的小归母。”巴桑一口喝完碗里的茶，把木碗搁在地上，忽然间想起来，该对给大家倒茶的姑娘有个介绍。“归母”大约是妻子的姐妹，就如同汉地“小姨子”相似。“小归母”该是最小的小姨子。

“昨天牛腿断了，只好吃了，给她波拉送肉去。”巴桑抹抹嘴说。

“你家在年楚河的阿玛，怎么跑到当雄找老婆？”我笑问巴桑。巴桑耸耸肩，笑笑没回话。

女孩静静地看着我们，她脸上的皮肤像丝绸般细腻，圆润的颧骨有胭脂般淡淡红色，一双大眼，净澈如冰冷的圣湖之水，令人不敢与之对视。此时她已经靠在板车旁，百无聊赖中，伸出手从车上拾起一柄锋利的长刀，手腕向下用刀尖轻轻一划，薄薄一片牛肉迎刃而解。

女孩儿把肉片放入口中，轻轻地嚼着。一双大眼静静地看着滔，毫不回避。看了好一会儿，她问：“叔叔，你吃吗？”转身再切下一片牛肉，用刀尖挑起，直指滔。

瞬间的沉默中，巴桑先笑起来，接着便是捧腹大笑，像一只快乐的熊。我和兴华也跟着笑起来。在一片笑声中，滔站起身走过去，把那片刀尖上的肉放到嘴巴里，他道了声谢。这走南闯北的漂亮汉子，竟羞得满面通红，步履踉跄。

卓玛从没露出笑容，她深不可测的大眼凝视着滔。之后，弯腰去拾地上的木碗，把它们摞好，放入氆氇做成的小袋子，系紧。把那只绿铁壳的大暖瓶放到车帮边上的铁环里。

巴桑说，卓玛的波拉居住在桑曲河对岸的垒巴，距这儿有两公里路。

这时候，太阳从雪山后面一跃而起，刹那间，每一片草叶都沾满耀目的光斑。

桑曲河宛如飘然流动的火焰。卓玛被浸泡在金色的晨曦中，恰似被温暖的蚕丝包裹着的剔透的生命。

“叔叔，这个送给你！”卓玛走上前拉起滔的手，把一个物件放进滔的手里，并且给了他粲然一笑，转身拉起她的平板车沿大路往东走去。慈爱的太阳尽情装扮着他的女儿，毫不吝啬，用金线镶嵌她美好的身影。

我想起昨天黄昏时的老人，他也朝着同一方向，但渲染他的却是无底的冥茫。

卓玛沿大路走了一段，便走下路基的斜坡，上了土道。道路闪着光，蜿蜒通向火河上一座镀金的桥。她高亢的歌声远远传来，在雪山间回荡宛如天籁。

在太阳的东方

有金子造的宫殿

在金色的宫殿里

住着大无畏金刚勇士……

我知道这是一首藏北流传很广的歌，名字叫作《太阳的东方》。

车子过了公塘开始转向正北。我们正穿过当雄草原。太阳已经高高升起，桑曲河退去红潮，光亮如银链。

巴桑整个上身伏在方向盘上，大脑袋往前伸，眼里满是血丝。看样子昨夜没少喝。他一边开车，一边和坐在身旁的兴华拿滔打哈哈。

“叔叔，你吃吗？”巴桑怪模样地学他小归母的声调。

“叔叔不吃，叔叔正在拉肚子。”兴华哑着嗓子回答。俩人在前面仰俯嬉笑不止，这倒让我安心，巴桑不会睡着。

滔没搭腔，他双手搂着摄影机，像搂抱着他独自带大的女儿。同事多年，我们一起走过漫长的路，他从来如此。

此时，他似乎感到疲惫，一直将头靠在侧窗玻璃上，默然凝视窗外疾掠而逝的莽原。他那张刚毅的脸总流露出淡赏和忧郁，当他发现我注视的目光时，嘴角一动，把轻轻握住的手伸向我，张开，那手心里有一颗鸽蛋大小的火红的珊瑚。

二

从当雄到娘多并不遥远，约十公里路。两三条冰川融化的雪水，从两端静寂的雪山上奔腾而下，在这白色的村边上汇成咆哮的激流，冲向遥远的低地。

车子开过那家村时，兴华便开始打哈欠，这会儿，他斜着脑袋顶在巴桑的肩膀，竟然打起呼噜，他睡着了。车内安静了。

巴桑挡在我前面，像一堵厚墙，使我无法瞧见他的表情。但从他背后的形体动作看，他也像在打瞌睡。“你别害怕，我睁着好多眼睛呢。”我想起巴桑常这么说。现在，这个百眼巨人巴桑的“好多眼睛”，好像正一个一个地闭上。

滔从窗外收回他的眼睛，把摄影机递给我。他打开身边的摄影包，从里面拿出一块新麂皮，把那颗珊瑚珠仔细包裹好，放进包里。他瞧我一眼，指指前面的兴华，而后伸出胳膊想把他捅醒。就在这时，巴桑突然大喊了一声：“嘎嘎！”这一声几乎使所有人蹦起来。

“卓玛好吗？唉，大眼睛的卓玛好吗？”巴桑莫名其妙地问。大家打了个愣，又大笑起来。

“巴桑疯了。”兴华揉着脑袋说。

“你坐副座不能睡觉！”滔说。

“过娘多啦！”巴桑又大喊一声。

“好啊，娘多。好啊，牛羊。好啊，娘多的菩萨和女人。你们想我吗？把酥油茶煮上吧！”巴桑晃着大脑袋，径自喊下去，仔细听，还是带点太监味。我知道巴桑是太困了，他在唤醒他自己。接着，巴桑放开嗓门唱起来，兴华也跟着合进来：

没有两匹骏马，那算什么骑手？
没有两把快枪，那算什么好汉？
总搂着一个女人，就别提浪迹天涯。
马儿不骑上试试，怎知它的脚力？
娘儿们舍不得换换，就没有柔情蜜意。
美丽的格桑花啊，能踩住骏马的马蹄吗？
美丽的格桑花啊，能缠住英雄的心吗？（译文）

九月的草原静如处子。几幢散落的、洁白耀眼的农舍闪掠过去。在眼睛的印像中，悬挂着牛头骨的黑色的门楣、暗红色的房顶和房两端飞舞着风马旗的高高的旗杆，还有散发着草香的成堆的牛粪饼，还有青稞草垛——渐渐退入钴蓝色的幽暗中，溶化成记忆的光斑。而这记忆中最为绚丽的，那红珊瑚的早晨，还有像养育这珊瑚的海一样的清纯——卓玛的眼睛，也渐渐黯淡远去。远处是静谧的雪山，高处是蓝得令人恐惧的天空。

巴桑似乎醒了，他唱得忘乎所以，像只大黑熊在摇头晃脑地嚎。这是有名的强盗歌谣。在藏北有好多这样的歌。在这歌声里，我看到滔的脸上渐渐露出淡淡的笑。他的嘴唇上有白色的皮屑。

爱如此短暂，宛若浮世浮生。还没来得及说声爱，甚至还没来得及记忆那唯一的微笑。还没来得及看清这瞬间的永恒。滔的摄影包里真有一颗珊瑚吗？哪儿来的呢？我这么想着。

“砰”的一声巨响，前挡风玻璃竟然没有撞碎，却蒙上一片雾状的模糊。

兴华打开车门，哈着腰先钻出去，他哈着腰围着车子转一圈。

“报应。”他一只脚蹬在车门沿儿上，冲里面的巴桑说。

“报应，让你昨晚偷着溜，报应。”

“我是去了我老婆家，哪是偷？”这个骆驼说话。

巴桑打开车门，挺费劲地钻出去，弯下身子，捡起一只翅膀，拉开有一尺长，灰白色。

“你是老了吗？你是急着要去天堂吗？”巴桑一边唠叨，一边晃晃悠悠走下路基，把那鸟儿的翅膀放在一块红色的石头上，而后，双手合十放到嘴边，冲着西边嘀嘀咕咕，小声念起经来。

“把后边的桶递给我，下车吧，早着哪。”兴华冲我和滔说。他接过帆布桶撑开，拎着，也小心地下了陡坡，往河流那边走去。

滔跳下车，打开后备厢，从里面拽出三脚架扛上右肩，左手拎起摄影机。

“我在前面等你们。”他说。说罢转身沿着路往正北走。等我想说“我也去”的时候，他已经径自走了。

路旁的低洼处有斑驳的残雪，草变得矮小而稀疏，泛着铜红颜色。有星星点点的野花点缀其间，风从冰川那边吹过来，那些花在冰凉的风中立着。太阳转向东南，灼热的阳光照在皮肤上令人发痒。

我坐在路边点燃一支烟，听着湍急轰鸣的水声，巴桑的诵经声断断续续传过来，他还站在那儿，两条短短的罗圈腿支撑着宽大的身躯，像一只熊。我想着昨天晚上那个老人，站起身，沿着道路极目望去，滔已经走得很远，除他之外什么都没有。

道路笔直向上，进入雪线，没入狭窄的山谷。在那山谷之上，陡立着巨大的、不停翻滚着的雷云，这种云只有在大洋上才会有。在峥嵘的雷云下端横着几道长长的云线，拖着倾斜的灰蓝色的暗影，那是雨和雪正倾泻大地。我看到一只苍鹰在云层高处默默飘旋。那就是五千二百米的那根拉山。

兴华清洗了鸟儿的残骸，便从后备厢里拖出自己的背包，他先从里面拿出一只白丝绸的小袋子揣进怀里，再把另一个小布包打开。我瞧见一个陈旧的紫檀镜框和一个漂亮女人的黑白照片。那女人短发，穿着双排扣的“列宁装”。此时，这女人望着西藏墨蓝的天空微笑着。

“我妈年轻时，她前年去世的。”兴华瞧我一眼，说。

我知道兴华生在延安，也知道他的父亲是摄影名家，但从未听他谈起母亲，这是第一次。

巴桑正从陡坡下爬上来，听了这话，说了声“间妈啦”，便对着照片双手合十又开始诵经。

“巴桑，兄弟，一会再请你帮忙。”兴华显然深受感动，用手抚着巴桑宽厚的肩膀说。他从兜里摸出墨镜，戴上。

“咱们是朋友。”巴桑认真回答。

巨大的雷云往这边移动，风中有细小的冰碴，打在脸上一触即化。暖暖的阳光从背后向前照射过去，高耸的云急剧变化着形状和颜色。

巴桑打开车门，踩着脚踏趴在车门上，饶有兴味地凝视远方。他的脸膛发暗，嘴唇简直变成黑色。滔走远了，巴桑看不见滔，他在看那只鹰。

“咱们赶上昨天那个人啦。”半天，他对我说。接着念了声六字箴言。

“唵嘛呢叭咪吽。”他的声音厚重而深沉。

巴桑向远空那只盘旋的大鸟点点头，对它说："你看见他啦？嗯，看见了——就带他走吧，高高地走啊！"巴桑的内地官话怪里怪气，但我的心似乎跟着这声音向上飞翔。他从上衣口袋掏出圆圆的茶色水晶眼镜挂在脸上，伸出舌头舔舔嘴唇，用手指指那只鹰。

"他在那下面。"

那下面，在那根拉不为人知的寂静的崦岩下，此刻开始飘雪。

三

像夜色将临，阴郁潮湿的天空，细小的雪花像漫天飞舞的冰冷的流萤。

车在滔身旁停下时，密集的雪飘落下来。他把三脚架斜靠在车门上，举起右手，手里拿着两块黑胶皮。那是用汽车轮胎裁成的护膝，已经磨得很薄。每个朝圣者都备有这东西。昨晚上，它们该是被绑在老人的膝盖骨上。显然，现在被遗弃了。

滔转身把它们整齐地放在路边，好像在放置一个标记。他直起身，眯缝眼睛往前面望过去，透过纷扬的雪幕，浓黑的雾紧贴路面翻滚而来，形状狰狞。无数条细流从两面嶙峋的冰层下奔涌而出，映谷中烟水弥漫，仿佛群山在熊熊燃烧。

滔拉开车门，把机器递给我，随即钻进车，扭身把三脚架拖上来。

"拍了，肯定经典。"滔冲我说。

"放到后面去吗？"巴桑咳嗽着问。

"随时要用。"滔说。把三脚架竖起放在两腿间。他抬手，用牙咬开手套的扣子。

"嘎嘎的手套真好。"巴桑说。

"那就给你一副，我早知道。"滔从怀里掏出一副没开包的无指羊皮手套，递给巴桑。

到底是浙江人，心细。看样子，那是滔早就准备送给巴桑的，对象从大到小，滔是非名牌不用。他的每件玩意巴桑都喜欢。

“嘎嘎真好。”

“还真挺像一家人。”兴华说。

“咱们是朋友。”巴桑很认真地回答。

“回去拉萨，请你去‘情饮厅’，给你找两个。”巴桑边说边把那手套套在手上，伸直胳臂看看。

“嘎嘎够朋友。”他又说。

“嘎嘎想小归母呢。这巴桑。”兴华说。

巴桑笑起来。昏暗里，他的牙齿白得耀眼。

“卓玛喜欢嘎嘎，喜欢就天天看见。”

“回当雄住两天。”我说。

“碰不到啦，她今天走了，现在该走了，她要去雄赛。”巴桑说。

路断了。

“迈!”巴桑骂咧咧地摘下眼镜，小心翼翼把车开下去。

车在乱石滩上颠簸，缓慢爬行。车下不时触底。天色昏冥，四周激流声震耳欲聋。云心深处，雪花凝成飞溅的冰碴，打在车身上沙沙有声。

车里挺闷热，大家都没出声。

“雄赛——我去过那地方。”好久好久，滔低声说。

我也去过那地方，在拉萨河遥远的对岸，海拔四千米的群山之中，雄赛就在那儿。在巨大的崖岩下，在洞穴和山石的缝隙中，偶尔可见用石头和红泥垒就的石窝，那是有名的宁玛派比丘尼苦修和闭关之地。

我想起卓玛离去时的情景——太阳从雪山后面一跃而起，每一片草叶都沾满耀目的光斑。桑曲河蜿蜒流动，宛如壮丽的火河。卓玛和她的板车被浸泡在金色的晨曦中，恰似被温暖的蚕丝包裹着的剔透的生命。

我的眼睛发辣。

在拉萨河遥远的对岸，在海拔四千米的群山之中，雄赛就在那儿。

刚到拉萨，兴华引我去大昭寺拜谒波密活佛，小老头儿得了剧烈的痛风，靠墙坐着，面色平静像一尊佛。他告诉兴华：“他们要接我去北京，我不去。难道我不该死吗？”说罢，把自己的石膏手模送给兴华，看来他已经准备好了。“不要去雄赛。”他看一眼窗外。

“车上不去。三分之一都走不到。”波密说。

“听说仁波切爱过的人在那儿。”我说。

“我不懂爱，一条虫子或者懂，那就好了。”波密说。

“我想去那儿出家。”我跟他一本正经地说。同时嗅到他身上浓重的酥油的味道。

老人看着我，那眼神庄严而陌生。长久的沉默之后，他慢慢伸出手，在我额头上重重拍了一下，笑起来。

我不懂爱，书上写的那些爱让我痴迷，但从未碰到过。滔和兴华大概也未碰见，要么怎么会是三条光棍儿？我以为喜欢一个女人，就只愿意和她一人做爱，永远地做下去大约就是爱。

车子猛然倾斜，颤抖着冲出河床。冰雹砸在车顶上砰砰作响。我看到巴桑的脸上满是油汗。

“过去啦，冰雹在最后。嘎嘎！”巴桑用藏语喊。

“真牛，巴桑！”我说。

“那根拉玛尼堆有多远？”兴华问。我这才发现，他一直把照片捧在胸前。“就在前面，就在前面。”巴桑喊。

刹那间，那根拉峰岩的巨影从雾雪中浮现。我往前探起身仰视，前方的雾开始发出白银色的光晕。在道路前方左侧，刻满经文的高高的乱石堆上斜耸着粗大的木桩，从木桩顶向下拉满绳索，那上面，有无数面似乎冻硬的风马旗猎猎作响。一条清浅的激流蒸腾着烟雾，从玛尼堆边一掠而过，直泻下去。

兴华捧着镜框，弓着腰小心往河滩边走，巴桑不远地跟在后面，也哈着腰。风吹雾动，对面的山影时隐时现。松动的碎石发出沉闷的声响。

滔弯腰看了看车底，抬起腿使劲儿踢踢轮胎。

“咱们也过去。别带机器了。”我说。

“也是。”滔说。他抬头向四下望去。到处散落着刻有经文的牛头骨和石片，饰有色彩的经文被水汽淋湿，那些经文像雨花石一样美丽。无数小的佛像散放其间，那是“擦擦”，是用逝者的骨发灰和糌巴粉制成的。我常见来过西藏的汉地人家里摆放这东西。

“感觉他就在这儿。”滔说。

在那根拉玛尼堆边上，巴桑低着头，双手轻轻地合十在鼻尖下面，他开始诵咏经文，那低低的声音仿佛发自无底的深井。

兴华将相框安放在高处的石头上，那母亲微笑着瞅兴华，瞅他从怀里掏出白丝绸袋，用两手紧紧地攥住，好久好久，像攀岩者攥住即将磨断的绳索。

“你开心吗老太太？咱们就在这儿告别吧，就别再牵挂我啦。”他这么说着。滔戴上墨镜，我看不到他的表情。

灰白色的粉末从倾斜的袋口飞出去，在风中飘舞成线，闪烁着晶莹的光亮，像蒲公英一般顷刻间飞散开，息形于云雾激流。巴桑的声音越来越低，越来越快，急促得令人无法喘息。

悬挂风马旗的绳索弓弦似的绷紧，旗子像鞭梢般发出噼啪声。浓雾猛然放亮，泛着耀目的金色向前疾涌，泠泠的流水声霎时静下来。当阳光再次照亮山谷，从翻滚远去的雷云中隐隐传来低沉的喧响。

大海

一

对于水手，几乎所有的航海术语都隐含有性意味儿。要是不懂这些就不能称为水手。

比如，靠码头是指回家抱老婆，上架是指做爱，再比如“美人架”“大轴”“起锚”“下锚”“左舵”“右舵”“松缆绳”“前进一”“把定”“满旗”等，都含有不同的性暗喻。偶尔有女人在我们面前提起这些名词儿，船上的男人一定会一阵哄笑，而对方却摸不着头脑，但聪明的女人马上会猜出一二，于是涨红脸，不知所措。

这些玩意儿是水手长金城教我的，那年我十六岁，外号“表弟”。我猫在前仓，守在金城身边。那会儿，他正把一只酒精炉搁在桌上，炉上煨着砂锅，锅里的冰糖和银耳加上桂圆干被熬成胶状，我一心一意往锅里看，而金城则瞅着我，他脸色青黄中透出潮红，笑眯眯。

“嘴巴太馋。表弟啊。”他一面感慨地说，一面用勺连汁带料盛出一小碗。“吃吧，唉，我这是治病的，你吃了我怎么办哪？”

他笑眯眯地瞅我吃，吸溜着，好像是打量一只吃食的猫。

“唉，再加点。晚上睡不了觉，甲板上跑几圈。”他说。

据他说，这东西补得厉害，可是我却没啥感觉，晚上或清晨该怎样还怎样，吃不吃没啥变化。于是我便疑心我是不是也病了。

船长坐在驾驶台上。他小个儿，黝黑面色，嘴唇肥厚像非洲人。身上背了六个事故处分，因此我给他起了外号，叫“倒霉刚果”，简称“刚果”。

他一个人坐着，身上裹着那件黄呢子大氅，像裹着麻袋片儿。这磨秃了毛的呢大氅每年3月18日洗一回，这一天是我的生日，为了便于记忆，船长规定每年在这天洗呢大氅。大氅堆在甲板上像堆麻袋，船长挺悠闲地一面抽烟，一面拿根水管冲着，我的任务是站在上面连蹦带踩，忙得不亦乐乎。

船长总爱一个人这么坐着，冬季风从港口对面吹来，对面是雪白的长滩，即便是在阴天的午夜，这石瑛沙滩也会泛出月色一样幽幽的光芒。月滩后面是无际的马尾松林，在往远北看，便是大链岛和小链岛灰蓝色的山影。每出港，船会沿月滩向西航行，绕过三角屿向北，穿过这两岛间的鼓屿门便看到辽阔的大海。

驾驭台上摆着两种烟，红盒的牡丹，绿盒的海堤。我在船长旁边坐下，打算跟他谈谈我身体是不是也有病的问题。顺手从海堤盒里抽出一支烟卷，点上，冲天吐俩烟圈，挺爷儿们地把两脚抬高，搁在信号灯架上。

船长从麻袋里稍伸出头，皱眉瞅瞅我的脚，又瞅瞅我的脸，用下巴点了点那盒牡丹说：“抽那个，那个很好。”

“不抽，留着您自个儿抽吧。”我知道，但凡船长想让人抽的好烟一定是发霉的，抽一口头能炸。还是两毛一盒的好。

海浪打在船头的压浪板上，发出单调空洞的声响，金城坐在前甲板的背风处，正在收拾一大盘胳膊粗细的新缆绳。

“要讲什么？”船长问。把脑袋从麻袋里伸出来，他两鬓斑白，侧过脸时，双眼闪过猫眼那种晶体的光，这样的眼睛，我活到今儿只见过他有。

“我这身体好像出了问题，您别笑，真的。”我说。

船长侧过耳朵，表示他在听。

“水手长给我吃补药，咋一点效果也没有。”我说。

“那就是吃少喽，量不够嘛。”船长似笑非笑，挺同情的样儿说。

“早晨起床涨不涨，硬吗？”船长指指我裤裆问。这让我很紧张，我赶紧点点头。

“嗯，还是吃少了嘛。”船长一本正经说，也点点头。

“多吃一些好喽，吃得不硬不涨，就要见效喽。”船长很肯定地说。

我认真点点头，表示懂了。正转身准备下去甲板，船长把半盒海堤递给我。“听说又尿床了？”

“没憋住，发现时已经晚啦。”我挺不好意思。

“补的。不要再补了嘛。药很贵的，金城吃不起的。”船长说。

“还有，肺结核会传染哦，林黛玉就是肺结核嘛。不要再补了嘛。尿床吃狗肉，买条狗好喽。”船长说。

每次船长想吃狗肉总提我尿床的事儿，好像他吃狗肉全是为了我。

船长酷爱吃狗肉，而这买狗和杀狗的惨烈事宜一般由我主持，一则可以登上各个岛屿转悠，二则可以看到岛上的女孩儿，那些女孩长巾遮面，穿着一半儿红一半儿黑的裤子，而已婚的女人则头上戴满花朵，在眉州岛我曾被她们当特务俘虏过。

“你说是自己人，那我们岛上张团长的名字叫什么？”她们这么问。我不知。

于是我被一群花枝招展的女人押解到团部，那时候，大海湛蓝，潮声如叹息，我举着双手走在她们中间，听她们用闽南话议论我，大意是“这么小的孩子就出来做坏事，真可惜”。这怜悯让我感到非同一般的幸福。

为饱眼福，冒狗咬的危险值得。因此，闽浙沿岸各岛，无论远的近的、有人，无人全有了我的足迹。

一定是船长嘴馋想吃狗肉，这不，又拿我尿床说事儿。我心想。

忽然又为金城感慨起来。金城居然得了和林黛玉一样的毛病，太感人。那会儿，没有眼下这么多个明星，想找个偶像崇拜着不容易。只是小时候偷看了半部《红楼梦》，居然被老父发现揍半死，从那会儿起有了半个梦中情人林妹妹，打得值。记得离家那阵子，老父心里可是真有点儿不好受，他从床底下拖出大木箱，用榔头起了钉子，个个十寸长，送了我三本诗集和半部《红楼梦》。

于是，我背着油乎乎的帆布口袋，走下码头的钢架木头引桥。

这口袋里装着我全部家当，两听结成硬块儿的臭烘烘的奶粉，一把潜水用的匕首，几件衣服，两条裤子，两件蓝条纹的海魂衫，一本手抄的《拜伦抒情诗选》，在第二十九页写着："我的小船靠在岸边，那只大船停在海上。"一本绿封面的《古诗十九首探索》，里边印着："人生天地间，忽如远行客。"一本黄色封面的《汉魏六朝诗谕丛》，在第二百页写着："荒草何茫茫，白杨亦萧萧。"

半部《红楼梦》在上船当天被船长借了去，从此没了下落，船长赔了一对绣花鞋垫儿，说是他女儿绣的，这让我浮想联翩，舍不得用。一年后这女儿来看父亲，第二天我便用鞋垫儿跟别人换了五包飞马牌烟。

另外，还有一只铸有USA标志的黄铜修脸刀架——是父亲给的，另一件戴在我的手腕上，是表盘上布满赭色斑点的欧米伽，也是父亲给的。这是两件朝鲜战争的遗物。我很想知道它们的主人是怎样的，他们还活着吗？它们又是怎样到了父亲手里？父亲说是奖励，但我总疑心他私藏了缴获。

那会儿我还没胡子可刮，于是修脸刀便孝敬了水手长。

二

刚登船那会儿，船长坐在我对面，也是裹着那件黄呢子大氅。桌上摆着我的介绍信，扣放着。

“跟着我倒霉喽。”船长说。阴雨中的天光射入舷窗，射在他后脑勺上，他的脸泛出淡蓝色。

“不跟也倒霉。”

“这就好了吗。都是倒霉，喝老酒喽。”他笑，他有一口齐整白牙。

“不太会。”

“学喽，要喝嘛。”他边说，边把脖子往外伸伸，他的头晃动时，眼睛掠过晶体那种幽蓝光亮，像黑暗中的猫。

“学过六分仪？”他问。

“雷达导航。”

“能用六分仪喽？”他再问。

“不太会。”

“学喽。”他站起来，呢子大氅落在椅子上。他肩膀宽大，和矮小身材极不对称。

“你住我对面。”他指指右舷一扇赭色的门。这门正对他的舱。门左边儿钢板隔着，里面是三米长、米半宽的报务室，桌上有黑色无线电收发机，上面全是俄文标志。我挺喜欢桌上的电键，电镀底座，胶木的按键，十字架似的。门右是椭圆形的水密门，钢制转轮拧紧门锁，后来发现那舱其实永远锁着，从不开启。

“不要怕嘛，你舱里吊死过人喽。”他说。

我觉着后背冷飕飕，见我发了呆，船长好像挺高兴。

“年前上架，敲铁锈的小姑娘，蛮漂亮的，肚子搞大喽。”船长说。

这“上架”通常是指进厂维修，而对于水手，它还有另一层意思。

后来知道，我那舱室有个绰号，叫作上吊舱。直到今天，我常想念那个舱室，还有那传说中的女孩儿。对于她的想象，伴我度过多年的海上岁月。她的生命，给这条破船蒙上鬼鬼祟祟的意味，无论航行多远也摆脱不去。她干吗要吊死在这船上，莫非她诅咒这船，莫非那男人是我们中的一员？

“这船中了邪，以后不会再好过。”金城摇头对我说。他从前是渔民，挺在乎。

金城丁姓，泉州后渚人，形体像只瘦虾，高额，深目，胸部凹陷。眼睛好像老笑着，好看。可我还是见过一回他哭。我走下船舱，船长室的门开着，正瞅见船长把跪在地上的金城拽起来。

“有我在这里！”我听船长说，挺暴躁。

金城站起身，走出门，红着眼圈看我一眼，从舱梯爬上去。从那以后，他对我很友善。那时，八成是船队打算调离他，回家的工作也安排了，还是当渔夫。

“要赶我走，老大不肯。”金城后来对我这么说。

不久，他休假回家，听说是要定亲。

“表弟呀，你那块手表借我吧。”他说。

“还有工作服。”他说。那会儿，我的衣服是新的。

于是我退下那块老欧米伽，他小心戴在手腕上，伸直胳膊，拧着手腕看看，苦笑。

金城回来时，给我带了五块月饼，张开的巴掌大小，细草绳拴着，上下一张粉红色衬纸，猪肉大葱馅。他说话不多，小心摘下手表还给我。表蒙和表盘换成新的。

“衣服洗好还你。”他说。

“你就穿着吧。”我说。

“不好，我那身太旧，人要说闲话。”他指着我说。我穿着金城的工作服，洗得发白，尽是漆斑和油污。

听了船长的话，我便爬下驾驶台的铁梯找金城，我想问问，银耳和桂圆干是不是真的很贵。

他蹲在前甲板的避风处，这位置正对着船长的驾驶台。他面前堆一大盘新麻缆，小臂粗细，扎手。

他把绳头放在铁磁上砰砰砸松，这让我想起席勒的“不做铁锤，就做铁磁”。

金城将绳头拆开，而后挺用劲儿弯过来，再把下面缆索拧松，用竹楔一根一根，将拆开的绳头穿入绳索，窝成套，这让我想起绞架。缆套套在系缆柱上，就是上万吨的船也别想拉开它，越是吃力就越紧。从前，绳艺是水手必学会的，只是做起来真费力。

我在金城面前蹲下，从兜里摸出船长给的烟，点上一支，再翻身，头枕那盘缆绳，仰脸躺在甲板上，望着灰蒙的天空。金城没有抬头，不停下手中活计，但显然在微笑。

“表弟要作诗了。”他说。

多年以后，我常想念金城和这个岛，在我所有的印象中，它似乎总是阴沉着天空，荒凉的海滩上起伏着苍白的海浪，像泰门，那个踉跄行走的疯老头儿，它们浩荡而来，无休无止。在海岸上，所有的树木和丛林都向南倾斜着，远方有仙人掌围住的村舍和仙人掌中间的红土小路，路旁的小块田地，种着番薯和萝卜。房子没有一块木料，那是用花岗岩建造的石屋，两层，窗很小，竖着石条，与监狱相似。盖房子时几乎看不到男人，那些妇女们，脑袋上严实地包裹着花围巾，仅露双眼。她们担起巨大的石条，顺着两条倾斜的窄木板，将沉重的石料扛上房顶。

出公差时，金城常带我去县上。

路边的远处有一所麻风病院，我常远远地望那些人，他们大多沉默地垂着头，站在石墙下晒太阳。我很想看清他们的脸，我看不清那些面孔。

“不要靠过去，很吓人的。”金城说。

直至二十余年后，新疆墨玉，一个叫作“幸福乡”的沙漠隔离区中，我终于看清了这些面庞。在共同生活的三个月里，聆听他们为我讲述很多美好的故事。在亚洲腹地，大沙漠灿烂的星光下，我又一次想起大海，想起孤岛上这些幽灵般的生命，他们活不到今天。

县城在二十里外的岛东，石屋簇围着一条街道，街道的西头往南弯曲，像病狗的尾巴，街上正中间有一家新华书店，店员是个女孩儿，姓林。我曾在她家吃过一顿挺像样的饭。

在街西有家解放百货店，店里有相貌极美的女孩，匪属，姓陈，她永远垂着眼睛，讲话短促，秀丽的脸上从无表情。

街尾还有家裁缝店，裁缝是个白净女人，家也是匪属，父亲和两个哥哥去了台湾。在夏天，她常常靠在家门口，每见我，她会捂嘴笑，轻轻叫“表弟，表弟”，而后便大笑起来。那会儿，她穿着高过膝头的裙子，软软的身子靠着门口石墙，像根站立的面条，转身时，手总似无意地提起裙摆，白生生的腿上露出蚊虫叮咬过的红肿，动作性感，令人心动。

“煞你老母，这骚女人，见了男人就站不住。”金城说。这“煞你母”是闽人的骂人话，也有惊叹的意思。

“我要是只蚊子就好了。”我想。

当年，国军仓皇渡海东去，遗留岛上大批匪属，那生离死别的时刻该是怎样的凄怆。之后是数十年的严厉监管，本岛居民与世隔绝，孤悬海隅，一概不得擅自离岛。

三

潮水由西部湾口涌进来，一直浸入岛心。这观音城正坐落在最窄处的岛屿上。

那时候，渔船归来直达城下，渔人在城边卸下海货，码头旁边正是鱼市，此地盛产带鱼、黄花鱼、对虾海蟹。这些海产今天看不到了。

天微亮，岛外鱼贩驾船而来，载走成担的鱼虾，或西往娘宫，或驶出鼓屿门北上，从马祖岛西进入闽江口，运往榕城。当太阳露出脑袋时，集市上人尽散，花岗石的街道铺上一层洋红血色，湿漉漉，空气中泛起淡淡新鲜的腥气，那是海的气息，这气息让我想起那裁缝店，那女人白生生的腿。

再等太阳变白，街两边肮脏的弄巷里便升起炊烟，一股臭烘烘的虾油味和煮番薯干的味道，弥漫整个观音城。

那之后，在观音城西，一条海堤在海湾最窄处筑起，大海被逼退二十里。可从前的湾底，并没按人的指望变成桑田，大片盐碱地裸露出来，荒草杂生，变成蛇狐出没的洼地，观音城开始败落。

在海堤外，小小港口形成了。一年一度，冬季风翌日劲吹，卷起月滩上的沙粒，不断填入湾口。海堤挡住涨潮的潮水，退潮时，再没有先前的流量冲走沉沙，这港不断变小，南北不足一公里，东西仅剩四里余。港南云山下是驻军的灰色炮艇，四艘成一排，十六条，拴在一块儿挺齐整，像摆在西餐桌上的餐具。那些兵都挺强壮，在冬天，他们会穿起普蓝色的厚呢衣，比船长的黄呢大氅漂亮多了。

渔船都挤在东北角的海堤北边儿，这儿的渔船船头不开口，不像浙船，头里敞开口子。

"浙江船，舵舱低，不开看不到喽。"船长说。

渔家冬天鲜少出海，这些渔船倾斜着搁浅在沙滩上，高大的主桅和前斜桅被放倒，帆缆和帆布要经过猪血浸泡，船身用好多圆木支撑着，船下堆着水牛粪，还要掺些石灰硫黄，那些点燃的干牛粪沤出浓烟，会把船底的船蛆熏出来，当北风从海岸的马尾松林吹过来，会把那难闻的味卷过来。

“成船蛆喽。”船长说。

“猪血浸，不糟糠喽。”船长说。

“硫黄对身体有些好处。”船上的医助易浩漾说。这医助瘦高，巴东人，宽肩，斜分一头乌发，面白俊美如玉琢，十足敏感的诗人气质。按说这破船不配船医，他惹了祸，听说是招惹省里头脑的千斤，于是被发配下来改造。船长受命，严加拘管。

“成了劳改船，‘流刑’嘛。倒霉喽。”他上船时，船长说。这话让医助很感慨。

“我们期待的时辰就要降临。”他用手撩开额前长发，挺激动地说。

“什么意思嘛？”后来船长斜过身儿，小声问我。

“是首诗，好像叫西伯利亚囚徒来着。”我说。

“抄份给我好吗？”船长小声说。

在港口中间有块礁石，叫作观音礁。上面有灯标，很小。

“黄色光，每十秒闪三次，要记牢喽。”船长说。

在礁石北二百米有水鼓，那是船长的永久泊位，老船拴在水鼓上，像枚磁针，顺涨退的潮水转动。船舷旁靠着条舢板，船身二十八米长，太破，似乎不配靠在码头上，况且那是军用码头，一般的民船靠不得。每次远远瞧这船，我会想起那铁罐里的倒霉船长，慢慢地，我发现凡是住在这船上的人，性情总和这破船多少有几分相似。

一般来说，看到船，就大概能猜想船老大的脾气模样，八九不离十。瞧见拴在水鼓上那条灰头土脸，不伦不类，叫不出名分的破船，那尖尖的船头往下耷拉，像要沉入水里，就基本能估算出它的船长，那位倒霉刚果的倒霉程度。

这船有三个特征，残破。因为吊死过人，颇多鬼里鬼气的说法儿。但它的速度是船队中最快的，若是主机碰巧没毛病，能跑二十节。

因为没名分，啥没面子的活儿都有份儿，哪儿差事苦去哪儿。因为跑得飞快，加满油能跑上五百海里，九百余公里样子，加上它是全队唯一有雷达的船，凡远处有事就推不掉。船队里属它累，就是没有码头靠。

“太破嘛。”船长说。

当年内战，狼奔豕突，旧朝入海偏安东南，新朝建元，渡海涤荡残余在即，为此造了七十五吨炮艇，称作55甲。这艇上清一色的苏制装备，前后两座苏制双联三七炮，两舷各有一架苏制12.7机枪。两台苏制M50高速主机，两台苏制3D12主机，四螺旋桨是它高速的原因。主桅顶上，像和尚头的圆帽是苏制雷达，电子管的，勉强能转，称为罐顶。只是俄国人留下的配件越发稀少。

“所以要学六分仪。”船长说。

这款船型设计并不怎么样，共造了七十余条，二十四条给了越南，似乎全被美国人击沉在北部湾，剩下的，二十年后退役转业，不久便不见了踪迹，唯有这条，还在海上疯疯癫癫跑着，像个白发苍苍的老流浪汉。

交给地方时，卸掉前后主炮，留下一架机枪，那会儿，为预备军事征用，地方船队是有些武备的。

前炮塔下边儿的水兵舱改成客舱，偶尔会载些有头脸的人物出去看海。也常送些戏班前往各岛劳军。

“小孩儿，这是啥？”那些女演员问，这戏班儿从京城来，打算去南日岛上演《红珊瑚》。她们围着一盆没见过的海货，挺新鲜。海货是金城弄来的，清水浸着，搁在后甲板。那时候，这玩意儿上不了餐桌，只有穷人吃。

船厨阿苏正从伙房里露出脑袋，一听这话，赶紧把头缩回去。

“这个嘛，不太好说。”我挺不好意思，望一眼驾驶台上的船长，不想回答。

“到底是啥？告诉我们嘛。”女人们好像猜到一二，越发好奇。嗲声嗲气儿。

“这个是……小娘逼。”我鼓了半晌勇气，到底把荤话说出口，话未落，船上水手哄堂大笑，那几个女人霎时飞红了脸，瞪大眼睛看我，同时往后躲，作碰到蛇蝎状，而后，扭过脸不敢再看，似乎那东西十分不洁。

“哎哟，真流氓。这孩子真够坏。”她们嚷嚷起来，挺贞德。

“我说不想说，偏要让我说。”我嘀咕。

“真传一句话，假传万卷书嘛。”船长说。

“表弟没错嘛，不过好多事情只要做，不要问也不能说喽。”船长后来这么说，一本正经。

“不要补了吗？这药才大补，治尿床的喽。”船长还说。他是指那些女戏子。

直到近些年，这东西才从穷苦人的破碗里，流到城里人的餐桌上，我也才知道，金城教给我的只是绰号，并非本名。此物大名蛏子。近年，京城多了吃喝的好去处，通宵达旦，买卖兴隆，称为鬼街。听说每夜要吃掉十数吨。另有一种非虾非蟹的水产，京人称为小龙虾的，说是一夜也要吃掉数十吨。我想起小时南京那会儿，每逢大雨过，街旁的阴沟里，下水道的井箅上会爬出这“龙虾”，滚成球，挺恶心。

伙房在船尾，烧饭是极苦的事儿。火灶烧煤油，细细的铜油管伸入灶心，滴进环形油盘，像古代油灯，点燃，便可烧饭。泊在港内犹可，每在风浪中航行颠簸，舱底的污水泛起腥臭，这味道和灶里的煤油味混在一起，令人作呕。一不小心，锅子里溅入煤油，饭菜皆休，下咽不易。

从前，这烧饭的差事大家轮值，一人一月，轮到我上厨，没到五天便被废去，是众人忍无可忍，绝食，一致认为我资质太差，像是在用煤油炒菜。

厨艺优良，烧菜好味道非阿苏莫属。他是沪上浦西提篮桥人，船上的信号员。每到他下厨，全船振奋。一个星期内，他烧菜从不重样，买菜也精细，月末定有结余。别人轮厨时，他也常会下来指导一番，日久天长，不知不觉中沦为专职厨子，而他本人似乎极喜爱这苦差事。统揽船上餐饮。

“看看阿苏，看看你，要把戏喽，煤油弄到锅子里，不肯烧饭嘛。”船长拖起长音儿说。

阿苏小个头，为人和善，面白髯青，总一副刚刚睡醒的模样。言寡，平素不太与人往来，极有定力。凡家里邮来的香烟和糖果总有我一小份儿，或两块巧克力，或半盒上海烟，或一把奶糖。

“阿拉婆娘搞来的，好吃勿啦？”他把左手张开，平举在胸前接着落渣，右手拿块糕点小口吃，一边笑问我。凡吃别人未婚妻寄来的东西，总有些说不出的感动。那女人什么样呢，大约很好看，我想。

剩下的糖果糕点，会锁进信号灯下一个专门抽屉，每见阿苏冲我神神秘秘招手，便知道是要打牙祭。好多次，狂风带起海浪横扫大海，卷过甲板时，我瞧见他匆忙爬出伙房，抱着护栏往海里大口呕吐，而后再匆忙钻进仓下。发现我注视他，惨白的脸灿烂一笑，举起手招呼我跟他下厨舱。

灶上烹着黄鱼，他先指指桌上的碗，碗放在固定架上，里面有两条烧好的鱼尾，我知道那是留给我的，但船舱里的气味让我没胃口。他再指灶底要我看，那儿趴着一只肥大的老鼠，黑色鼠毛刺猬似的挖开，身体绵软，前爪支撑着，耷拉着脑袋正忙着呕吐。我知道阿苏怕鼠，平时，舱鼠很凶猛，敢咬人，量船时，这些老鼠连半步都爬不动。我于是俯身拎起鼠尾，它绝望地“吱吱”叫了几声，挺沉重，我爬出舱，说声“游吧”，把它甩进大海。

好多年后，我依然怀念那张风浪中苍白的笑脸。

一条大河

一

好久以前，大约二十一岁时，陆达老伯带我头一回来三门峡。记得老人一身旧灰色中山装，他站在高坡上，指着峡里一库怪诞的清水，告诉我永乐宫的迁移和当年峡口三门所在。

大河东流，从此甩开中条和北邙的挟持，巨蟒出高谷而入大原，奔泻千里，一去不回。

峡口中流，有两巨石砥柱，分大水泥流为三股，谓之人门、神门、鬼门。

艄公行船，万不能走人神两门，定要冲出鬼门才能成人。涛声如雷，冷雾惨惨，把定船头直对准鬼石，别躲闪，躲就要触石而碎骨。鬼石上刻着三个阴森大字：向我来。

“和人生一样，不怕。”陆伯这么说。

那时，这位清华大学的老书记刚做了癌切除手术，瘦，面色苍白，但他说这话时，眼里射出的炯炯光芒令我永记。这红军老兵，抗战时做忻州地委书记，大河他熟。

陆伯已成古人，三十年后的一个雨夜，我想起这段旧事，依然感受到那目光的灼热。

傍晚喝了辣酒，喉头血腥，胸膛着了火，我打定主意睡甲板上，看看大河星光。

“铁板上挺尸，凉，落下病哩。”老孙头说。他管睡觉叫“挺尸”。既已成尸，说啥凉不凉。我心想。

“冻死不下你家仓，臭。”我说。

没想夜半下了急雨。

在三门峡外的大河岸边，依北邙山下，我躺在船户老孙头家的铁皮甲板上。

望着黄河上的一座浮桥，黑暗的河面上，雨中昏冥着一串灯火，浮桥在载重货车的重压下沉落起浮，荡起的波涛在岸边形成激浪。

北岸是武陟，沁水从那儿入河，这让我想起东汉的沁水公主。

北东是原阳，两年前，也是个漆黑大雨夜，在这两公里宽的河面上，从北岸开来的渡船在中流沉没，那是因为超载。老孙头把老伴和儿媳，还有两岁的妞妞甩在岸边大雨里，领着两个儿，捞起过十六个原阳人的十六条性命。那会儿不是现在这船，那会儿，他全家老少七口，活在两条五米长的舢板上。

“要是有这船，俺家妞妞就不能聋。”老孙头对我说。

“捞上活人捞死人，俺渔户的船不能放死人，原阳书记怕哩，淹死这么多人，他怕哩，说俺原阳县二十万人，一人一块，出钱为你老孙买新船。你家没有，后天来县政府上班。大雨下得猛，他央求俺，狗样。捞上的人也要死狗样，俺媳妇和俺儿媳大雨里给他们熬胡辣汤，俺妞妞大雨里淋，发高烧。”

那天晚上的大雨，差点儿要了妞妞的命，烧一退，再也说不出个话，耳也聋了。

更深夜，雨疾骤。岸边是宽阔的黄沙滩，滩外是一望无际的棒子地，再往上便是大河堤，像锯齿状的城墙。老孙头的船，半泡在河水里，半搁浅在沙地上。雨点从天遮外潲进来，打湿了一溜儿甲板。我爬起来，把被窝儿往干处挪，而后打开强光电筒往河上晃，河面苍茫，不见了河心长满矮柳的沙洲。河水汹涌往东流，无声地翻腾起一股红色泥云。远岸传来土层塌陷的轰响，不少尺半长的蝮蛇，从光影中匆匆掠过，趁雨夜游向南岸。冬天快来啦。

老孙头原不是渔户，他是猎户，在大河上游的青铜峡以打雁为生。

“你知道俺一夜打多少，一黑夜？”他跟我白乎。

“百十只？”

“啥？咋活？三千只雁。一黑夜。”老孙头说。

“兰州城里，一只卖了七毛半。”老孙头说。

老孙头打小就活在大河上，他爹是救人时被河水带了去，一九六几年，上头浇筑了青铜峡大坝，他就往下挪窝儿去了包头。一九九几年，政府下了他的枪，托克托又浇筑了万家寨大坝，他带了一家人，下到晋陕大峡谷，在偏关龙口一带打鱼讨生活。到了一九九七年年末，小浪底截流筑大坝，把他挤到花园口。

“不能再往东去咧，那是大海。”老孙头说。

“宁夏的鱼好哩，包头的雁肥哩。”老孙头说。

“你弟兄多，兵工厂有人不？弄截好钢管，打雁给你吃。”老孙头说。

对过儿武陟一声鸡鸣，太阳跳出河面。

上面小浪底开闸放水，浑浊的大水面涂抹上一层金红。天空中有稀薄的云，像火焰中的云母片儿。岸边的老棒子沾满露水，墨绿。大堤上有高大的杨树林，被一道白雾拦腰横断，只露头尾。老孙头的船斜停在岸边。四下里寂寥虫鸣，船边满满一大河胭脂默默东流。极目处，雁阵被太阳镀成飘动的金线，向南，正飞渡宽阔的河面。

没那么壮丽，挺平常。但我觉着这高亢的鸡啼挺有历史感。不知为何故，这鸡鸣让我想起岸右便是广武城，我想起霸王，想起刘沛公，想起为救沛公而被烧死的纪信。

这会儿，船旁的沙窝子底下，也传出老孙头家的鸡叫，那动静瓮声瓮气，接着是一阵小狗吠，同样是瓮声瓮气。

哗一声响，船上窗户拉开，老孙头半睡着从窗里爬出来。

二

他赤脚，裤腿儿高低卷着，矮小精瘦，面色青黑。斑白的头发像刺猬背上的棘刺，直硬着冲天竖起。每见他，老让我想起水浒人物。

他先在船帮边儿上哗哗撒尿，而后跳下船，在沙地上走出一条弧线，搬开一个倒扣的箩筐，趴下身，从沙洞下边儿倒拎出一条小黑狗。那狗又蹦又跳，摇头摆尾地围着他打转儿，他骂着给了狗一脚，小狗并不在意，欢天喜地跑到河边，翘起后腿儿也撒了泡尿。与他刚才的地儿紧挨着。

远处沙岸边儿上有浅坑，里边儿搁着一条舢板。有人影儿正掘开沙地，让河水流进来，以便漂起舢板，这是老孙头的大儿河清。

河清年前分出去单过，他的船搁在前面湾子里，油漆得漂亮，那船和爹的船一般大小，四米宽，十五米长，凸字形，只是这凸字又扁又长。上是甲板，肩膀是两尺宽的船舷和弦窗，下是隔开的三个通舱。仓门在后，门楣上贴红字条，黑字写着以玛内利。

河清活脱一个老孙头盗版，矮小，黑瘦，刚毅，只是无言。

老孙头陆续拎出各洞府鸡鸭，岸边一片解放的欢腾气象，很像小时那会儿看过的电影。被解放出来的，计有一只大公鸡，九只固始母鸡，五只京鸭，另加一只瘸腿野雁混迹其内。

他又俯身把各洞细看一遍，大约是怕漏下个鸡鸭蛋，之后，他挺失望地站起身，冲着空荡荡的船喊起来。

“都起，晌午过哩还挺着，毛蛋，起，别挺哩。”

一片寂静后，渐渐地，船上有了动静。

女儿孙没有最先出仓，眯瞪着拧开煤气灶的阀门，烧水。煤气灶摆放在船尾铁板围着的“厨房”内，巴掌大的地儿。

长着一副方脸庞，微黄的长发，一双笑眼细长，这妮子身板儿厚实，两堆胸脯，胯骨宽大，明儿要是嫁人，生下了孩儿指定强壮。老孙头不很情愿女儿找婆家，他心态复杂。

“就这个能干哩，算眼也清，唉，不知道以后便宜哪家人。”老孙头这么对我说。但每回相亲不中，他便睡不下觉，闹牙疼，愁。

“唉，对不住俺家没有哩。”他说。

五岁半的妞妞也从船舱里爬出来，她胆儿小，离了爷不中，一直在老孙头被窝里睡。这会儿，她晃悠悠走到我这儿，哇哇地想说话，这孩子骨肉极单薄，脸色苍白，她冲我伸出小手，于是，我摸出手机递过去。

妞妞每晨醒来头件事儿——打电话。她把手机放在耳边，真事儿似的哇哇喊不停。天天如此。赶上老孙头在边儿，他会蹲下身儿搂孙女，抚摸她的小脸。

“俺妞妞能打电话哩，俺妞妞会打电话哩，好妞妞。”他每回都这么说。每回他这么说的时候，妞妞会笑，挺幸福地微笑。

但我真的看见，这绝不是五岁的妞妞在笑，分明是另一个人在妞的脸上笑着，这笑极凄凉而感伤，我毛骨悚然。

她打电话给谁？她说了什么？

在那个大雨滂沱的漆黑之夜，那个在高烧中抽搐的妞妞，真的还活着吗?

七月初，暑伏那天祭河伯，在祭祀的土台儿上，摆着白猪头和白蜡烛，祭品间竟有那两张舍己救人的英雄奖状。他用点燃的黄表焚起大把祭香，而后，卑微地撅着屁股伏跪河岸，缩成小小一团儿，一脸畏惧和虔诚，通身汗水淋淋。

“河伯喜白哩，俺大河的鲤鱼拉着它的车，白的。打边前过去，它去上面洛水里寻它媳妇哩。”老孙头手脚比画着告诉妞妞，那小妮子微笑着。分明是另一个人在笑着。

“河伯是个美男子，可就一只眼。羿射瞎它一只眼，夺了它媳妇。”老孙头说。

“往上尽是坝，它能过？”毛蛋边儿上一脸不屑，讥笑说。

“奶奶个龟!”

这话叫老孙头勃然大怒，得亏毛蛋腿儿快。

“毛蛋说的是哩，河伯咋能过去？还是过不去哩。”晚间，老孙头对我说。

前两天毛蛋去集上卖鱼，回来悄声儿跟我说，他好上个女孩儿，这会儿，他套上件墨绿西装，蹲在船尾哗哗刷牙漱口，挺仔细。

毛蛋十九岁，大高个头儿，方方的肩膀，长得挺有样儿，就是眼神飘忽不定。似乎是危险随时会降临，时刻打算撇开腿儿跑路那种。

“俺在俺家最凄惨，唉。啥事儿都冲俺来。”他常这么对我说。

“俺哥有家，俺姐娘儿们，俺妈他惹不起，你说不冲我他能冲谁？”他又说，挺明白。

这会儿，他饿了，喊他姐孙没有。

“姐啊，胡辣汤有没？”

“哥前头干活哩，你穿上个这，娶媳妇？还胡辣汤，看过会儿爹再把你胡辣喽。”没有笑言。

我刚来那天，正撞上老孙头堵在仓里打毛蛋，因为他广武镇上打麻将，耍钱不归夜。老孙头手上一片两指宽窄的竹片儿，大河水里浸泡过。

“把裤退了去。”老孙头说。

“爹饶命。”毛蛋说。

“打完饶你哩。记数，喊错重打。”老孙头说罢。扬手开打。

挺漂亮的屁股上道道红血印。毛蛋趴在仓底，咬牙喊数。

“二,三,四。”每喊一声，上身儿往起一扬。

“知错不？”

“知错哩。五,六,七。”

“听不中，知错不？”

“知错哩。哎呀忘哩。”

“还敢不？”

“再不敢哩。娘救命。八,九,十。”

竹皮抽打厚肉的声儿，毛蛋的喊声儿响彻云霄。

三

舢板拖着另一条舢板，一前一后，沿着岸往下游去，大河已经褪去胭脂红。

远方的河面，太阳光像沸腾的水银，晃得让人无法凝视。河光让河心的沙洲从河面上断开，像海市，一阵风便能把它吹走。每年入夏前，雁阵回时会在那儿停好长一阵，我留意过，雁群都以六为基数，数量成倍数加减。大雁会在黄昏起飞，百千只。那时候，落日像呕出的心血一般猩红，大河上空的雁鸣似大海潮声一般。沙洲上会有不少雁蛋。蛇也多。

河清没跟着下来。毛蛋也没吃上早饭，他划着桨，侧着俊美的脸儿瞅着河面，那表情挺悲愤。

河清一早带着媳妇和妞去了广武镇，挺利落的一家人。媳妇苗条身材，大眼，一头漆黑厚发，爱穿白色的衣服。自打信了基督，再很少来婆家船上吃。她入的好像不是三自会，好像叫作基督复临安息日会。不吃油，不吃肉，不吃发酵面粉，不在星期日度安息日，而在星期六。

而今天正是星期六。这媳妇最招人喜欢的，是从不提教，也不劝人信教。

老孙头蹲在船头里，像一只疲倦的病老鹳。他不动，默默瞅着大河面。后面拖曳的那条舢板上，船头蹲着黑狗，它竖起尖耳，也一动不动。我很早就有感觉，狗和主人的性情极相似。水上，耀眼的光芒从下面映上来，在老孙头脸上跳着。那赭色的脸像水光中的青铜。

“俺哥俺嫂，寻人家哩。”毛蛋忽然扭过头，冲老孙头的后背说。

“俺哥俺嫂想把妞妞送人哩。”毛蛋说罢再不吭气，船划得有劲儿，往前一冲一冲，进入沙洲的湾套。

套里没有大岸边的洄流，寂静，无风。沙洲上传来蜩单调的鸣唱。被水卷下来的枯树倒伏水边，无皮。上面盘着土赭色的蝮蛇，一动不动。

天气闷热起来，浅滩上竖满细杆，出水面米长，杆上挂着细目网，绿色。这网约十米一张，连接起来，从湾套入口，顺水流围出一条弯弯绕绕的通道，尽头是五个环状的纲，渐次变小，组成网兜。鱼虾若顺通道而入，游进网兜，命休矣。渔户叫它迷魂阵。也有叫八卦阵的。

五月底来看老孙头，起初睡在河清船上。河清媳妇老早托我给寻个好人家，领养妞妞，条件是能给孩子装上耳蜗。

“再不能把小孩搁船上，孩儿在船上受老罪哩。”儿媳妇说。

那时，老孙头蹲在地上剥大蒜，低头不吭气。他老伴坐在一边择野菜，这女人强壮，爱笑，两条花白的大辫子梳整得利索。野菜用大河水洗净，毛蛋拿去市场上好卖，城里人爱吃。

“等赶明后弄到钱哩，岸上买两个小房，做个小生意就中了。”老孙头木讷讷说，并不抬头。

今年初，他卖了条舢板，把得了的一万四千块给了儿媳，为妞妞看病。儿媳也问娘家举了三万块的债。

“谁不愿意上岸过日子？”儿媳咬着嘴唇，眼发红了。

“没事干救啥人哩。”儿媳说。

“人家喊得嗷嗷叫，那是一船人哩。”老孙头的老伴笑着说，停下活计，伸出手，轻轻抚着儿媳的背。

“那一船几十人哪，你不救咋弄？”老孙头直挺起颈，打断老伴，瞪眼说。

“要我说呀，他该谁想去死，让他去死，你看它不是想找死？就那一点儿大个船，它坐几十个人，生怕死不了似的，就不知道害怕？不是找死干甚哩!”

儿媳站起身，不再说话，默望着大河，漫长的河岸边浊浪排空。河上刮来猛烈的春风，吹起她的头发，这会我才发现，这年轻女人的发根夹杂着不少银白。

“俺一家都埋怨老头哩。”老孙头的老伴儿悄声笑着对我说。

始终，妞妞一直靠着老孙头端坐，两只小手置于膝，她眯着一双眼紧盯各个人的嘴，似笑非笑。这表情不是妞。

舢板泊在湾子里，老孙头蹲在船头上，从入口处开始起网。他把杆子一支一支拔起来，带起网，网上沾满河下的泥。他把每张网浸在河水中涮净，仔细卷起来，递给毛蛋。要是通道中有鱼虾，它们会往里躲，挤进兜网。

“后天我得往回走喽。”我说。

“咋，做甚至走？”老孙头罢手，扭头看我。

“在您这船上住了三个月，住烦啦。”我说。

他停下一会儿，继续起网。好一会儿，他对我说：

“入秋后要是不来，就让慢慢来家住，秋天的鱼好哩。”

“晚啦，捡不到雁蛋哩。”毛蛋开口说话。

“有了鲤鱼，不卖，都留着。晾半干，带去给慢慢。”老孙头说。

“河伯的事儿，只有孙伯讲才好听。比我们老师讲得好。”小女儿慢慢曾这么说。她极喜欢这家人。

“没钱不卖看家的狗，钱多不休结发的妻。”末了，老孙头莫名其妙地来了一句，像自言自语。

我品味老孙头刚才那句自言自语。似在说给我听。细想来，我一生萍踪浪迹，遇到的女人个个都是难得的好女子，只是我为人过于浅薄，狂妄而无知，相处久了便原形毕露。

“怪我太孬。”我自语说。

“叔不孬。”毛蛋又开口说话。

“能数自己四分的是个能人；敢骂三分的人定是个精人；一分骂不出，就会盘算别人一二三的不是，这人，不是个恶人就是个贱人。蠢蛋多哩。”老孙头说。瞅毛蛋一眼。这一眼，让毛蛋再侧过头去，脸上露出悲愤的神情，再不言语。

四

网杆收尽，尽头的兜网里，泥浆翻腾，响起有劲儿的击水声。

“慢慢鱼有哩。”老孙头说。

不假，拽起网，网底一大团墨青小鱼虾，当中挤着四尾鲤鱼，尺半长，肥硕。

大河鲤鱼有短而弯曲的白鱼须，须挺优雅，这样儿让我不禁想起大雄释迦牟尼，鳞大且圆，每片儿鱼鳞的边缘有红铜的暗金色，鱼尾多少带些鲜红。

这些年，上面层层高填锁河，逢枯水期，下边儿就剩下一条污水沟，旱地蚯蚓似的，爬动在赭色干裂的大地上，又像条枯竭的泪腺，在老孙头的老脸上留下的湿痕。二千六百余年，大河二十六次改道，移山填海，造就了京津以南、淮河往北的壮丽大原，而今盛世，大河要死了。

快绝户了，大河鲤市上卖到百半一斤。

毛蛋蹲在船尾，一把一把收回纤绳，将后边的舢板拉近，他手轻，大概怕把蹲在船头的老爹闪下河。

拖过来的舢板中空通河，下面细网兜住，鱼放活水仓里，保几日鲜活。这让我想起《水浒传》，当年，天损星白张顺，他鱼牙号下之船大约正是这个意思。天杀星黑李逵正是抽去这底网，放跑了肥鱼，挨了他一顿暴捶。灌半死。这样的北宋船型，大陆民间早没了踪影，倒是韩国和日本，港台有同样船型的大钓船。船尾高高，分三层，中供妈祖牌位，后悬舢板，中空通海，船头贴近海面。一出则半年，直到20世纪70年代末还能在海上看见，闽人至今把这船叫作宋。

老孙头先把四条鲤鱼小心从兜网中拣出来，一手托鱼头，一手攥鱼尾，一条一条，顺鳞放入活水仓，那些鱼扭着身儿，尾在泥水里打个漩儿，不见了。他动作之轻，没弄下一片儿鱼鳞。

“这么稠糊泥水，鱼眼瞅得见？”

“它眼亮哩，你在船上，它在水底看得清。”老孙头卡巴眼儿说，他不抬头，那只黑狗不远不近地瞅着，嘴里叽叽歪歪哼叫，挠头打滚儿，挺不满意。老孙头把小虾和童鱼分装两簣，那些鱼小指宽，小指长短。银闪闪。据说饭桌上也算一鲜儿。国人嘴馋，下流如此。

“枭鹰黑夜里抓老鼠，猫黑夜里抓老鼠，雁黑夜里不转向，水混怕甚？鱼看得清。别小看哩。”他说这话时，我越发瞅他像只累坏的老枭鹰。在那个五月，在黑漆漆的河上，搜寻那些活着和死去的鼠类。雨水河水顺着他的脸淌着，他衣衫褴褛，通身泥水。在遥远荒凉的河岸，一团火在暴雨中燃烧着。那火上煮着胡辣汤，想煨热那些冰冷的游魂。

鱼虾分开，老孙头瞅一眼毛蛋。

“虾卖了，拎两瓶辣酒，两斤醋，鲤鱼不卖，回去杀了，晾上。”

话没落，毛蛋和黑狗早跳过船，一声呼哨如响镝。船头荡开丈远，飞也似的往上游去。那狗站在船头狂吠起来，挺欢喜。这动静惊了雁，呼啦啦，从沙洲深处飞起一片。这些雁飞起的同时，迅速组成几个雁阵，都呈人字形，迎舢板上方疾掠而来，近在咫尺，翅膀弓弦似的嘣嘣响，就速雁的眼睛都看清，带起河腥味儿的疾风扑面而来，“咿啊”“咿啊”，相互呼唤着，跨河破空南去。

“雁歇好哩，大河鱼虾吃肥它，走哩。”他说。

壮阔河面，一叶渔舟顺泥流漂泊，好一会儿，老孙头仰头眯着眼望那雁阵远去，不舍似的。雁阵渐远如粟，河上吹起秋风。

“你看有劲儿不？头上两只是壮雁，当间儿是小雁，尾上那是断后的老雁。你瞅见‘人’字阵，那是它正有劲儿。要是累，再飞不动，就换成‘一’字阵，是要落下歇哩。”他说。

冬天苦寒，老孙头还是盼着它快点儿来。

一入冬，这浮桥就会拆掉，到那时河下游就通了，他会带着全家两条平底儿船去兰考。这会儿，往上游去不中，有小浪底，花园口的鱼好，旅游地界，不许打鱼。老孙头被浮桥堵在巴掌大的河面上。

“贪酒，误事哩，柴油机翻了半天泥，赶船能漂起来，人家浮桥早合上。

憋里头，成鱼哩。”老孙头说。

这桥地图上找不见，桥主人是位山东老板。至于一个私人，咋能在大河上架起私桥断水道，干起“留下买路钱”的勾当，老孙头说他也弄不明白。但两岸的官府衙门必定心知肚明。

大河上下有不少这样的浮桥，两条二十米长的船，担起一个浮箱为一组，钢制，水里人称它作“趸船”，长约二十米，宽八米半。二十多组浮箱勾连成桥，长达五百来米，通两岸的乡村道路。至今想起，北岸那村子似乎叫大茶堡。远来的长途黑车，惧怕警察的超重载货车，不愿走高速路的穷司机，即便危险，也多选择这条路。瞅着那些大家伙在波涛中沉浮挣扎，真惊心动魄，就像战争年代的钢铁运输线。私桥买卖，生意兴隆。

舢板出了沙湾，往更远的下游去，要寻个摆迷魂阵的地儿。老孙头使船阴险，这会儿，我蹲坐船头，靠着身后是一船绿网，面前是大河。我看不见划船的老孙头，只看见船侧两只长桨轻轻划动，那船在水面上平稳如浮云，不激起一点儿浊浪，毫无声息。

“这娘儿们要把俺妞妞送人哩，这娘儿们，这个忤逆子。”

背后传来老孙头的声儿，我看不到他的脸，没回话。默望大河东流。

河北岸，正对是太行径，沁水出焉。往北是白径羊肠，西去不远是积半径。

大河南岸，左南是荥阳，李商隐的老家。再往上的洛阳西，便是诗鬼李长吉的老家。是我极敬爱的大师，李义山说他奇瘦，眉毛连在一起，指尖细长。正是，丰肥之辈即使写得诗，也是油腻腻的。

据说李贺降生时辰，故园周围鬼影幢幢，昌谷地面阴风凄厉，鬼歌鬼泣之声弥漫北邙。当年，他正是渡河洛而入太行径，途经长平战场，去写《雁门太守行》。

我身后是广武山。山那边儿是鸿沟和汜水关。当年太史公骑着毛驴，皇帝割了他的生殖器，他却因此具备了神性，他入雁门，出狼孟，望井径，过长平，从太行径出来大河岸，这一路，就是老孙头这样的草民，教他讲出史记故事，告诉他，刘皇帝怎样拿文化人的帽子当尿盆儿。他成了史家至尊。

“那本来就是草民传说的故事，今儿被文化人给文化了，小黑屋里弄得神神乎乎，哼哼唧唧，挺高深，九歌诗经，三国水浒，春秋左传，莫不如此。”记得我对女儿这么说过。

余杭二三事 ——端午记

一

人的一生，最不易改变的是语音和发型。

接到电话的刹那间，听到那急促而欢快的南国语音，一个美好的形象从我黑暗的脑海深处浮现而来。二十年前，在春夜的西泠桥边，能陪我喝掉十斤一坛的花雕酒的，只能是雪丽和她漂亮的同学含玉。那时的西泠桥旁已经不见了苏小小的空坟，而西陵依旧凄草如茵，松柏如盖。雾气像稀薄的乳汁涂抹了宁静的孤山，苏堤上灯火依稀，流影斑驳，那该是苏小的鬼魂乘着油壁车出行的时辰。

现今的雪丽和含玉会是什么样儿？

知是流年最惊心，伊人鬓发霜雪宿。我曾这么写过。

沈园柳老难吹雪，不教玉人看黄花。雪丽曾这么做答。

“雪丽吗？”我哈哈大笑道。

“真的是你呀!”雪丽在那边儿也笑不停。

“没做梦。”

“你现在在哪里？”她问。

“唉，流落余杭镇，寄人篱下，‘芒鞋破钵无人识’。”我说，故意瞅瞅大哥和建荣。这两位老兄挺无奈，正相顾苦笑。

“少来，我马上开车去接你。”

“别，我赊的酒没喝完呢，你在家里等着，跟婶婶说一声儿，我晚上去家里给叔父过五七。”

“真的喽，妈一定喜欢得不得了。”

“听说含玉嫁了雪岩？傻乎乎，怎么会便宜他？”雪岩是雪丽的哥哥。

“晚上唤她一起吃酒。”雪丽又笑起来。这笑声宛若隔世。

二十年前的某个四月，西湖西畔孤山下，长堤卧波，灯光如豆。楼外楼菜馆已经打烊。

那天，叔父和婶婶点了菜，不多，记得有叫花童鸡，一种用荷叶和泥土包裹着的烤鸡，一味醋鱼、一味炸响铃、一味火腿蚕豆、一味莼菜汤。每上菜，叔父看我吃第一口，用微笑探询我对菜味的反应。

那天有寡言的含玉，却没有瘦高白净的雪岩，他正忙着往上海跑单帮呢，这个雪岩，样子总让我想起晚清幕府里的江浙师爷。

那天雪丽的未婚夫雨海也不在桌上，那时他正就职于楼外楼，他并非厨师，却亲自下厨掌勺儿。偶尔从后面跑出来看味道。婶婶心疼，招呼他过来吃酒，他便跑过来敬酒，脸上泛着一层细细的汗。而我私下微微生出些幸灾乐祸的小感慨，想娶个漂亮媳妇真是不容易，何况是雪丽。

那天的菜味忘掉了，只记得香嫩。记得我、雪丽和含玉闹着吃黄酒，酒染红了女人的双颊，她们的眼波像有溪光流溢。我还记得叔父那张清癯的脸和那双睿智的目光，他微笑着看我们吵闹，显然有些兴奋，脸上有了淡淡红色。叔父执鞭于浙大，那天，他对我谈起中国的水利，谈起论证中的三峡工程。

“我家永远欢迎你来。”他说。

“我不知道罢了，若知道你到了杭州没有来看我，会真的不高兴的。”老人说。

如今，我来探望，老人已经远行。

大哥背着手，歪着脑袋，看我挺费劲地把一双高腰大皮鞋套在脚上。显然，这双鞋被仔细擦过，通身浸出虚假的油光，这让我想起丧礼上的告别仪式，那些被化妆师涂改过的遗容。

大哥搓搓手，很满意。他的目光从我的脚往上移，停在我黑色衬衫上，看了一会儿便转身进里屋，他拿出一件浅蓝色的衬衫，拽掉领口的商标牌，递过来。

“把这个换上。”他说。

“这哪儿是我穿的。”

“换上换上，这种事情总要像点样子的。像土匪样子不好的。”大哥说。“端午节怎么刚好赶上五七？”他又说。

十七岁那年，在南国的大海边儿上，有座名字叫作赛岐的古镇，镇街上弥漫着淡淡的虾油味儿，我和大哥在那儿相识。

那镇旁有条弯曲混沌的江，名唤赛罗。江畔有古老的石码头，码头边有巨大的古榕树，树下有座“为民”药铺，柜上的女孩皮肤雪白得似乎透明，宛如玉人。大哥无事时常带我去码头游逛，一边嗅那迷人的中药香，一边儿坐在江边石栏上，嚼着青橄榄偷看那女孩儿，就是四川人所谓的“打望”。现在想想，我一生的不幸从那时便开始了。也是从那起，大哥便开始了改变我形象的努力，这努力很漫长，直至今日仍在持续，因为方式古板，所以收效甚微。

建荣站在边儿上斜眼儿瞅着，他脸上淡淡地笑，一只手抚着肥硕的肚子，一只手拎着黑色塑料袋，里面装满水果。见我打量那袋子，冲我拈了拈，放在一旁。

“不能空手去的，今天端午。”他看到门上挂着红色的空袋子，便拿过来，把水果换放进去。

“你就不能陪我走一趟？”我说建荣。

“晚上烧烧吃吃，我们要喝酒的。”建荣得意地说。这让我很遗憾。建荣烧的菜，我一想就要流口水，尤其是他做的双臭、酱鸭和红烧肉，谁也学不来的。白乐天说“江南忆，最忆是杭州”，而我的江南忆，最忆是建荣。而建荣忆，最忆的是建荣烧的菜。北人以为很会吃面食，但仅是面条，建荣便能做出四十几种不同味道。每次回去北京，痛感那儿的菜味太过粗糙。

“你家里的事，外人去不好的。”大哥说。

“袋子里有两个粽子，路上吃掉，不要丢掉噢。”建荣说。

今天是端午，二千四百九十四年前的今天，是伍子胥浮江的日子。“必树我墓上以梓，令可以为器，而抉吾眼县吴东门之上，以观越寇之入灭吴也。”这是伍子胥留下的遗言，为何要在自己的墓上种梓树？查了半天没人能说清，我想大概为了亡国之日吴王夫差做梓木棺材用。伍子胥吩咐挖下自己的眼睛悬于东门，他要瞅着敌人怎样灭亡吴国。

今天，伍子胥悬于姑苏城头的眼睛会再次放出光芒吗？

数日前路过留下镇，街旁的郊野一片葱郁，远方碧天之下，安平山上塔影青青。街头小菜馆里摆满洁净的各色配菜，正在出锅的酱红色的方肉用丝线缚着，热香四流。成群的少年身着彩衣，怀抱着龙舟上的龙头沿街击鼓喧呼，大哥说，那是在向店铺的老板们乞资为赛龙舟，人们都笑嘻嘻的，多少会有所助。

路上的妇女，自行车上携着菖蒲和艾青，女孩儿的手腕和脚腕上缠绕着五彩丝线，小贩们的担子上挂满各色三角香包，用柔软的吴语做着生意，这情形让我恍惚间似回到宋朝。美哉，余杭民风。

每当我赞美余杭，建荣便抚着肚皮，得意扬扬起来。活脱出温柔乡里一个丰衣足食的文化地主模样。

“上有天堂，下有苏杭。”他说。他把“杭”说成“昂”音，这样一来，便实在让余杭减色不少。凡事自己走嘴一夸，味和道就差远喽。

我穿着大哥认为很有点样子的衬衫，拎着建荣挑选的水果前往古荡，路过仓前时候，隐约听见鼓声喧沸，那一定是少年们驾着龙舟，正拐过章扶雅家门前狭窄的河埠，往南飞也似的冲向闲林。

二

老远就看见雪丽站在大门口等我，她丰满许多，但身段日益玲珑。她穿了无袖长裙，白色，胳膊小臂晒成深色，而上半截白得耀眼。长发挽作一盘笄于颈后。我故作没瞅见，大步往前。于是她笑起来，大声呼唤我。

“您是雪丽的女儿吗？”我问。

“侬勿要出洋相，嘴巴甜得很。俄哪里来的女儿。”雪丽开心大笑起来，用吴语说。

“吃了什么药，还这么年轻？”我说。

我一直以为这杭州吴语其实就是当初的北方官话，这“俄”和陕北、雁北的“俄”何其相似。北宋灭国，遗民南迁，八百余年过去，散尽扬州路上烽火，栖身天堂之下，何必西北望长安，只留存下故国残音，不经意间，昭示了累累伤痕的历史。

我顺着雪丽的眼神往她身后看，路旁葱郁的夹竹桃深处远远站着含玉，她面容苍白，长长的淡棕色鬈发，穿了米色裙装，静静微笑着。女人到了中年，自有了一份雍雅沉静之美。这时候天色变得阴郁，从西湖湖面上隐隐传来低沉的雷声。阴沉里，我感觉她的眼光闪烁，游离不定。

“我给你买了花雕。”含玉说。

“自卑，要晕倒，怎么就我变老了？”我说。

“不好乱讲的，你才多大。”含玉说。

“雪岩呢？”

“在上海。”含玉说。

雪丽说得对，婶婶果然喜欢得不得了。她站在楼下入口处相迎，仰脸长时间看着我。她衣衫洁净，有淡淡的茉莉香，面容也似乎更苍白些，话极少，眉宇间有淡定而凄楚的笑容。她拉着我的手，始终没有放开。

“这是老头的侄儿，从北京赶过来做五七，刚好赶上端午。”她对身旁几个老人这么说。那些人点头，微笑，无一例外。我留神其间一位白净面皮，头上有剃度戒疤的老者，那人再向我微笑点头。

“这是灵隐的燃醒师傅，你叔叔老朋友。”婶婶讲。

这定是位老僧侣，现在的和尚是没戒疤的。而那笑的模样我似曾相识。我想。

好一会儿我才看到雨海，他就在我头顶树上，停下手里的活计正冲我笑。我看到他脸上满是汗。

雨海搭成一个塑料雨遮，四角用绳子拴在树干上罩住下面。

“下雨就糟糕了，马上好了，下去给你做五黄。”雨海说。

雨遮下边儿摆放方桌，桌上面有一把木椅西向设置。这便是望乡台。椅前摆放香炉和一双白烛台。烛台边有几炷佛香。这燃醒师傅大约是来为叔父诵经超度的。我瞅见一只拳头大小的木鱼置放在烛旁。到底是灵隐僧，那木鱼是红木做的，而一般木鱼多为椿木。

“一个人诵三天经，蛮辛苦的。”婶婶充满感激，小声对我说。

“这样下来需要多少布施？”我问。

雪丽连忙冲我摆手，把手指挡住嘴唇。

“执意不肯收的。”雪丽说。

我再次去看燃醒，他落寞地站在那里，身上仅穿着灰色对襟布衣，并未有戏装似的红黄袈裟。他正仰脸出神地瞅着枝头上的白色花。那是广玉兰，硕大而肥厚。

这院落中栽满了广玉兰和木芙蓉，说实话，我真不喜欢这两种植物，广玉兰夸张的花朵和它阴天里发出的甜腻腻的气味，总令我联想到纵欲过度的白胖女人。而木芙蓉花色一日三变，朝白色，午黄色，到了黄昏便成了惨淡的红色，令人不由回味起短促人生。

我注意到燃醒灰白色的眉，皱纹长长的嘴角坚定地紧闭着。

“我一定见过这位燃醒，一定。”我想。

江南僧人做法事，常例该是十位师傅，以燃香计时。吊客上香一炷要加二十元，僧侣便代为诵经，直至香火燃尽。天干气燥，这香约燃上四十五分钟，若遇梅雨季，一炷香得燃一个小时，僧人们也就做得苦些。“虞兮虞兮奈若何。”无法，只能如此。

婶婶家里家具不多，陈旧且洁净。书也不很多，靠东一面墙摆着。架上的书一律用棕色牛皮纸包了书皮，书背上用墨字书写名称。那些字娟秀无力，出自婶婶之手。叔父的遗影悬放于南向的一只小柜上，是一幅尺高的黑白像，摄于四十几岁，微笑着，目光如炬。

我留意到小像前的供盘里已经换上建荣买来的水果，三个杧果，三个苹果，一盘草莓。这苹果的颜色像紫葡萄，上面似乎有一层蜡，而草莓也大得出奇，很夸张。

含玉看我笑，冲那边努努嘴儿，我顺着她往墙角看过去，那儿赫然摆着两瓮花雕酒，圆形厚厚盖子，瓮壁上有斑斓的彩画，绘的是西厢记故事，这让我想起那句“隔墙花影动，疑是玉人来”。

酒坛十斤装，真漂亮。看我吃惊，含玉和雪丽都掩口笑起来，婶婶拉着我的手也笑了，从楼下上来，她一直没松开。

“说你要来，两个一人买一坛，今天端午，都要吃的。”婶婶讲。“侬见到老酒，眼睛大大的骇人。”雪丽说。

“十五年陈，很好吃的。”含玉一边儿扎起长长鬈发，一边说。她的姿态优雅，脸庞消瘦苍白，眼睛似有不易察觉的伤感。

家里的气氛快活许多，大家忙着把圆桌支上，摆上椅子。没人看到雨海啥时已经进了厨房，雪丽和含玉一连声喊饿，雨海跑进来，让我给他点上支烟叼在嘴上。他瘦小个头，敏捷，脸上满是细汗。

“等下，等下好了吗。”他笑着，支支吾吾说了声，又跑回厨房。

我的眼睛无意间停在叔父的脸上，他清秀，微笑着，望着我，目光如炬。那光芒似乎要将相框上的玻璃烧穿。我想起二十年前那个晚上，叔父和我一起走过西陵，那时辰，放鹤亭下碧水连天，我听到天籁中洞彻着南北朝时期那位美丽少女的歌声。

妾乘油壁车，郎骑青听马。

何处结同心，西陵松柏下。

我魂牵梦萦的西陵。

如今，在宁静的西泠桥边如画的山色湖光里，添了叔父慈爱的奕奕笑影。

“人生从来没有失去，人生只有得到，只有结束。总有失去感觉的人，没有自己，也没有人生。”叔父这样说。

三

婶婶执意请燃醒落上座，而燃醒执意不肯。

“圆桌子不必讲究的。”雪丽说。

于是婶婶拉我坐在她右面，要含玉紧靠她左面坐下，在对面雪丽和雨海中间留下座位请燃醒落座。

雪丽忙着将酒坛打开盖子，去了坛口的红泥封，探脸儿嗅了嗅，微笑着看我。“香得不得了。”她说。一面慢慢用酒提子将酒注入几只蜡壶。

刹那间，我又感觉到了她的妩媚，这笑容中无意间流落的几许真切的残影，让我看见二十年前，那个待嫁的快乐的美丽女孩儿。

“小二，要吃酒没得菜。”雪丽冲厨房这么一喊，大家都笑了，连燃醒也微笑起来。雪丽说的“吃酒”发音是“恰日”，真的好听。在遥远荒凉的雁北长城外，我听人们也是这么说。

雨海上来的菜，一盘蒸黄鱼、一盘黄瓜虾仁、一盘黄米小肉粽，都是半个拇指大，用彩丝缚着。一盘去了清的鸭蛋黄炒银鱼、一盘雄黄炒芸豆，有微毒的。一大盘金黄色蒸蟹和一盘醉黄泥螺。

这就是五黄吗？除了粽和雄黄酒，其他大约是个泛指。

我瞅着这盘醉黄泥螺，不禁想起我的挚友，三十四岁便故去的沈旭明，我第一次吃这黄泥螺，是他母亲从上海托人带来北京。

旭明极爱孩子，时常带着慢慢逛中关村，买些组件回来教她装电脑。他见女儿爱吃，便将没打开的三听罐头一并送了慢慢，半年后他便突然离世。那时慢慢只有十岁，知道消息后咬着手指大哭不止。直至今日不愿再吃这东西。逝者如斯，声犹在耳，人已亡故多年。我的眼睛发热。

雪丽拿了条毛巾递给雨海，看着他满脸汗水，我猛想起专门给他带了礼物，站起身，从背包里掏出一只银壳打火机送他。雨海接去，仔细看过，显然十分高兴。

“ZPPO，名牌子。”他说。用它点燃一支烟。

“味儿不同的。”他又说。

因为晚间有祭事，酒下得有些慢。来时大哥和建荣一再嘱咐不要贪杯误事，我便不敢放开。初见时的兴奋过去了，气氛越发沉闷，大家并没有太多的话要说，一向开朗的雪丽也敛容息声。含玉默默抿酒，苍白的脸庞有了颜色，像黄昏时分最淡的晚霞。席间，她仅问起我何时会再来杭州，听我讲明年还会来，脸上生出凄然一笑。

婶婶话本不多，只是不停地给我和含玉添菜。

“多吃些菜，酒要少吃的。”她小声对含玉说。

窗外的天空越发昏暗，树影没有一丝动静，一切似乎都静静地蛰伏着。这让我想起来时的阳光，田野里传来的龙舟赛激越的鼓声。

“你们那里过端午吗？”燃醒问我，显然他在寻一个话题，他原话是“伊那里端午过勿啦？”他嗓音极柔软，一听便知是苏州人。

“也过，只是不祭伍子胥。”我说。

“该是纪念伍子胥的。”老人说。

按说伍员早于屈原二百余年，倒也似乎更靠谱一些。我想。

日本人从前也过端午，和我们一样，也是为纪念屈原。只是明治维新之后，连同春节一起去除了。

很久前也曾和韩国人一起工作整年，我的好友，那位严浩一副导演告诉我，韩国的端午祭是为纪念李舜臣。我想他大概是在说着玩儿。而他却很认真。本来，在端午这天说说自己家有面子的人物没有错，我也是很崇敬这位海上前辈，只是李舜臣战殁的那场露梁海战发生于1598年年底，距今天也只有区区四百余年之遥，而端午历史久矣。尽管如此，还是没什么错。

“侬晓得伍子胥挂在城门上的眼睛哇？”喝了酒的老僧似乎健谈些，问我。

他青白面皮上有了酒红，我想起傍晚的院落中，那些木芙蓉花的颜色。见大家在听，他便接着往下讲。

“那眼睛我是见过的。”他这么说。

“啊哨。”雪丽忙把凳子往我这边挪。含玉也放下杯，抬起眼望着燃醒。而雨海则笑起来，但没说什么，就是笑。只有婶婶默默瞅着燃醒，聆听。

“民国二十六年俄拉五岁，秋天日本人来了。上海滩尸山血海。”燃醒轻轻推开面前的碟子，碟子里有几枚芸豆，方才他只吃这豆子。我想他说的一定是国民政府的淞沪会战，斯战，中国军队投入七十万人，真实伤亡应占尽其半。日军投入三十万人，伤亡有七万余人。老僧说尸山血海并不为过。

他用小指尖蘸了酒，在桌面上点一下。

“14日北面太仓沦陷。”他说。

“15日东面昆山也丢掉。”他在右边点一下。

“到了11月16日，南面吴江也没得了。”他又在下边点一下。停下来看着我。

“苏州西面是太湖，望不到边的。”他抬起眼睛望着窗外，外面的天色全暗下来，不知何时路灯亮了，透过灯光，可以看到稀疏的雨丝飘落。

“父亲说跑吧，迟了来不及了，快去无锡跑，好在还没有围城。那时我家城里有铺子，父亲是不能走开的，只好留下。不想这样一别，再没有见到。”老僧依旧慢慢地说。

“那天晚上天漆黑，下雨，雨里有雪，冰冷得很。水上陆上，泥里雨里尽是人。下午就有死人从运河上游漂下来，母亲带了祖父和我两个姐，船出了冷水盘门，刚刚好过了水关桥，正要拐进运河去，回头猛见城门上有光，风声蛮紧，不敢太亮的，哪里来的呢？那光从城墙的缝隙里涌出来，雪亮雪亮，城头上面乌云都被映白了，雪亮雪亮，在黑漆漆里。祖父跪下，人都跪下了，祖父说那是伍子胥眼睛放出的光，中国不会亡。”

大家沉默，我瞅着燃醒，他的眼中掠过一丝冰冷的光亮。灰白色的眉，擎杯的手微微发抖。在那瞬刻，我终于想起我的确是见过他的。

我相信燃醒所见。《吴越春秋》里似乎也有类似的说法。在岳阳附近的汨罗江边，我亦听见过相似的传说，长沙会战时，汨罗江上浊浪排空，江心在午夜迸射出火焰，只是神灵变成了屈原。

1941年冬12月，薛岳将军以其麾下十七万众，在长沙最终挡住了日寇西进的虎狼之师。这时的中国，已不会再有亡国之虞。

我想象着那个寒冷的深秋雨夜，沿着泥泞的道路，沿着古老的大运河，向西默默流去着不尽的暗淡灯火，而在他们背后，渐渐远去的姑苏城头依然滚动着远古不屈的光芒，那是召唤着民族灵魂的光辉。

苏州城于1937年11月19日陷落。

12月13日，中国首都南京陷落。

四

时至九点钟，雨海点燃蜡烛。他特地用了我送的打火机。火焰在蜡芯上摇曳，映透下面的白烛如脂玉。这时候疏雨若丝，打在雨遮上，像小鸟啄食的声响。

摆放于桌心的椅子背上平整地撑起件米色西装，一顶同色的礼帽以竹竿挑悬其上，浅灰色的羊绒围巾搭在肩膀上，恰如生前。下面，一条浅咖啡色的长裤放在椅面上，裤腿悬下来。再下面，一双擦净的皮鞋置于桌面。这些遗物组成一个薄薄的人形，在火烛的明灭中坐在椅子上。

燃醒坐在烛影下，左手掌置于口唇前，垂目低诵，那只木鱼则置放在膝盖上。在幽暗里，他的细节变得模糊不清，我只能瞅见他的头顶和那六点戒疤前后微微晃动。

很多次，我聆听过钟声和诵经之声，最令人难忘的是西藏的僧侣，浑厚的声音由几个声部合成，那诵经声真如低沉的狮吼，震动着冬夜里寂静的冰雪寒川。而最难听的该属汉地，那赖唧唧的哼唧声像条病狗。尤其是在塞满钞票的功德箱边儿上听。

燃醒的声音却像火烛一样，极清晰。

婶婶上香时流下清泪，泪痕在烛影中闪着柔和的光，她再捡起一支香在烛火上点燃，摇一摇，递给我。

“侄儿赶过来啦，侬晓得哇？”她这么讲。

当我把这香放入香炉时，烛火晃动着。

之后，依次该是含玉，当她侧着头去点燃那支香时，她的脸庞真苍白，眼中的泪水，宛如午夜涟涟波心深处明灭的粼光。

“你可能还不晓得，含玉病得厉害。”雨海以极轻的声音对我说。

“嗯？”

“血癌。勿要提起。”

雨海用手挡在唇边，以更小的声音说了一句。

“那雪岩还瞎跑什么？”

“要用票的，没钞票拿什么看医生？唉，不得了。”雨海叹息。

雨似乎大些，滴答滴答打在雨遮上，像疾行的脚步。我望着椅子上那薄薄的人形，它在明暗不定的烛光中变化着，烛头上有烛泪无声地滚落，椅子背后的幽暗里，繁密的树枝低低垂下来，玉兰花沾满冷雨，甜腻腻的气味变得冰凉，这气息让我想起在朔风怒吼的杀虎口外荒原上，在那二月的严寒中，我曾吻过的一个女人冰冷的脸颊。那是一张即将弃我远去的面容。而木芙蓉怒放着，在江南缠绵的雨夜，黄昏时那惨淡的花红，此时已幻变成霜雪似的洁白。

“舍利子是诸法空相不生不灭不垢不净不增不减是故空中无色无受想行识无眼耳鼻舌身意无色身香味触法无眼界乃至无意识界无无明亦无无明尽乃至无老死亦无老死尽无苦集灭道无智亦无得以无所得故菩提萨陀依波若波罗蜜多故心无挂碍故无有恐怖远离颠倒梦想究竟涅槃……”

这是唐代那位伟大的苦行僧所译的《般若波罗蜜多心经》，出自燃醒的唇齿，若清泉流于石上。

当然，勿要提起。雨海讲得对，端午本来就不是什么好日子。

我想起《离骚》，虽说或许那是一首假屈原之名的伪作，但屈原却确有其人。我默默望着含玉，含玉也要远行吗？

人生真如一场烛光聚会，随着我所珍爱的友人渐次离去，一支支蜡烛不断熄灭，这个世界越发变得空洞和黑暗，这有时会令我感到焦急，我还剩下在这里，那个最后熄灯锁门的人，该体会到怎样的不幸和孤零。恰恰因为时常感到失望，我更喜欢筑巢郊野，与鬼为邻。

死亡给爱贴上封条，岁月和情敌都不会偷去。

我瞅着那薄薄的人形，仿佛渐渐被注入了灵魂。在老僧的诵颂声中，帽檐下的阴暗里，我看见那张看不见的脸静静地倾听着。雨滴从花朵上滚落下来，打在我脸上，弥散开清凉的芬芳。

三十四年前第一次来杭州，欲寻叔婶，两人正在临安的天目山中，不是为效法干将莫邪铸利剑，而是为人民公社饲养水牛，不得见。不得已，于是乘七路汽车前往灵隐寺，为慕六朝名刹。

那时的灵隐寺俨然是座荒寺，极少得人问津，正是鬼狐出没之地，苍凉凄冷，何况是在秋雨绵绵之中，全然没有如今须折腰仰视的财色和气派。庙堂里没有功德箱，没有售票处。陪我看庙的是五十来岁的看门人，青白面色，灰白头发，即使是对待一个十几岁的少年，态度也十分儒雅而谦恭。

他撑着一把黄色的油布伞，很大。腰下一大串钥匙随他的步履哗哗作响。他将可以打开的门依次为我开启。这样的情景，我于去年在整修中的章太炎故居又逢一次，开门人同样是五十来岁，他的面容同样白皙。

天王殿中满地是落下的朽木碎瓦，天顶洞开，雨丝从中飘落，须弥座上满是标语墨迹，佛龛垂下长长的沾满灰尘的蛛丝。下面有弥勒，披着破竹席，在稀疏疏的雨中似笑非哭，脏兮兮地。而他背后的护法韦驮，还站着，右手擎一柄金钢杵斜支地上，身上金漆斑驳可见，像患了皮肤重病，溃烂处露出下面的木胎，却依旧发出淡淡的樟木香气。这是南宋遗物。

在婶婶第三次上香的时候雨小了，雪丽从暗处走过来，拉拉我的衣袖。“事情好了到我家里住宿，雨海要喊吃酒的。”

“回余杭。”我说。我想起建荣讲过，无论多晚，他都会等我吃酒。其实我是想去看西陵，哪怕路过看一眼也好。

“啊喃，那会很晚的。俄有话要讲给侬听。”她说“听”发“替”音。

“我已经知道。”我小声说。我看到，雪丽眼里霎时涌出泪水。我知道含玉是她的同窗好友，又是她的嫂嫂，彼此感情非同一般。面对女人的眼泪，我不知所措。

“还是回去，明天中午我再来。我要请客。”我讲。我心里不好受，只想去西陵。

“那么讲好，明朝一定要来的。”雪丽叮咛。

雨止。四下一片噼啪的滴水声，雨滴坠落水泥路面和松软的泥土中，声音各不相同。花树间有子归啼鸣响彻静夜——“不如归去”这声音也曾在北京西八里庄的玲珑塔上响起，那时候，在那间颓破的老旗房里，有蜷缩在床板上的瘦长的影子，那是解放正做着艺术家之梦，在其身旁有支开的画架，上面绘着“坠落的天魔”。

“不生不灭不垢不净不增不减是故空中无色无受想行识无眼耳鼻舌身意无色身香味触法无眼界乃至无意识界无无明亦无无明尽乃至无老死亦无老死尽无苦集灭道无智亦无得以无所得故……”

燃醒依旧反复诵颂着《心经》，一丝不苟，字字清晰可辨，如月下清泉流于石上。

满嘴之乎者也，何如一部《心经》，未来恐怕还是要靠此来救赎也未可知。有汉以来，中国文人的功利之心使得春秋时代士的风骨渐渐丧失，建元至今，所谓文化人们的形状更显猥琐龌龊。

1399年靖难战争时，姚广孝一再告诫燕王朱棣，入南京后切勿加害方孝孺，为留“天下读书人种子”。最终，方希直到底惨遭屠灭十族之诛戮。方希直的死状，为有明一朝知识学人的境遇烙刻下最为惨烈的印迹。朱棣是对的，留“天下读书人种子”与暴君何干？暴君之暴，正在于愚民，即使是风雅之乾隆皇帝，不是也将奴才纪晓岚斥为倡优，任意侮辱。姚广孝也是对的，天下读书人种子之灭绝当从此始。

我想起三十四年前和那位灵隐看门人的对话，那天晚上我留宿于荒寺。说来可笑，当年的灵隐竟没有电。傍晚，雨方停，北高峰外明月高悬，辉映着烟云中寂寥山林，喧腾的溪流声从飞来峰下轰然传来，全不似如今鼻涕模样。

“大叔是哪里人？”

“俄拉灵隐寺人，少时舍在这里。”

“大叔您是出家人？”我大惊。

“喏，侬看看。”他伸过头，开心地笑着，拨开灰发，俨然露出两行戒印。

“‘文革’时还俗了吧？”

“‘文革’时候，红卫兵来砸寺，几千人围在那里。浙江大学的学生赶来保护灵隐，也有上千人，手拉手，不要砸，死也不许，女学生也哭喊不许砸，三天三夜，三天三夜。”开门人说，并依旧微笑着。

我被他的讲述震撼着，整个“文革”中之整个中国，我第一次听说有青年如此自发地，大规模地捍卫自己的传统文化，而孩子们所直面的，是怎样强大而邪恶的巨影！伟哉浙大！

“三天三夜，俄拉师徒们下跪在两派中间，每天嘴里塞生的狗肉，满满地塞，不许下咽，不许吐出。”他说罢，又再微笑。

“大叔现在还信佛吗？”

“侬下去，把那月光铲除干净。”看门人指着门外满地的月光。

“侬铲勿去。”他坚定地说。

“泥水里的月光肮脏勿拉？净水中的月光干净勿拉？都不会的，月光勿因泥而污，勿会因水净而洁，勿因毁而灭，勿会因兴而荣，给俄吃狗肉有什么关系。”

我想起西泠桥旁那座平毁的孤冢。

不生不灭不垢不净不增不减是故空中无色。佛说。

而那位看门人，正是眼前这位燃醒。

三十四年前，寻叔父不遇，遇见叔父老友，却又不知。

三十四年后，来送别叔父，又遇见叔父老友，知之，然恰逢叔父故去。我惊悚于冥冥之中似有定数。这是2010年端午。

如花的故事——小蝶唱歌

不知天上宫阙，今夕是何年。

一

最受我家欢迎的访客该是如花。他是个古董商人，人称“花哥”。

如花总在我意想不到的时候来，比如山里下雪的时候，比如半夜两点钟，比如候鸟刚刚回飞的早春，或是电闪雷鸣夏天的暴雨里，这时如花来了，而且，如花来时绝不空手，比如带两瓶衡水白干，比如带两大桶德国啤酒，或是一大包酱牛肉，“自己酱的”，他说。

我知道他从不买熟肉食，“太肮脏”，他这么说街上的熟食品。他一面说，一面转，把手里的大鸟笼挂上石榴树，那笼子罩着大块藏蓝布，“鹩哥，待会儿喂虫吃。”他冲里边的鸟儿说。笼子里静静的。

如花还有一个习惯，通过我所认识的人，从不单独与其来往，有时拒绝别人邀请颇显冷酷。

“我做人就这样儿。”他说。

我俩相交近二十年，此君从来如此。

那年，北大历史地理系的武弘麟教授邀我同去雁荡山考察，我带上如花。与十几位老九相处两个月，临分别，武先生握着如花的手感慨道："活这些年我没见过真汉子，这回见了您，算是见识了！"这话深深记于我心。

如花嘴里一边长着一颗虎牙，常偷着乐，每乐无声，一捂嘴，耸耸肩。大老远地看见他站在村中间的十字街口，从背面看见他哈着腰一耸肩膀，就知道他正偷着乐呢。

"如花！"我喊他。

他慢慢回头瞅我，脸上笑容忍俊不禁，一只手捂着嘴，一只手用手指往旁边指指。另一边儿街上，小蝶正费劲儿地往这儿走，她脚上拖着一双大人穿的塑料拖鞋，两条小胳膊下面分别夹着一大瓶可口可乐和一大瓶雪碧，小脸儿抹得红红的——自己抹的。她似乎很有成就感。可乐是咖啡色的，雪碧是绿的，像泡过鬼的颜色。

这是我的好友，破烂儿杨波的女儿，行二，四岁。正上着学前班。杨波本姓欧阳，他总说自己是个捡破烂儿的，真不好意思，也没必要姓这么好的姓，于是改了。

如花平时见人没话，却极喜欢小蝶，称她做"小逼崽儿"。这是他对自己喜欢的晚辈的爱称，他对自己二十七岁的做老币的儿子也这么叫。

"这可是颗丧门星子哟，为了她把家里房子也给挑喽，家也没得回喽。"刚认识时，杨波曾抚摸着女儿的脑袋笑着跟我说。因为超标生了小蝶，政府拆了他的房，收走了他的地。

"嘿，这么大动静，还没弄出个带把儿的，您这一炮儿——忒贵。"杨波的房东，水落儿说。

超生小蝶抱着一对大瓶子走过来，她显然知道如花要开她玩笑，故意两眼目不斜视。嘴里还哼哼唧唧地唱着歌：

世上只有妈妈好，
有妈的孩子像个宝。
投进妈妈的怀抱，
幸福享不了……

这正是四月末，在西山远方朝阳的山坡上，苍白的山桃花宁静地开放着。在干涸的河滩里，纷乱的野柳丛泛出淡绿色的鹅黄，小山村在暖烘烘的阳光下懒洋洋地横卧着，杳无人迹。街上只有这可爱的小人儿和她的歌声。

如花用手指顶了顶他头上的皮礼帽沿，蹲下说："小蝶呵，谁给您买的呵？让我喝口。"小蝶挺费劲儿地一直往前走，不搭理如花，像一个正在认真操练的士兵，并且又唱起来：

世上只有妈妈好，
有妈的孩子像个宝。
投进妈妈的怀抱，
幸福享不了……

"嘿，小蝶唱得真好，往下呢，不会唱了吧？"如花蹲在小蝶身后逗她。

这下小蝶站住了，她先把两只大瓶子放在地上，显出很累的样子："小蝶歇歇。"她对自己说。而后转过头咯咯笑起来，"小蝶会唱，小蝶走远啦，你听不到啦！"这小姑娘说。

"那您往下唱，我听对不。"如花忍住笑说。其实他并非老北京，他是陕西吴堡人，跟个四岁的孩子还"您您"的。

于是小蝶挺起小肚子又唱起来：

"长亭外，古道边，芳草碧连天，
晚风拂柳笛声残，夕阳山外山。
天之涯，地之角，知交半落(零)落，

……

我唱完啦。”

最后一句小姑娘不会唱，于是就很从容地编纂出很多古怪的发音。如花捂着嘴，差点儿笑背过去。小蝶也咯咯大笑，指指我：“岢叔教我的，这是。爷爷说不好歌。”

这歌确是我教她的，是夏天时教的，那会儿我老父亲正在我这儿小住度夏，这老军人用他沉重的铜手杖戳着地面砰砰响：“就不能教孩子点正经的，这是小鼻子的歌，满洲国的校歌，是亡国的歌！”

我不以为然。

“那您老说，啥叫正经？”我愤愤问。那会儿我是个半愤青。

老父哑然。

“‘我们盖的房，我们种的粮，地主买办黑儿肠，都把我们剥削光’正经，能瞎唱吗？”

老父继续哑然。

“‘冲，冲，冲，我们是革命的工农，冲啊，杀！’正经，能瞎教吗？”

“‘是谁创造了人类世界？是我们劳动群众，一切归劳动者所有，哪能容得寄生虫’，这《国际歌》更正经，您大街上唱一个听听？想闹事儿？”

老父还是继续哑然。

“就不能唱点爱国的？”老父亲说。

“爱国倒行，要是满街都开唱‘大刀向鬼子们的头上砍去，杀’，吓人不？满街的大刀片儿，义和团似的，吓人不？走火伤了自家人怎么办？”我突然下意识打住，我察觉到父亲眼中流过一种无奈和感伤的神情。

老父亲听罢，慢慢站起来，又用铜手杖慢慢戳了戳地面。当天晚上打道回城——走为上。

“您真成，人家想吆喝什么碍您哪儿了？生把老爷子气走，您真成！”如花知此事后，透出真的很不高兴。

“‘正经’的歌也别瞎唱，这得跟挑韭菜似的挑着唱，最好啥都别唱，忒累。”如花手里咯吱咯吱地转着山核桃，眨巴着眼睛说。那模样像个绍兴师爷。

“啊啊，忒累忒累，啊，忒累。”一个怪诞的声音从如花身后的鸟笼里响起，活像唐老鸭，接着便是一阵咳嗽，这声音绝似如花。

如花一耸肩膀，捂嘴又乐了，他赶紧用蓝布盖上笼子：“别叫啦！您哪。您瞅，它都累啦。”

如花才是明白人儿。“这小蝶也忒爱唱。”如花又这么说。

二

小蝶三岁上学前班时，杨波着实急了一把。这个没身份的小姑娘没地儿收。而小蝶很高兴，她不停哼唧着“世上只有妈妈好”。

“中国的事情真的奇特。”艾米说。

“学校有好多小朋友呢，都没见过，是我妈说的。”小蝶这么说。

“岢叔你找不见我啦，我得去上学啦，我妈还给我买了新衣服，现在不能穿，上学时候穿。大黄，你也找不见我啦。”跟我说完，小蝶还特意跟我家的看门狗打招呼。好像她要去很远的地方，不再回来。大黄摇摆着毛茸茸的大尾巴，赶紧用舌头舔舔小蝶的脸，这条极凶猛的大狗似乎喜欢小蝶。

杨波带着太太小刘四处央求“有路子”的人，花了不老少，连坡下底坎儿的混混儿老曹，都整了条“黄鹤楼”抽。

那时也是一个早春，恰巧赶上艾米回国探亲，如花来我家想住几天，他偷着在后院“土龙”上架了沾网，网细如蛛丝，十分阴险地在春风中鼓荡着，闪着不易察觉的丝光。这种网宽有六米，高可四米，每隔一截往上折半作，这么一折便形成小兜儿，鸟儿一旦撞上去，掉进兜儿被缠住就玩儿完。只有山鸡、斑鸠、杜鹃之类的大鸟它网不住，一旦碰上这些疾飞的鸟，网会被撞出大洞。碰到这会儿，如花便一边咒骂，一面收网。倘若小蝶在边儿上，他就会唠叨：“得，小逼崽儿的肉飞啦。”

“得，小蝶的肉飞啦。”小蝶仰起小脸儿，嘻嘻哈哈地学。

这次如花架了两张大网。

“柳串儿和老西子该回来啦。”如花笑嘻嘻地对我说。

“哥锅，腊肉没得吃喽，都送别人喽，喂了苍儿喽。”小杨下巴上长了羊胡子疮，他穿着捡来的拖鞋站在当院儿，一边儿往疮上抹紫药水儿，一边儿对我说。紫药水装在一酱色小瓶里，大概也是捡来的。他把“哥”喊成“锅”，把苍蝇说成“苍儿”，杨家每年从阆中捎来腊肉，每次打牙祭总过去喊我。

这小院三间北房，都是石片瓦上顶的老旗房，各十平方米。北房左右各一间红砖砌就的石棉瓦顶的简易棚杈充庙房，这些七扭八歪的房子围着一个公用水龙头形成院落，共住了四户人家，都是拾破烂儿的。

小蝶家就住西边的棚屋，有九个平方米大小，南北顶门一张小床，东西顶住小床放置一双人床，是小刘母女三人睡处。床上端以木方做架子，放置杂物。对面隔一米远放一小木箱，上有捡来的日本三菱电视机一台。

小院背后有块空场，以矮小的泥墙圈成另一院子，其内分类堆满各种捡来的秽物。院里空气极难闻，是一种烂苹果和焚烧塑料的混合气味，我起初闻久了头胀痛，后来没事儿了。我曾见一条漆黑肥蛇出没其间，我想这蛇一定有毒。

每到过年过节，院内三家会轮请我和艾米吃饭，我发现这些拾荒人很会烧菜，大家一起喝得快活。而院内第一家却从不和别人往来。这房客姓门，瘦若枯骨，除了眼角处略有淡粉血色，整个脸色灰白。他家的那扇门，即使在盛夏的酷热里也紧闭不启。近来，我常听见里面有两个婴儿哭啼声，前不久，说这家人生了一对双胞胎，是男孩儿。

门太太像面团似的虚胖，每见我，总是在远处怯怯地点点头，算是打了招呼，之后绕路走开。在我印象里，这女人总是挺着大肚子。

小蝶的学前班有了眉目，杨波挺得意，觉着自己是能办事儿的。太太小刘却满脸苦相，坐在边上发愁。

“你看看你那个脚，你莫要进来!”小刘突然呛白丈夫。她把“脚”喊成“绝”音，还从枕头下抓出驱虫花露水往空中喷两下。

“你吼的是哪个嘛，你这里是故宫咋？”

“小蝶莫要去!别人两百，我们三百，没户口四百，我小蝶不是个人？”

“她就不是个人，她要是个人，中国的户口咋没她，她就不该生咋!”杨波火了，瞪着眼吼。

杨波鼓着眼儿，气哼哼地到院中间的水管处冲脚。

杨波大女儿丽君在山下上小学一年级，借读费翻出学费一倍是一年八百，而这小蝶一年就得四千八百块，两项一加共和六千多元，真够他喝一壶。

如花蹲在边儿上咯吱咯吱楞揉着核桃，那核桃像打上一层蜡。他极不情愿陪我来这儿，一直琢磨着不吭声，这会儿站起身儿给我使了个眼色，示意我过去。

“您可别提帮钱的事儿，这事儿您可帮不起。”他悄声说。

“杨子，您别老冲媳妇儿瞪眼。是不是个战士？”如花扭头说。只要别人犯愁，他总说“不是战士”。说罢，冲小刘：

“嘴上燎泡都起来啦，您这是啥媳妇儿？小逼崽儿不上学，干吗？跟她爹学捡破烂儿？”

小蝶一直哼唧着“世上只有妈妈好”，趴在床沿上摆弄一盒崭新的儿童拼音识字卡片儿。这盒卡片儿是她爸从垃圾场捡回来送她的，但的确崭新。

“莫要唱，好个屁!”小刘冲她喊。

小蝶站直身，吸溜三下鼻子，憋了一会儿，猛地放声大哭起来。

“我不跟爸学捡破烂儿，别人都说我臭——唔唔——我要去上学——唔——”杨波蹲在水龙头边上，脸色铁青，冷眼瞅着媳妇不讲话。

小蝶的哭总是惊天动地，用如花的话说：很卡通，眼泪乱喷。一会儿鼻涕眼泪就糊了一脸。

见众人没啥反应，小蝶便爬上床，从枕头边上拽过一个小书包，花的，大概是新买来准备上学用的。小蝶把那盒卡片儿和几支铅笔塞进去，笨笨地爬下床，挎上包儿，穿上大拖鞋往门外走。

“死娃儿，做啥子去哟!”小刘拽住女儿。

“我的心情不舒畅，跳楼去呗!”小姑娘回答。接着，继续大放悲声。

这回答——用时下网络语说——把众人雷翻。如花连续三次差点儿跌坐地上。

“这小逼崽儿——我就知道有邪的。”如花捧腹大笑说。

“这哪里有啥子楼跳哟。”杨子也扭过头去无奈地苦笑。

小刘扑哧笑了，接着哭起来，一把拉过女儿：“莫得乱讲，哪一个说上不得学？”

这会儿，第二家的房门打开，拾荒房客王圣洁的新媳妇阿荣出来了。

“什么王圣洁，整个一王肮脏。这么俊的媳妇也能偷来。”如花曾这么说圣洁。阿荣走过来，拉起小蝶回自己屋，她脸上漾着似笑非笑的笑。走过时，一股夸张的香水味让我不由地抽耸鼻腔。这女子身材矮小，但胸大，五官极标致，她有一双凄迷的眼。

阿荣是西川雷波人，那个地方我曾去过，紧傍着金沙江大峡谷，地势陡绝，江水湍急凶险，隔岸就是云南。

圣洁本重庆人氏，因偷盗罪被判劳教五年，服刑的农场就在江畔马湖边儿上，恰恰界临阿荣家的小山村。圣洁刑满，生计断绝变成拾荒者，阿荣还是嫁给他。

“这小媳妇儿床上准够味儿!”如花抽抽鼻子，小声说。

三

小蝶上了学前班，年学费4800块。

小蝶能上学，得益于如花出了好主意。那天下午，如花从“土龙”收下他阴险的两张网，竟网住两百多只老家贼，他蹲在院子当间儿收拾这些可怜的小家伙，圣洁媳妇则在边上帮忙，她脸庞低垂，永远没话。

蝶洗净脸儿，还抹了脸蛋儿，她抱着水管子，爷儿俩东一句西一句地摆龙门阵。节气未入暑伏，院后面的鬼气味儿还没泛起，倒是满村欲开未放的槐树花吐出淡淡的清香，使我的思绪掠过阵阵的迷离。

如花把麻雀一只一只地从塑料袋里弄出来，拧去脑袋，掐住脖子往上一翻，玲珑的雀肉便脱去皮毛，通身宛若琥珀似的泛出光泽，一会儿便收拾出一盆。如花今天古怪，竟要请院里各家喝酒吃麻雀，这是先前从未有过的事儿。

“油一煎，抹点辣椒。”如花说。

“花叔，是给小蝶烤吃吗？”

“不给你吃，只给阿荣吃。”如花说着瞄了阿荣一眼，阿荣脸通红，越发把头埋下去。

“嗯，那让荣姨给我烤吃吧。”小蝶说，又想了想，继续问如花：

“花叔，我是人吗？爸说我不是人。”

“他有户口，他是人。您是神仙，是神仙都没户口。”如花说罢停下手，望着小蝶。

“小蝶是神仙。”小蝶快活起来。

“户口是什么？”小蝶接着问。

“是张擦屁股纸。上边儿写小逼崽儿住北京黑石头。”如花说。

“不写小逼崽儿，小朋友不认识——是杨小蝶。”

“对，不写小逼崽儿，小朋友不知道，写欧阳小蝶住北京黑石头，没户口。”“户口是什么？”小蝶接着问。

“其实我也没得户口。”沉默的阿荣忽然抬头说。

如花打了个愣，转眼瞅定阿荣。

“没户口您咋扯结婚证？”如花狐疑。

“没得。”阿荣低头说。

“那您也是神仙。”如花耸耸肩，笑了，露出一对虎牙。

“好想坐飞机，好想。他娶我那会儿，说坐飞机去北京看升国旗，到机场，警察把我抓起来关一夜，飞机票也没得还。两千多块哩。”阿荣慢悠悠地说，像做梦，她把“那会儿”说成“那海儿”，声音真好听，说完自己竟捂嘴笑了。

“干吗？为啥？”

“没得身份证，他花三百做了假的。被查出来了。”阿荣还捂嘴笑，挺不好意思。

我坐边儿上，一面看小刘忙乎晚饭，一面听如花他们谈话，我想起西班牙斗牛士，真优雅。他们手里擎着那块红布甩来甩去，两下儿就能让一头公牛发疯，牛怎么想的呢？那只是块儿红的布片，是织物。我又想起好久前，船长教我唱的一首水手小调，歌名好像叫《帕里摩斯集市》：

在帕里摩斯有位姑娘，年轻的姑娘，

在帕里摩斯有位姑娘，听我对你讲，
在帕里摩斯有位姑娘，她是情场中的美好，
我再不和你来往，美丽的姑娘。
我和那姑娘去游逛，年轻的姑娘，
我和那姑娘去游逛，听我对你讲，
我对她撒了个大大的谎，
说我捡到黄金一大箱——
我再不和你来往，美丽的姑娘。

“帕里摩斯”在哪儿呢？船长说他也不知道。这“帕里摩斯”大概孤独而遥远，却令人向往。

墙外的杨树披了满枝新叶，过不多久，叶间会悬满毛茸茸的棕色花串儿。像爬虫。再过不久，碧蓝的天空会飞满白色的絮，像雪。香椿也抽出紫红的芽，只有那些枣树没动静，黑铁样的躯干凝固在视觉中，锋利的刺让人忆起冬季。

2007年，我用一整年时间混迹于附近的歌舞厅，在我接触的各地陪酒女孩里，没身份的竟有约三成，她们都是超生者。真不如偷渡者。她们没国籍。

杨波拎着塑料袋走进院，他兴高采烈，“砰”一声把袋子撂在窗台，从里面拿出四瓶酒，大包炒花生米，一截香肠，外加一沓纸杯和一把筷子。

“你买杯儿筷儿做啥子？”小刘问。

杨波指指如花，笑笑。

“一说吃酒就有劲头——哼！没得出息。”小刘白眼看丈夫。

如花把收拾好的麻雀用酱油浸上，倒了些料酒。他仔细洗了手，瞅瞅小蝶，招呼杨波两口子。

“我做回主，听不听由你们，种菜吧。”如花点支烟，皱着眉头说。

“哪里有地哟，租地贵得很，哪里种得起！”杨波说。

“要不说就是穷命。”如花耸耸肩膀。

“去跟您岢哥合计，他院儿大，划出二亩小刘种，你管他家有新鲜菜吃，剩下集上卖，一年弄好了怎么也万儿八千，岢哥也省，菜也好，我也能得点儿济。”

如花说罢偷看我，脑袋往肩膀里一缩，捂嘴乐。

如花的话令小刘开心。

“没得地租就好种，没得地租怎么也能万儿八千。我种菜好得很，给岢哥吃不打农药的菜。”小刘看我说，她一双笑眼儿本来就小，一笑一条线儿。

我想这该是好主意，此地属首钢工业占地区，灌溉水不用花钱。若是院子里种满青菜，那该是怎样的风景。白吃无毒菜不说，杨家夫妇靠得住的，每出远门，帮忙看门喂狗不在话下。而小蝶也能去上学前班，继续哼“世上只有妈妈好”——都合适。

如花盯着我看了一会儿，便从怀里掏出牛皮钱包，仔细点出500块放在水龙头边儿的石台上，再将那包儿揣回内兜收好。

“算我帮回忙，明儿翻地，买种，道边儿有鸡场，弄点儿鸡粪。以后这种烂事儿别和您岢哥叨唠！”如花对小刘说。

小刘眼圈儿发红，忙转过头。

要说还是南城汉子，讲义气。我想。

“黄瓜、茴香、韭菜、豇豆、小葱、油菜、小萝卜，其他要不得。”小刘一口气吩咐丈夫，她点的都是速生菜。

“等艾米回来，院儿里该绿啦，人家看了心里也舒坦。”如花说。

果然，一个月过去，艾米回来时院儿里的菜已经破土。春雨下得正紧，她抱着我的胳膊，站在园外看丝丝细雨中，那一大片水浸的葱绿。

“心都变绿啦。”我说。

“智慧如花。”艾米说。

又果然，小蝶顺顺当当上了学前班，那年年前，杨家夫妇买了头不大不小的猪，当院宰杀，做了腊肉和熏肉，灌了香肠送给我和如花。

小蝶学习成绩并不好，她只爱唱歌，而且只唱一半儿。每天晚上，她便对着那台捡来的电视机，咿咿呀呀地比划着唱个没完。小蝶在学校学了第一首歌，叫作《唱支山歌给党听》。

二〇一二年秋天记事

一

9月8日月夜，有轻轻扣墙声传入，开院门见是滔兄，左手拎一袋，右手平托两只饭盒。

“烧两个菜，先拿进去。”他对我说罢，递过饭盒，便随手关上院门，回身招呼虎。

虎围着滔转悠，晃着尾巴索要食物，那毛茸茸的尾很像成吉思汗的苏勒定麾旗。滔将袋子中的馅儿饼倾倒地上。

“想着你哪，虎乖，吃吧。好好吃！”滔说。

打开盒盖，热香四流。一味笋烧肉，一味清蒸鱼。滔烧菜味道极佳，只是极少掌勺，平时又从不谈起烹饪，因而圈内知者甚少。

时临近建元节，外面秋风渐动，月辉清冷。于是赶忙拉出小桌，摆上饭盒，再拿出两只玻璃杯用水冲洗，之后，用干毛巾里外擦净，这样的杯子倒上白酒真是好看。而滔还没进来，刚才听他絮絮叨叨跟虎说话，隔窗见他这会儿正在厨房里忙碌，我瞅着两只剔透的玻璃杯，忽然想起李白有个儿子名叫“玻璃”，还有个女儿名叫“明月奴”，这“奴”字在当时有怜爱意思，大约是像月亮一样的小丫头。我笑起来。玻璃和月亮都令人想到中亚，可见李白的汉儿身份或许要打些折扣。

滔进来时两只手端着两只盘子，上有汤盆儿，里面黑的紫菜，白色虾皮和青绿黄瓜浮着，好看。他先将这汤放置桌上，将饭盒中的鱼肉小心翼翼倾倒盘中，再将饭盒拿起来送回厨房，之后，两人落座。

“将来有工夫该写写滔哥。”我说。

“别，中国文化人，褒扬别人从来是惜墨如金。贬低别人从来都是没有底线，尖酸刻薄。”滔笑答。

我绝非化内之人，一盲流而已，但滔的“尖酸刻薄”倒是让我想起梁实秋先生评论鲁迅先生的言语，梁先生是这么说的：“鲁迅一生坎坷，到处‘碰壁’，所以很自然地有一股怨恨之气横亘胸中，一吐为快。怨恨对象是谁呢？礼教、制度、传统、政府，全成了他泄愤的对象。他是绍兴人，也许先天的有一点刀笔吏的素质，为文极尖酸刻薄之能事。”我以为，政府二字之后或许还要加上兄弟、同事、同行、学生等。

此话不无道理，近代尖酸刻薄之风或许起于鲁迅而风行建元之后。但先生讲这番话时，鲁迅先生早已谢世多年，对一个无言之人作如此说，先生就不怕亦生“尖酸刻薄”之嫌隙。而梁实秋先生辞世于今也已二十余年，此时此刻，我写下这两行文字，难道不尖酸刻薄？看来滔兄言之在理。

滔的一生正可谓坎坷，却从未有一股怨恨之气横亘胸中。平素低调处世，有学生众多而从不敢以师自居，任中新社的记者三十余年，曾获国家金质奖章而从不敢以知文自诩。通今博古而淡泊内敛，家道名门却虚怀若谷。这大约是坎坷的结果。

我知道滔曾经在内蒙古巴彦淖尔的沙漠中生活多年，每谈及此，他总说他那时常常想起十二月党人，于是我眼前便出现烈维坦的名画《通往弗拉基米尔之路》。

然而没有唐狄，也没有犹米拉·列丹佳。只有一个女孩儿的故事滔兄倒曾多次提及，那是个绰号“猪头”的知青，原因是她的绵帽的两只帽耳从来不系上，在脑袋边晃动着像一对猪耳。

猪头偷盗了沪上女孩家里寄来的点心，痛遭辱骂而投井自尽。

“她老是吃不饱，就为一块点心。唉。杏花楼的月饼呵。”滔叹息着喝口酒。接下来，他便用地道的上海话模仿当时女孩挨骂的情形。

“让我下去捞她，我最小，不到十六岁。我就站在那只铅桶里，扶着井绳，慢慢被放下去，井极深，越往下越暖和，真挺舒服。她仰头泡在水里，我先前还从没离女人这么近过，我踩水抱着她，她真像睡着了似的，这会儿才发现她其实蛮好看的，头发挺长，像黑色水草似的散开在水里漂着。我把绳子缠在她胳膊下边儿，真怕把她勒疼。人吊上去，她身上的水淋了我满头满脸。上面人忙着看死人，把我忘在井底下。抽你一支烟吧。”

滔从前不沾烟酒，不过这两年酒喝得多起来，竟然也开始抽烟了。

“我打算抽烟啦。”他说。

“回城那会儿我最后走的，总不该把她一个人丢那儿吧，我去信箱边儿上的沙丘下面，那会儿，自杀的或是罪犯什么的尸体不能留，要烧的。我把她的骨灰盒刨出来，柳木做的盒子居然没坏，坟都吹平啦，得亏当年插的木板条还在。”

滔待过的地方没有地名，被称作是57信箱。从这57信箱，迢远千里，背着战友的骨灰回到故乡，他第一个见到的是猪头的哥哥。

“她家就住后海北沿，人家指给我说那就是她哥，他正蹲在街门口看小人书哪。问起她妹，他用书捂着嘴嘿嘿笑，挺害臊，我瞅见那连环画的名儿是《金光大道》。后来她母亲来了，她就在街道的工厂上班儿，用细铁丝编纸篓和文件笼，不远处似乎还有个聋哑学校。听说是57信箱来人，挺害怕似的，我将她女儿的遗骸双手递上，她往后退说：女儿没出息，犯了错，自绝于党，自绝人民，您让我把她搁哪儿？后来她还是接过去，抱着，抚摸着痛哭起来。”

“撕心裂肺，我忘不了那哭声。好多年后，都回兵团或插队的地方去看看，我从没有，因为那儿现在大概只是沙漠。”滔说罢站起来收拾桌子。

滔仔细用清水洗净两只饭盒，这时候明月中天，月光穿破瓜架的藤蔓洒落地上，遥远的村边忽然响起一阵爆竹声，接下来万籁俱寂。大约有人去世了。秋虫从角落里发出呻吟，那声音细微，颤抖而绵长，很阴险。

“让我领奖，去长沙。”在我打开院门时，滔说。

“金鹰奖，最佳摄影。”看我不解，他又说。

奖这种东西对于滔来说可谓司空见惯。

“何时启程？”我问。

“没什么意思，不太想去。这样的年纪去领奖，怕别人笑话。”滔说。

“对于满额的白发，花冠和王冕算得了什么。”我笑着背诵拜伦的诗歌，但下一句没敢念出来。

“要是国家级的奖倒是该拿回来。可别弄个孔子和平奖什么的。”我接着说。

“是你说的？”滔笑问。

“没错。”我说。

滔托着两只饭盒走了，我摸到虎的毛茸茸大脑袋靠在腿边，于是蹲下来，用胳膊搂看它粗壮的脖子，暖烘烘的热。月光静谧地洒在乡村无人的窄街上，街道像一条闪光的河流，流向村外密密的白杨树林，有一次，我在冬季的午夜穿过那片林子，发现月光下的白杨树林亮得几乎没有阴影。这时候，河流上忽然传来滔的笑声：

对于满额的皱纹，花冠和王冕算得了什么？

那不过是五月的朝露洒向枯死的花朵

不如把这一切从苍白的头上拿掉，扔开

对于只给人以荣誉的花环我又何必挂怀

……

二

我和慢慢又一次从鸡鸣山下走过，这是10月3日。起初，和老友苏犁约好，于本月2日前往湖北神农架和屈原故里秭归。苏犁已故的老父、书法家苏原先生曾在秭归留下不少墨迹和碑铭，而我多年前亦曾在神农架待过小一年光景，憧憬故地重游的心情可谓急不可待，然10月1日的全国大赛车让我胆寒。于是听从女儿的劝告，改弦易辙，同她一起乘京张铁路的慢车去张家口，而后步行回京。如此背叛行径，令苏夫人切齿，电话中咬牙道："再有临阵脱逃者，拉将出去！腰斩！枭首！乱棍打死！"

慢慢在前面跨着大步，歌唱而行，我在其后踽踽跟随，东张西望。

鸡鸣山下，倾斜的原野空无人迹，收获后的土地上是一望无际的枯黄，天空湛蓝，变硬的秫秸在秋风中萧瑟作响。忽然她停下来，指着不远处的山脚喊道："爸爸爸爸爸爸！"这一连六声爸，使我产生恍惚如中枪欲倒的感觉。

从小到大，女儿称呼我时少则四声，多则七声，这情形的成因不详，十多年以来似在枪声中度过，忽然感觉有改变的必要。我想了想，对她这么说：

"我说慢慢，您对我的称呼是否能做点儿改良，比如说简化一下什么的？"

"爸爸爸，您快看。"女儿没理茬儿，继续指向山脚，在鸡鸣山下的巉岩旁边，露出孤零的小饭店，门窗花花绿绿，从房顶的烟囱里，飘出不易被察觉的淡青炊烟。原来是“牧童遥指杏花村”。

“每次你喊爸爸爸爸爸爸爸爸的时候，我觉着被机枪打中啦，想晕倒。每次你喊爸爸爸爸的时候，我觉着是被盒子炮命中，还是想晕倒。”在往饭馆儿去的路上，我继续做工作。

“噢——”女儿恍然大悟一般，之后，她又唱起歌，背着行囊大步向前。这时候，鸡鸣山顶的天穹澄如碧海，铁灰色的峰峦没有一丝声响。一只巨鹰从眼前的巉岩背后默默飞起，它平伸着翅膀一动不动，却在刹那间飞上百米高空。很久很久以前我就与它相识。

女儿大步走得高兴，背包中装满从张家口和宣化城买的面点小吃，兜儿里揣着足够的银两，走在盛世的平安无事的黄土道儿上，心里充满“壮游天下，舍我其谁”的好感觉，的确应该是惬意的，她忽然停下来。

“爸爸爸爸!”

我用手捂胸口，作中弹状。女儿大笑，笑罢，十分认真地说：

“这回出门儿真开心。”

“那您得感谢党和政府。”

“爸爸爸爸，您别老是开玩笑，真的。”

“真的，没开玩笑，谢一下咱少不了啥，党和政府可真是非常需要，算帮忙。”

“我想问，盒子炮是什么？”

“挺老的一种手枪，响起来的动静和您喊我的声音一模一样。”

“那干吗叫炮不叫枪？”

“是个问题——‘庚子国变’知道吧？有点儿像前些日子。事后，各国对中国搞了多年的武器禁运，当时允许进口最好的枪械就是盒子炮，所以风靡近代。”

“噢——”女儿恍然大悟一般，不过没完。

“我还是想问，为什么叫炮不叫枪？”女儿没有停下来的意思，接着问。

“枪打一线，炮轰一片，这盒子炮可以连发扫射打一片，或许是称炮的原因。不过也是叫枪的，什么盒子枪、自来得、大肚匣子、匣子枪、大镜面、十二响、快慢机、花机枪、驳壳枪，靠，真多了去啦。但这枪有个毛病，就是一搂扳机枪口往上跳得厉害，没打着人，蒙俩家雀下来。所以射击时不能枪背冲上，得枪面冲天，太阳照着光亮亮，平端横扫，这便是‘大镜面’的来历。你再看现在拍的抗战影视剧，极少懂行的，还两手端着瞄呢，冒儿得可以。”

“噢——还有呢？”

“还有什么？就这些吧？”

“比如它的正名儿叫德国毛瑟手枪，再比如它有个木制枪套，可以和枪组装起来变成枪托。”女儿慢悠悠地说道。

根据以往经验我意识到，关于盒子炮的话题无法再继续下去，不然或许会陷入非常被动的状态，得赶快转向。

“对对，也叫德国毛瑟手枪。”我赶紧说，接着再诵出一段诗句：

当我背起我那支陈日的“老毛瑟”
从平原走过，
望见了敌人的黑色的炮楼，和那炮楼上
飘扬的血腥的红膏药旗，
我的血呵，它激荡，
有如关外，
那积雪深深的草原里，大风暴似的，
急驰而来的，祖国的健儿们的铁骑……

“这里的‘老毛瑟’大约就是指驳壳枪。”我说。

“噫，爸爸爸爸爸爸，这诗是谁写的？”女儿问。

“陈辉呀……怎么您不知道陈辉是谁？”我故作惊讶。瞅着女儿挺失落的模样，继续说，“看过《敌后武工队》吗？里面有个刘太生，被几个汉奸抱住，拉响自个儿腰里的手榴弹的那位，那就是以陈辉为原型。”“噢——”女儿沉默一会儿，忽然又开心起来。

“爸爸爸爸，您现在就帮我写下来，一路背会它。”女儿说。

我于是在铁道边的岩石上坐下来，从包儿里掏出纸和笔，再点燃一支烟。

“您先往那儿走，我这就写出来。”我对女儿说。

吸了口烟，在纸上写下了《为祖国而歌》。

这时大地开始震颤，由远及近，一组沈阳产的“东风”机车拖着长长的煤车从眼前缓慢驶过去，而另一组机车则挂在车尾向前推动，可见货物沉重。这是运往秦皇岛港的优质煤炭，之后，这些能源将渡海运往日本。印象中，大秦铁路1992年通车，是由日本无偿援建的，条件是数十年内，售向日方的煤价不涨价。而这条路至2010年，每年运出的煤炭逾四万万吨。其数字使我想起庚子赔款，这是距陈辉殉国六十五年后的事。

我，埋怨
我不是一个琴师，
祖国啊，
因为我是属于你的
一个大手大脚的
劳动人民的儿子，
我深深地，深深地
爱你！

我默写着，渐渐感觉双目潮湿，这个矮小黝黑的湖南人正向我走来，他脸上有浓密的胡须和明亮的眼镜，穿着破相的黑棉袄和露出脚趾的布鞋，怀里揣着他的诗和那支陈旧的老毛瑟枪。

他在离此不远处的山那边儿，在拒马河畔，拉响自己腰间的手榴弹，与蜂拥而上的敌人同归于尽。

他是抗战时期中国最伟大的诗人。而当下无比爱国的中国人却鲜有知其名，咏其绝唱者。他渐被淡忘。“爸爸爸爸！”远处传来女儿的呼唤声，在秋日正午的阳光中，女儿像纤细的彩虹，她冲我挥着手，在她身旁，站着饭馆的老板娘，我认识她，她做的“莜面傀儡”好吃极了。

我忽然想起，陈辉殉国时不过二十四岁，比慢慢大不了多少。而此时，那只苍鹰正盘旋于无云苍穹，它滑过日轮，使阳光产生片刻颤抖，之后，默默沿洋河谷地向东方飞翔，它刀锋样的眼睛一定凶狠地凝视着大地，在它下面，远去的煤车传来悠长的汽笛声响。

附

《为祖国而歌》

陈辉

我埋怨

我不是一个琴师。

祖国呵，

因为我是属于你的

一个大手大脚的

劳动人民的儿子。

我深深地

深深地
爱你！
我呵，却不能
像高唱马赛曲的歌手一样，
在火热的阳光下，
在那巴黎公社战斗的街垒旁，
拨动六弦琴丝，
让它吐出震动世界的
人类的第一首最美的歌曲，
作为我对你的祝词。
我也不会骑在牛背上
弄着短笛。
也不会呵，
在八月的禾场上，
把竹箫举起，
轻轻地轻轻地吹；
让箫声飘过泥墙，
隐入河边的柳荫丛中。
然而，当我抬起头来瞧见了你，
我的祖国的
高蓝的天空，
那辽阔的原野，
那天边的白云
悠悠地飘过，
或是

那红色的小花，
笑眯眯地，笑眯眯地，
从石缝里站起。
我的心啊，
多么兴奋，
有如我的家乡，
那苗族的女郎，
在明朗的八月之夜，
疯狂地跳在一个节拍上，
……
我的祖国呵，
我是属于你的，
一个紫黑色的
年轻的战士。
当我背起我的
那支陈旧的“老毛瑟”从平原走过，
望见了敌人的黑色的炮楼和那炮楼上
飘扬的血腥的红膏药旗，
我的血呵，
它激荡，
有如关外
那积雪深深的草原里，
大风暴似的，
疾驰而来的，
祖国的健儿们的铁骑……

祖国呵，
你以爱情的乳浆
养育了我；
而我，
也将以我的血肉，
守卫你啊！
也许明天我会倒下；
也许
在砍杀之际，
敌人的枪尖，
戳穿了我的肚皮；
也许吧，
我将无言地死在绞架上，
或者被敌人
投进狗场。
看啊，
那凶恶的狼狗，
磨着牙尖，
眼里吐出
绿色莹莹的光……
祖国呵，
在敌人的屠刀下
我不会滴一滴眼泪，
我高笑，
因为呵，

我——

你的大手大脚的儿子，

你的守卫者，

他的生命，

给你留下了一首崇高的“赞美词”。

我高歌，

祖国呵，

在埋着我的骨骼的黄土堆上，

也将有爱情的花儿生长。

三

9月6日，孙承担老先生谢世，大立来电话告知我，那声音说着说着便哽咽起来。

我静听着，只对他这么说一句："打住，别哭。"

清晰地记得年内3月28日，挚友清水君从东京的病榻上打来电话做最后的永别，那声音断续，像绝顶的暴风雪中登山者发出的嘶喘。"一生能认识你真好。"他说。我说："我也是，没事儿，别怕。"

我厌烦听哭，尤其是爷儿们。

当好友告辞离开，我总是送去车站，而只有雨雪中或是深秋里的送别才会留下记忆。我喜欢叉开腿站在道边上，瞅着她或是他进入车厢，坐下，而后扭脸冲我摆手一笑，还没看清那笑影，车便颤动着开过去。于是我便独自走回家去，只是这回去的路似乎漫长许多。

死的离别与此差别不是很大，时光如白驹过隙，时无再来。每一次离去都是永别。我们正是在日复一日的永别中耗尽一生的积蓄。不久前大立来我家，言语中感觉他似乎长大了许多，没有了父亲的大立俨然开始像个父亲。

“参加送别仪式的全都是家里人，代您和王明义送了花圈摆那儿，不介意吧？”他对我说。

“收拾东西捡出这些个，放你那儿吧，你有用。”他再对我说，把一纸包儿递过来。

打开，将里面的摊在桌角上，其内有谢添先生与蒋兆和的夫人肖琼先生写给大立的墨迹，有末路时的上官云珠先生写给大立母亲的信件，还有蓝马先生写给周恩来的信件，以及他在拍摄电影《鲁迅传》时的全部日记。

我想起，也是月内数日前，另一位兄长将他老父亲，画家边濯冰先生的日记和若干习作交给我：“放你那儿吧，你有用。”他这么说。

边濯冰先生，这位当年东京帝国大学美术系的高材生，抗战军兴，迢迢数千里奔去圣地，建元后倒是谋得一份与色彩相关的差事，为火车头刷油漆。

当年的盛世，埋没的真人才可谓济济，那时候的新中国非常之新，甚至是否保留中国画都成了大问题。旧衣饰无论是金是银统统弃之，又无成就新装束的本事，结果是着了件皇帝的新装，光着屁股满世界溜达。盛代绝无隐者，连素描和结构都不知何物的“家”们可谓多矣。文学亦同，数天前，有那位名称不说话的管先生竟然拿了份儿说话的文学奖，非但如此，他还管着“说话家协会”里一帮惯于装聋作哑的“家”们。这样一来，原本寂静如墓园的中国文坛忽地喧嚣质疑之声四起。但无论怎样，这位莫言先生，在他实在绷不住时曾经小心翼翼所言的文字中，的确鲜少阿谀奉承与谄媚词调。庸才们总期待着同样的庸人的庸俗不堪。世事原本如此。

而直至八十岁，饱经非议和排挤的边濯冰老先生依然前往西藏，在山南的荒野激流边默默写生。举世皆浊，而我独清。沧浪之水清兮，可以濯冰。

孙承担老先生过世前，经常自语不休。

“这人真好，唉，怎么我啥事儿他都清楚？”老人对进门的大立笑言。而屋里头洒满阳光。

“您说谁呀，没人哪？”大立茫然。

“刚出去那位，穿西装的，还冲您笑着点头呢不是。”

“噢……您是跟它说话哪？”大立愕然。

“坐我床沿儿半天啦，真好。”老人说。

大立知道，送请帖的来过了。

这位死亡的邀请者还穿着西装吗？在印象中，它们或是青唇披发，面色冷灰，或是身着黑袍，手擎长长的镰刀并以尖尖的黑帽遮蔽着面孔。孙老先生的话令我欣慰，死神的种类原来是因人而异的。我这么想。都说人生如过客，既然是客，总须上路的，有别情而无留意，不该装作或表现出过度的悲伤。我这么想。

大立再从他发白的帆布包里掏出一副相框。

“我给父亲画了肖像，我觉着你该留一幅，他生前最喜欢和你聊天儿，也算是忘年交。”

他说罢站起身，将这肖像摆在书架上。

我长久地凝视着这幅肖像，凝视着桌角那些遗迹，将它们一件件地拿起，小心地展开。这是九月中旬，席卷全国的新义和拳运动尚未开始，温暖斑驳的秋光射入窗口，抚摸着这些遗物，抚摸着这些无形却清晰如昨的脸庞，在缓缓游浮着细微尘埃的阳光中，在承担老人慈祥的笑影中，我倾心聆听着他们，毫无声响。

四

1937年，是中国近代史中极重要的一年。在这一年的四月，欲凿通西域，前往新疆去抗日的中国工农红军四方面军，在马家回民骑兵的凶残阻截下，在其内部云谲波诡派系倾轧中，全军覆没于河西走廊。这一年的7月7日，中日战争全面爆发。而这一年的十二月，纨绔少帅张汉卿发动了双十二事变。也正是因为这个事变，饱经兵祸匪患的河西地区得以残喘。在之后的若干年间，这片土地透过她沾满血腥和污垢的褴褛衣衫，展现出惊世骇俗的文明和无比的美丽。

事变过去三年后的1941年初夏，甘肃瓜州县的鼓楼旁走过一位年轻男子。至今，他瘦高的身影在我脑海中依旧异常清晰。他骑在高大的骆驼上，这些骆驼不停地咀嚼从胃里反刍到口中的食物，它们嘴旁挂着唾液，这些黏液被晨风拉成长长的丝状，在初起的阳光中发出光亮。

骆驼上的人具有和骆驼一样的沉默性格，他三十岁，白皙，鼻梁上挺斯文地挂副圆眼镜儿，短须，尤其是唇上的胡须修剪得很罗曼蒂克。他戴着赭石色贝雷帽，一身光板儿羊皮衣裤，仅领口和袖口露出发灰色的羊毛，当然，两个月前从重庆出发时，那时他的装束并非如此。

此时，他正随张大千先生以及张大千的三夫人，二十三岁的杨宛君先生，赶往140公里之外的圣地敦煌。张氏夫妇坐在带圆形护遮的驴车内，从后来的各种迹象看，张先生的动机要比这位单纯的年轻人复杂得多。此行的重要任务是临摹敦煌千佛洞的画壁，“画壁”是民国时人们对壁画的称谓。

当最后一位画者放下手中的画笔，他走出冰冷的洞窟，走向垂悬于苦难荒凉大地之上的璀璨星空。

这之后，由丝路所及各国，各民族的无数艺术家共同构筑的，一座无与伦比的敦煌最终得以完成。沉默是他们的共性，他们都没有留下名字，他们的身影在辉煌的画作中得以默默地永生。

很多很多年流过，继赵望云先生之后，再一次拾起这支不朽的画笔的这位年轻人，同样具有沉默的性格。他是民国中央大学艺术系的教师孙宗慰。

1941年年初，时任民国中央大学艺术系主任的吕斯百先生，向将欲西行的张大千荐孙宗慰为其助手，张先生亦知孙之为人和艺术造诣。于是欣然同往。顺便应该提一下，建元之后，这位吕斯百先生经历了与孙宗慰先生同样的命运，在饱历长期摧残之后。1973年1月16日晚，他在寒冷的南京街头长久苦踱，并自杀于是夜。

我想，在1941年6月间的那个早晨，孙宗慰一行人大约是出南门离开安西，而后，从距门五百米处涉过水流壮阔的疏勒河向西南前进。这是通往敦煌的道路。那时候，安西的商家仅六七户，所经营多为俄、日两国货物，如火柴、洋瓷、糖果、洋布等。他路过的古楼下有深泉，这是古渊泉，汉武元鼎六年，置敦煌郡设六县，其中“渊泉县”由此水而得名。1941年时，这泉水用木栅围着，有两条木龙悬于井中，作吸水状。而鼓楼四周则是蔬菜集市，各种动物的尸体悬于铁钩，头颅下水堆积其侧，遍地腥膻血污，肮脏而不堪入目。

出城行约十五公里，过古瓜州口驿，由此西望，朔漠接天。再十五公里，芦草沟边，人道玄奘法师曾住，而安西确为唐玉门关所在，此地该是三藏偷渡国门处，当年恢宏的寺院早已化作路边残垣断瓦。由安西至敦煌，到达甜水井驿时路程过半。只是这甜水井中的井水极难下咽。那时的井旁有小客店，店家是县派的一名老警察，其工资是每月两斗粗粮。

从此地再往前行三十五公里，当孙宗慰先生和他的骆驼终于喝到疙瘩井中苦涩如马馊的井水时，在孤零零的一家荒店的门口，在燥热的骄阳之下，他到底可以望见远方三危山青葱的山影，那时他的心情该是多么振奋。再往前会出现辽阔的草滩，再往前，红土沟壑上会有成片的美丽的罂粟——敦煌就要到了，敦煌就在那青山之下。

自此而后，七十一年过去。

2012年8月，由中国美协、中央美院、中国美术馆、徐悲鸿纪念馆联合举办的“求其在我——孙宗慰百年艺术作品展”，在北京中国美术馆隆重开幕，展出画作最灿烂的部分，正与孙宗慰先生1941年的敦煌之行有着极大关系，而此时，距先生谢世的1979年也已时隔三十二年矣。

2012年11月11日，这个日子让我想起多年以前的一位美丽北京女孩儿，这天正是她的生日。

黄昏里刮起北风。在分司厅胡同东口一个名叫“日时光”的小菜馆，孙宗慰先生的长子孙景明兄，儿媳张莹女士及孙女小可，加上慢慢和我五人一起，坐在温柔的灯影下，那橘红色的灯光令人感到暖和，湖北籍的老板人很随和，果汁免费，让我觉得占了便宜，心情真舒畅。

小可和慢慢是多年挚友，两位姑娘躲在一隅静静地边吃边聊。而景明兄坐在我对面看我喝酒，他面貌白皙，个头似乎高不过父亲，说话声音很慢很低，做派极斯文。

“喝酒要吃点东西。”他这么对我说。

莹嫂眼睛很大，爱笑，爱看话剧和三毛的作品，爱看话剧似乎是传统北京女人的特点。

在我的抽屉里，珍存着两本印刷于1932年和1933年的小册子，这是当年的话剧节目单，参与表演的演职员名单中，赫然出现以下名字：余上沅、熊佛西、赵元任、胡适之、刘半农、李云鹤、徐志摩、董世锦、杨君莉、丁西林、石蕴华、王雪芬等。一本40页的小册，名流名媛如此聚集，而中间不少演员是在校的大中学生。民国的才子佳人们是做过正事儿的，其中湖南杨君莉即后来的白杨先生，而被圈内人称为三姐的杭州董世锦先生，便是老友孙大立的母亲。那时，她是自己花钱做的戏装去演话剧，其父乃京师著名医家董子鹤先生，老先生留日归国，思想满新，对女儿很是鼓励。况且剧场既不售票，大家也无分文报酬，并非靠着演戏去谋生活。

我想莹嫂大约是读了一些书的，有一回我同景明兄及孙老的次子、画家景年兄一起谈天，当说到新疆首府的故名时，众人一时语塞，莹嫂在旁轻描淡写地补上一句:“迪化。”小事一桩，却给我留下很深的印象。只有滔兄才会有如此之快的反应。

百年画展之前很早便得到兄嫂邀请，可惜那会儿，我正陪着几位江南故交游荡于北方草原，其中两位南派大嫂，每天因为吃不到米饭而衣带渐宽，日见憔悴，这着实让我心急如焚。想起此事，我向景明兄问起其父的饮食偏好。

“爱吃米，常熟产的米，不是北方产那种。”兄长回答。

北京的顺天府坐落于鼓楼东大街路北，这天下第一府从前是何等的气派当在《日下旧闻考》中有记。

府治迤西南北向的小经厂胡同，不很长。它北连东西向的分司厅胡同，那儿有所小学。其对面便是中戏的小剧场，剧场为一片灰色平房，于1974年焚于大火。

从这儿往南去便穿过鼓楼东大街，对面有条一米余的窄巷，很长，这小巷在明代称为“熟皮胡同”，巷右第一家姓顾，第二家姓黑。这是很久以前的事儿。

巷外公厕，厕墙边挂有绿色小木箱，上锁，有投入信件的缝隙，箱壁上有白漆所书“揭发检举箱”五字。一倾斜的木电线杆，被一股钢丝绳拽着，两者形成一个“人”字，“人”字下便是胡同的入口。当然，这也是很久以前的事儿。从这条窄窄的“寿比胡同”南行，穿过菊儿胡同和兵马司便能通到棉花胡同，孙宗慰先生的两间小房坐落于此。很多年前，我想孙宗慰先生是去过那剧场的。他穿着三个兜儿的深蓝色制服，围着赭色格子的围巾，他沉默地走。

孙宗慰在十年前即露头角于南京。抗战之际曾居敦煌年余，除临摹及研究六朝唐代壁画外，并写蒙藏哈萨克族人生活，以其宁郁严谨之笔，写彼伏游自得，载歌载舞之风俗，与其冠履襟佩，奇装服饰，带来画面上异方情调。其油画如藏女合舞，塔尔寺之集会，皆称佳构。前年游青城得精作不少，如都江堰市所作二郎庙远望，此其代表也。

要其兴趣，在蒙藏游牧生活，其蒙古女子一幅，余曾题之曰："或系文姬种，天山之世家。明驼千里足，辉映木兰花。"又有蒙古女牧羊，藏女品茶等幅皆令人向往天漠，作奔驰塞上慨想。从古志士多穷边，今我国抗战十四年已复当日疆域：思诸族一家，同化为亟。倘我国青年，均有远大企图，高尚志趣者，应勿恋恋于乡邦一隅，虽艺术家亦以开拓胸襟眼界，为当务之急。宗慰为其先驱者之一，吾寄其厚望焉。

以上是徐悲鸿先生1946年1月间发表于民国时期《中央日报》上的一段文字。在这年的8月间，徐先生接任北平艺术专科学校校长之职，孙宗慰先生被聘为副教授。1950年1月，北平艺专转为中国中央美术学院，孙先生仍被聘为副教授。

徐悲鸿先生于1953年九月间谢世，两年后的1955年9月，这位被徐悲鸿寄予厚望的中年教师调离中央美院，改任中央戏剧学院教授。恰恰是在这一年冬末2月，根据中国与苏联达成的文化互助协议，苏联政府派出苏里科夫美术学院的肖像画家，康斯坦丁·麦法琪叶维奇·马克西莫夫先生作为艺术顾问来到中央美院。这位顾问举办了一个油画训练班，这就是大名鼎鼎的"马班"，马克西莫夫先生为人真诚而正直，至今被众多前辈深深怀念着。我以为，他是一流的教育家，但他绝非能踏身于大师行列的画家。虽然每每有人这么称呼，但他仅仅是个教育家。以偌大的一个国家，以其全部绘画精英去学习一种绘画方式，而这位教授者的画作又并非一流，其结果可以想见。仅就那时被极端推崇的俄罗斯巡回画派，且不说俄罗斯的绘画本身启蒙于法兰西，再且不说这个画派与印象主义水乳交融的内在关系，只就半百余年后，我们真的学会了吗？

与孙宗慰先生相似，马克西莫夫先生回国后，由于中苏关系等原因，亦被调离苏俄最具权威的莫斯科苏里科夫国立美院。

“您印象中，再没有别颜色的衣服吗？”我问景明兄。

“冬天再加上一件旧灰呢大衣。”他说。

“冬天家里是烧煤喽？”我问。

“那时叫洋炉子，中间鼓肚的那种。”他笑答。

老北京的铸铁火炉和蜂窝煤的传统本来是日本遗风，为了节约能源，把先前废弃的块儿煤的煤粉掺上黄土再利用，在此之前，北京人冬季取暖的方式是土灶加火炕。

日本人跑了，留下了煤球和风斗儿。当然，日本人留下的东西远远不止这些。他们留下了一个残破和奴性的中国，留下了现代汉语中的大多数词汇，这其中包括福地源一郎先生的“社会主义。”1902年，这个词儿由梁启超先生带回中国。再十八年，幸德秋水先生的《共产党宣言》被陈望道先生带回中国。而至少是在一九一〇年以后，李叔同先生从日本带回了黑田清辉先生的印象画派，带回了话剧和裸体模特儿，还有那一首“长亭外，古道边”的日本歌谣。不久，俄国人来了，中国开始全面俄化。

和日本人一样，俄国人带来的东西真不少，有军服、阅兵式、红领巾、歌曲、电影儿、小说，当然也少不了绘画。另外，他们还带来了一部宏大的百科全书。在这部《苏联大百科全书·印象主义》中有下面一段话：“印象主义是资产阶级艺术的颓废流派，是资本主义文化没落的结果，印象主义是形式主义的最后避难所，苏联和人民民主国家的美术家们正在同艺术中的印象主义的复活进行坚决斗争。”

“再加一杯热果汁可以吗？”我举起右手，小声问走过来的湖北老板。他留着光头，戴雪白色袖套，这让我想起孙宗慰先生《持烟斗的自画像》，那白色衣领和衬衫袖口的白颜色难度极大，然处理极其经典。你感觉到那件衬衫的白，实际上，没有一笔是纯白色。“颜色由各种光线构合而成，是不断变幻的，因此不存在固有色。”这是印象主义绘画的原则之一。无论愿不愿意承认，这幅自画像当属印象主义绘画的经典作品。当然，孙宗慰先生的恩师，崇尚写实主义的徐悲鸿并不喜欢印象派的莫奈和雷诺阿，但被他诟病的，是他们画作的内容而并非印象派。徐先生是赞美莫奈的。

“加多少都可以。”老板道。

“烧菜好味道!”我夸奖说。这让老板很开心，不一会儿，他便端上五大杯橘黄色的热橙汁。此时，外面的霓虹灯亮了，街旁树上的枯叶尚未尽落，那些灯光映在树干上，铺洒在灰蓝色的柏油路面上，这颜色让我想起昌化的鸡血石。我望着窗外默默流动的车辆和人群，“每一个孤寂的灵魂中，都栖着一只乌鸦的幽影。”我默诵着多年前写的一句诗，再一次想起今天过生日的女孩儿，今年，她该是四十四岁了。

景明兄微笑着，他似乎有很多很多的话想跟我说，但一时又无从谈起。他就这么静静微笑着，听我天南地北瞎聊。

1955年后，孙宗慰教授被调离中共中央美院，进入中国戏剧学院去教舞台美术，这一调动的实质，在当时意味着一个优秀绘画艺术家被降格为匠人，预示着他绘画艺术生命的终结。自此之后，孙先生再无绘画作品即是明证。要说明的是，这乃本人的看法。在下老本行正是舞台和电影美术，因此，从来不谈也不懂绘画创作，虽然两者有一定关系，但毕竟是两回事。

孙宗慰教授被调离中央美院，他昔日的学生各投高门。这样的离去令人伤感。

1948年间，徐悲鸿本打算在巴黎举办展览，这其中包括孙宗慰先生一批重要画作，国家动荡使计划成为泡影，这些作品直到二〇一〇年才在美院库房深处被发现。而孙宗慰本人却从未提及。

1984年间，孙宗慰先生另一批封存于中戏走廊上的画作和手稿信件等失盗，在孙先生谢世五年后，他遗留于世的痕迹所剩无几。

“你会画画吗？就没看你画过画！”

“文革”中，学生们如此质问孙宗慰。

孙宗慰先生搬进东棉花胡同二十二号，这院内杂居住户三十家。

“公用卫生间，就在东南角上，六个坑儿。”景明兄说。

“十一平方米，两间，总共二十二平方米。我们一间，父母一间，另加间两平方米厨房。”景明兄说。

“画呢？怎么画画？”我的问话让景明兄愣了一下。

“没法儿画画。”他说。

“那房子前出廊子，屋里挺黑，又没天窗，画不了画。”他慢慢说。

“那怎么画画？”我再问。

兄长白皙的脸微微红起来，他思索着，就这么停了好一会儿。

“起初调来时说好给一间画室的，之后就不再提起。”兄长说。

我呷了一口酒，默默瞅着窗外，瞅着在秋风中走动着的各种颜色，104路汽车缓缓地开过去，带走那些不会留下丝毫印象的诸多面孔。这车原先是蓝色的，车顶拖着两条大辫子，很像从前北平的胖妞儿。它从这往前开，过了交道口会停下，这路口有个圆圆的黄色岗亭，再停就到了兵马司站，往前走两步便是孙先生住的棉花胡同，巷口边有个为民药店，店前同样有一根被钢丝绳拽着的电线杆，水磨石的店墙上同样挂着检举箱，同样，这也是很久以前的事儿。

1951年4月11日，《人民日报》刊出魏鸿杰先生以魏巍的笔名撰写的报告文学《谁是最可爱的人》，这堪称当代《国殇》的文字，以震撼的笔触，再现了那些为着盟国的利益，浴血肉搏于荒凉半岛上的中国士兵的形象。

他们都是农民的儿子。孙宗慰先生满怀崇敬，用蝇头小楷抄录整篇文章。

而就在1951年4月10日这一天，敦煌文物展在大明朝的廷杖之地故宫午门展出，展览中，与保罗·伯希和马克尔·奥·斯坦因两位先生并列，张大千先生成为“盗窃和破坏敦煌文物艺术的帝国主义强盗和国内外反动派，是破坏了敦煌壁画的罪人”。

张大千先生之罪，当指在其临摹壁画时，曾剥离若干已经残毁的西夏壁画，这些作品恰恰附着于唐代壁画之上。这段公案，其实已经在1949年以宣判张氏无过而了结。即便是这样，当时工作在现场的孙宗慰先生对此也是存有不同理念的，这也是他一年后便离开敦煌的原因之一。

五十三年后，在1994年进行的布达拉宫维修工程中，也曾遇到过相同的难题，当时笔者正在现场，为了还原唐壁，也曾剥离了后世残画。即便是为保护敦煌的事业做出毕生贡献的常书鸿先生，也曾毁弃后世残破无价值的佛塑，并因此发现其内的北朝经文残片。“这是继一九〇〇年藏经洞发现以来的又一次重大发现。”

张大千先生为此付出了沉重的代价。

这些罪人之中，定会有那位敦煌藏经石室的发现者，一心想修成太清宫的王道士。然而正是这位傻乎乎的湖北老道，在其不经意间却成为大敦煌学的奠基人。也是在其不经意间，藏经洞的宝藏没有沉没于官僚食腐欲望的无底巨壑。他没有私匿卖宝所得，而是按自己的宏愿修成了太清宫，并清理了相当数量的洞窟。这道观现在还耸立于莫高窟旁。

话别

一

一过中午，天色暗下来。车子沿着被掠取后的田野向南行驶。荒野里光秃无物。收割下来的玉米占据了一半狭窄的郊道，远远望去，这路宛若是陈旧的黄铜辅就。空气中细微的水汽浮游着，浸在额头，这感觉像是一张名片，让我想起即已降临的冬季。

临塞的北风不是北京城里的风，临塞的北风是剔骨刀。我想起去年的雪，大风裹着雪的烟雾呼号着南奔，我和滔带看两条大狗走过郊野。“我就是想看风雪。”滔捂着嘴大声对我说。

我凝视他，他脸上戴着墨镜，两颊颧骨已冻破皮，嘴角紧闭，一条围巾在风中舞着。

想来我和兄长相识二十余年，搬到一起生活该是第四个年头。我喜欢他戴墨镜的样子，喜欢他嘴角紧闭和他低沉的声音。假如没戴这墨镜，你会看到他总眯缝着眼睛，他的目光充溢着睿智，与他那位知名的祖父，龙潭三杰之一的钱壮飞毫无二致。

在满眼的雪舞风啸中，两条相互奔腾扑打嬉戏的猛犬忽然一齐停下，伸直脖颈，向着灰沉的天空发出阵阵长长的嚎叫，那声音时而似凄厉的倾诉和哀怨，时而又似婴孩儿委屈地抽泣。刹那间，我眼前浮现出一望无际的花的绿野，在风中，我听见河床的坚冰之下，融水滴落如雨的声响。

冬季又要降临。院子里，藤架上的瓜砰然落下。难以启闭的木门变得开关自如。浇菜地的塑料管变得僵硬，不易打弯儿，这是冬天的名片。正如十四年前，我另一位兄长双手递给我的那张名片：“请多关照，我是清水美和。”那是一个夏季黄昏，我正和北大的武弘鳞、阴杰两位老师在离潘家园不远的小酒馆喝酒谈天。

我接过这张名片的瞬间，命运注定我将获得刻骨铭心的友情，还有这个充满焦躁的不祥的冬季。

进医院动手术前，清水察觉我深深地忧虑，抚着我臂膊：“让你这样担心真不好意思。”

他说如果没有问题，会很少再来中国了。如果有问题，他会很快来中国找我。他这么对我说。此时，他的胰腺癌已经扩散至胃部。我们在傍晚的东京街头话别，天空将雨，犹如此刻。街上行人井然有序，来去匆匆且面无表情，这座大都市在余震中痉挛颤动着。

“放心吧，一定还会有见面机会！”他向我微笑。坚定地说。

医师为清水做了胆囊逆行切除手术，十二指肠切除和胃大部切除手术。时隔不久，有消息说他已经上班了。日本的《东京新闻》又不断出现兄长的评论文章。我松了口气。滔却缓缓摇头不以为然。

滔二十一日离京时，穿着高腰伞兵靴和一条正牌的美军沙漠迷彩裤，宽厚的肩上背着帆布袋。他要去做电视剧《赵氏孤儿》的主摄影师。

他把四听安吉白茶和两瓶伏特加放在工作台上：“酒你喝。茶送清水君——如果他来中国的话。想着一定替我道个吉祥。”之后，他又走到院子里和虎说了好多话，并从兜儿里掏出一把牛肉条送给它。这条凶猛的大狗摇晃着尾巴一直把滔送到门口。

车子在郊道上缓慢前行，在尽头向西拐，路左面是干涸的京密引水渠，右面是高大的窜天杨树。叶子黑绿，竟无秋意。灰雾遮蔽了西北方的山影，若没有雾，一定会望见火焰般的红树一层层叠上去，当这血似的红尽落，大雪还会如期而至。虎身上的毛发会在北风中飘舞翻卷，滔和我还会去看风雪，在那凄厉的嚎叫中，春天将再次降临大地。人生真美好。

在滔离去两天后，10月23日，我接到清水兄的长途电话。他告诉我将于本月26日下午来中国。

“住在建国门万豪酒店7107号房间，等我好吗，六点钟。我很想见你啊！”清水说。

“等我好吗，我很想见你啊！”2000年临近年三十那个暴风雪的下午，在山西盂县的下乌纱村的小煤窑，清水兄在电话里也这么跟我说。“我去和你过春节。”

我知道日本人不过年，但清水在年三十下午如期而至。在那间四面透风的破房子里，一个因寻找恋人而流浪的湖北女人，一个因贪污而沦为矿工的四川官吏，我和兄长聆听着他们的故事一起过年守岁。那时候，煤块泛着刺鼻的硫黄气味，燃烧着。房后有高高的黄土峁，那上面有几株老松在风中相互撞击。女人站起身，伸出胳膊换上一只灯泡，灯光雪亮，穿透她修长的手指，剔透而粉红。

我忙让艾米退掉二十四日去沈阳的动车车票。起初，我是打算去那里寻长河和费维达两位师长喝小酒的。

二

车子从宽沟站驶上京承高速路直向南驰，道边出现连片的红树，那些树被雾水浸渍，血样鲜红。白色的斑马线犹如离弦之箭，不间断地从雾中迎面射来，从左侧疾飞而逝。“时乎时乎，间不及谋”。

“如果有了问题，我会很快去中国找你。”

我记着清水兄说的话。

我内心十分明白，这该是来向我道别的。让我该怎么面对这样的告别。

我平生痛恨的就是别人的同情，男人就该像峡谷中的鹰，切割天空，在云谲波诡中默默飞翔。或是像一条瘦狼，在无声的暗处舔干净伤口上的血，当满月再次升起，也再一次现身于极顶而雄视冬季的荒野。现在，我该对兄长怎么说，说什么。

我仔细想着我该说的每一句话，车轮碾过潮湿的柏油路，发出的声响让我想起锋锐的剃刀，当刀刃在我的咽喉上游走时，那时的心境也正如此刻。

孤傲的清水会死吗？

四十三年前，几个日本青少年肩负重托，借道中国前往越南。在他们身上携有一笔款项，这是全日本的中小学生，为帮助战火中的北越儿童所募捐的钱款。送款的几个代表中清水最小，不满十五岁。

在北京停留时，他们预料外地受到中国总理周恩来的会见和宴请，也正是这次会见，决定了清水未来事业的走向。

“太意外了，当时很感动。日中之间没有外交关系，我们通过民间组织介绍来中国。总理却安排我们住在最好的北京饭店——那时的北京饭店很古旧，不是现在的样子。”清水兄对我这么说。

由两个法国人创建于庚子国难时代的北京饭店，最初不过是坐落于苏州胡同的一个小酒铺。我想，它起初的生意，大多来自东交民巷的各国驻军和胡同里众多的娼寮。大约于1903年，饭店迁至王府井。而变化成今天的模样，应该是1974年之后的事了，这是“文革”十年之中，中国所建的唯一像样子的建筑。在当时，它无疑是北京最好的饭店。

周恩来要他们去山西的大寨看一看。“不了解中国的农民，就不可能了解中国”。这是清水兄此行得出的结论。从那之后四十余年，他对此结论深以为然。

在大寨的虎头山上，年轻的铁姑娘队队长郭凤莲握着男孩儿的手说：“你的手上没有老茧，革命者的手上应该有老茧。”围在一旁的中国铁姑娘们大笑起来，而清水却哭了。

“她们手上都有厚厚的茧。她们和我差不多大，充满激情。和她们相比我感到很自卑，面对她们的坚强，我止不住流下眼泪。”清水兄对我说。

“后来我看到，她们每个人也都笑着流着眼泪。我想留在中国——和她们在一起改造思想，但郭凤莲说我该回去日本，日本也需要革命，于是我又哭了，很绝望。”

很多年后，清水兄去探望过这位老朋友。他们该怎样提及往昔呢？那些在荒瘠的山梁上熠熠燃烧后渐渐熄灭的青春，那些女孩儿而今何处，她们的笑容和泪水翌日被这位知名学者怀念着，而今天的中国，之于昨天的中国已经宛如隔世。“无论怎么说，她们为中国留下一笔精神遗产，这不该被丢弃，还是值得后人去记忆和继承的。”清水兄说。

专业研究中国的日本学者我见过很多，但真正懂得中国的，无出清水之右者，原因很简单，他们谁也没去过农村，不知道化肥和种子的价格——他们不懂农民。而早在2000年，清水兄就已经前往农村，逐村调查土地流失状况，并以具体数据向中央政府指出，农民土地的被剥夺，终将对未来的中国产生致命的影响。农业的动摇，必将导致国基的动摇。

孤傲的清水会离去吗？

我从来都以为生命原本是没有什么意义的。那所谓“意义”该是为后天所赋予。这要看你的性格和宿命，看你所具备的学识和能力，能使你赋予自己生命以怎样的意义。友情和爱，莫不如此。对于我，生命本身便是个偶然，毫厘之差都会与现在的这个我谬以千里。而死却是必然的。既然如此，偶然的我大可不必为必然的死去操什么心。但朋友却是不同，那些温存的微笑，那些关切，那些并肩走过的风雨路途。当他们离去便会带走一尊尊明亮的灯盏，使我在生命的夜路上前行时更觉惶恐和孤寒。

天色晦暗，道路上极少车行。这很像凌晨。我座位旁放着那些白茶，是滔托我带给清水兄的礼物。

滔走之前，慢慢也在，仍谈天到很晚，女儿极愿听滔讲故事，时至午夜，他忽然谈起父亲钱江的死。

那时候，住院是要排队等床位的，即使是这位知名的导演也不例外。入院前一天晚上，父亲仔细修净面容，洗了澡。“他洗了很长时间。”滔说，“并换上那件最喜爱的衬衫，有灰蓝色条纹的。”

滔开车送父亲去积水潭医院，医院就在桥的那边，塞车，过不去。

“这是什么桥？”父亲问。

“西直门桥。”

“这桥——真长啊。”老人沉默许久后轻轻说，说完就不再作声。

一个小时后，车终于下桥驶上便道，老人不再回应滔的问询。

“我透过反光镜，见他端坐着，面部变得平滑，好像年轻许多。他面容宁静，我不知道是什么时候——我父亲是这么去世的。”滔静静地说。

“不用再去医院了，也不用排队了。我慢慢地开车一直往北，一直开到有山有松树的地方，到底还是把眼泪忍回去。”滔微笑着说。

假如那一天真的来临，假如可以选择，我愿意清水兄这样死去，我愿这样和清水兄话别。

我眼前浮现出美丽的德陵，在坍陷的宝城边，山桃花和海棠花猛烈绽放着，在喧腾的蜂鸣中，在擎起天空的古松下，在滔的车后座，那位历尽沧桑的老艺术家沉沉熟睡，再不醒来。

暮从碧山下，山月随人归。却顾所来径，苍苍横翠微。

这该是十年前的春四月发生的事。那时和现在不同。

那时还珍藏着希望。而现在，大地像巨大的沉船正渐渐没入冰海。这片国土，即已降临的严冬将异常寒冷。我深深知道，有许多神话将在这个季节走向终结。

三

当北京城巨大的轮廓从雾中凸显且越发清晰时，一种凄怆感从我内心油然升起。我再一次想起庞大的墓地。并非我对这城有什么偏见，我是爱北京的，凡是土地我都爱，没有彼此。但这并不妨碍我的联想。我眺望所有大都市都是这感觉。尽管它们都让我喜欢。

十七年前曾和滔在绍兴住过三个月，一次，与本地老友流连小店饮至午夜，忽然他说要请我们去看他新买的房，那脸上的神色挺怪诞。于是驱车前往。

那晚上月光灿烂，渐渐地，水乡河巷的腐臭气味散尽，风中有了树脂的清香。

下了车，竟望见山阳处大禹陵的侧影。在其旁的丘陵坡地上立着一排排碑碣。他引我们一排排地寻着，又忽然指着其中一通小石碑："在这里，我买的新房子。"

月光照着他的墓碑和那上面红油漆的名字，照着他诡异的笑容。滔冷冷地哼了一声，显然不快。我转身放眼环顾，在月光冷峻的辉映下，我渐渐看清那些暗处，在三面低缓的山岗上，立满高低错落的无数碑碣，像海。

阿丹，我每看到各大都市的“孔乙己酒家”连锁店，就知道你的新房子还没有入住。但在那个遥远的晚上，在明月之下，你所指给我看的静谧之城，不正是眼前这喧嚣之城的另一张脸。

车速降下来，四十分钟跑了三十七公里，进城这十几公里却走了两个小时。车过长虹桥时如同龟行，这桥下东南角从前有座日本酒吧，是我和清水兄时常光顾的地方。那时，他任《东京新闻》驻中国总局局长，每周末，我俩必来此地喝上几杯。在日本，下班准时回家的男人，在妻子眼中绝非有面子。况且我们都无家可归。

酒吧的音乐使我惊讶于老板的品位。这是位沉默的中年人，他总会在你开口之前，把你想要的送到面前，毫无声息。后来我知道，他的本行是作曲。

“你怎么看失恋？”有一次清水这么问。

“不存在。”我说。“如果她从没爱过你，就谈不上失去，没得到怎么会有失去。如果她爱过你，你得到了，就再不会失去，因为你得到了。失恋这词儿，不懂爱的人才说。”

“真的没有失恋？”清水兄笑起来。

“爱只有结束，没有失去，人生不是片段，不能剪辑，也不能蒙太奇。”

那天晚上我俩都醉意沉沉，但我却清楚地记得那天的曲子充满诡谲，曲名是《奈罗比三重奏》。

结束只是一种形式。滔曾这么说。他的初恋是一位在北大留学的北爱尔兰女孩儿。滔每天骑自行车从北新桥送她去北大。“最大的问题是洗澡和上厕所，因为我的住处没有这些。”滔说。

每每这女孩去公共厕所，街道臂缠红箍的老太太会尾随而入，而后扎堆儿窃笑，“那洋婆子的屁股像奶皮儿那么白。”单位领导更是在会议上怒斥：“我就不信这个邪，我们中国的北冰洋汽水儿，比不上外国的可口可乐！”那时滔常去友谊商店买可乐和咖啡，要用兑换券的，只是因为那女孩儿想喝。

于是，把金发染成黑色，戴头巾蒙住脸，穿肥大的旧军装，穿绿军大衣，甚至学会随地吐痰，但无济于事。三年后，她说："我爱着你，我们结束好吗？"为了这段恋情，滔已经失去派驻国外机构的机会。

很多年以后，我和滔观看《大河之舞》，当听到那段北爱尔兰苍凉的风笛时，滔神情僵硬，眼中炯炯有光。我知道，爱没有失去。

清水兄的恋人是我的挚友，是位才华横溢的年轻学者。正是她介绍我和兄长相识。数年后他们优雅地分手，这女子沉迷于兄长的博学，期望能嫁给他，但清水却不想再结婚。

前不久，她带着刚刚出生的孩子再来中国，饭桌上问及清水，虽有兄长事前一再告诫，我还是禀以实情。她不再碰筷子和酒杯，目光呆滞，默默坐着，再无词组只言。我知道，爱没有失去。

清水兄任职期满时，我俩就在这小酒吧话别，那大概是2003年的事了。当时艾米也在，那天和今天一样，下着气味难闻的雾。

他特地把那位沉默寡言的老板请过来，向他鞠躬。

"这是我在中国最好的朋友，今后请多关照。"他对老板说。

"今后不能经常一起喝酒，想我的时候，自己来喝吧。"他对我说。

这家日本酒吧有个习惯，客人剩下的酒会挂上一个精制的小铜牌，牌子上敲出客人的名字。我看到酒架上新摆出一排各种威士忌，每个瓶颈上挂着一个铜牌，那上面刻有我的名字。

那天三个人喝到很晚，老板特地播放了《奈罗比三重奏》，他知道我总是点播这曲子。

"一定去东京找我，艾米也一起去。"清水醉意朦胧。

"四月初去，京都的樱花开啦！"艾米拍手说，之后赶忙捧起酒壶为我们斟酒。日本风俗，自己为自己倒酒或是让酒伴的杯子空着，都是很不礼貌的事情。

“去北海道，冬天去，去生着煤炉的小酒馆。”我说。

“老板娘一定要三十六岁以上的。”艾米学着我的口气说，笑着。

“我讨厌不成熟的女人。”我醉了。

“武桑，不喜欢樱花吗？”清水兄完全醉了。

“我想看海，看飘着大雪的海。”我这么说着。我已经看到溶铅色的黑暗的大海，沸腾的波涛正吞没着漫天飘落的大雪，无数海猫尖叫着疾掠沉沉虚空。而天边，有一团昏黄的月影。

差二十分钟六点，我赶到坐落于北京站东口的万豪国际酒店。

四

我爱过许多可爱的姑娘
爱过许多善良的友人——
何处问萍踪？只有海风呼啸
海涛汹涌奔腾。

海涅《赛拉芬》

下着冰冷的雾，我握着他的手往前走，那只手，瘦若枯骨。

我们似乎正穿过一个货场，场上有黄色的灯在雾中映照，升腾的浓雾犹如流动的火焰。我们脚下，纷乱的钢轨映着血色光芒，宛若冬眠的赤练蛇纠缠在一起。

我们迈过一道道钢轨，脚下道基的碎石发出坚硬的挤压声。从孤独遥远之地，隐约传来汽笛声响。

我感觉他的手努力握着，我感觉那手的力量渐渐微弱。他仍旧想努力握着。我们的肩膀并排一起，只是他的身体消瘦，轻薄如纸。

“对不起，我走不动啦。”他这么对我说。

“那咱们慢点儿。”

“不，我要赶路。”他说。

空荡的货场中有栋小楼，灯光从那儿射出，四下杳无人迹，只有雾吞吐翻滚，像流动着的冰冷的火焰。我想起多年前去西藏，那天也是大雾蒙蒙，晨四时，我独自站在双流空港的跑道尽头等待登机，那架庞大而虚幻的飞行器，只载了我一个乘客。

“有些人——都很忙，我们是不是不用通知？”他这么问我。

“别管那么多，想找谁就找谁。”

“是吗——那好吧。”他把“是”说成“细”。

我们进入陈旧的楼，走廊的灯呈暗的红色，和冲洗胶片的暗房相仿。他仰头看我，那张清耀的脸被红色幻变成一张底片，这变成底片的脸，意味深长地冲我微笑，这微笑渐渐虹化着。

“我住在2852房间，别忘了。一生能认识你真的美好。”

这话挺熟悉，从前似乎也有人这么说过。

我于是独自往前走去，默念着这组数字，穿过幽暗狭长的楼道。地上铺了红色的地毯，毯面布满灰尘和污渍。空气中有腐烂苹果发出的馊味，漂泊许久后的海船上也是这种味道。我留意着每扇紧闭的门，这些列成排的门向前延伸，没有尽头，门上有铜制的号码牌，我要找到2852。

我想找他，也没啥事儿，只是还想见他。这时候，从孤独遥远之地，隐约传来汽笛鸣响。

我感觉还能见到他。我这么想着走下楼梯，穿过一间地下室，低矮的头顶布满管道，破裂处往外喷涌冰冷的雾，像流动的火焰。我遇到一些人——这些红色底片似的脸仰着，张大嘴，他们漫无边际地走着，像缺氧的鱼在混浊的红水中游动。

在潮湿的拐角处我看到他，坐着，俯首写着。而那些鱼，则在他身边漫无边际地游动。

很久以前，在荒凉的雍布拉康，一束薄若刀锋的阳光穿过寺庙厚厚的石墙的缝隙，照耀着一只枯瘦的手，那位仁波切跪在潮湿的墙角下，和黑暗融合在一起，只有那手闪着太阳光辉。

他在计算大地在轨道上的位置。尺宽的木沙盘平放膝头，其内有平展的细沙。那手轻轻捏着细长的芦管，从左至右书写出一组一组数字，每当写到尽头，回手的刹那间，他的小手指抹去了这些数字，在先前位置上又写出新的一行。他就这么写着，我想看清他的容貌，却只能看到他弯曲板结的鬈发蓬散如麻，那张脸隐蔽在垂发下的沉沉黑夜中。而那手在阳光中书写着，无休无止，犹如躲避刀锋的舞蹈。

他也像仁波切那样书写着，只是没有纸张，没有笔，他在红色空气中书写，仿佛伯沙撒幻象的再现。他抬头看着我："这里没有2852房间。"之后垂下头继续写。

"——从来没有过2852。"他又说。不再抬起头。

他说话的时候，大地开始震颤，尖厉的汽笛就在我身后突然响起，我感觉冷风猛烈从背后袭来，向前冲去，穿透我，将眼前的一切，连同书写着的他刹那间推向无极虚空。这速度突破音障，使汽笛声变形，拖出长长的尾音。当这声音渐渐消失，另一个声音从沉夜中传来，重复着，这声音越发细若游丝，清晰却遥远。

"撒哟那拉。"这是他的声音。

一切变成灰白，像腐败的乳汁的颜色，我看着座钟，这尺高的钟壳红木制就，下面有两块水晶石不停地旋转着。指针指向凌晨三时五十分。

"你听，它没有声音。"当初，他把它送给我时这么说。十四年过去，这钟一直无声地运行。

"没有比钟表的声音更阴险的。"他说。

一声尖利的鸟鸣劈开腐败色的黎明，我仰面躺着，想着散去的梦，想那清癯的脸，想那底片的红，想着2852。

我记起，三十年前，解放从玲珑塔上坠落的那个早晨，有着同样颜色的天空，响着同样凄厉的杜宇啼鸣。

附注

钱江浙江湖州人。早年就读于上海新华艺术专科学校美术系、武昌艺术专科学校图工系。1938年任中国电影制片厂录音员。1941年2月经周恩来介绍前往延安，在鲁艺美术系学习。1946年后到香港，任大光明影片公司美术师，1949年后任东北电影制片厂摄影师，后为上海电影制片厂摄影科科长。1954年去莫斯科电影制片厂学习。1956年回国后任北影摄影师。

拍摄的影片主要有《中华女儿》(1949)、《白毛女》(1950)、《祝福》(1956)、《林家铺子》(1957)、《生活的浪花》(1958)、《革命家庭》(1960)、《洪湖赤卫队》(1961)、《阿娜尔罕》(1962)、《草原雄鹰》(1964)、《大河奔流》(1978)，以及《东方红》《智取威虎山》《龙江颂》《杜鹃山》等。

任导演后所导的影片有《海霞》(1975)、《报童》(1979)、《金陵之夜》(1985)。曾任中国文联第四届委员，中国电影家协会第四届理事，第五届、第六届全国政协委员。

清水美和生于日本爱知县名古屋，毕业于京都大学。日本《東京新闻》编辑委员会委员，著名作家，著名中国问题专家，中国河南大学教授。十年内出版的长篇学术著作有《中国农民の反乱》(2002)、《中国はなぜ反日になったか》(2003)、《中国新富人支配》(2004)、《中国农民の反乱2》(2005)、《骄る日本と闘った男》(2005)、《中国が反日を舍てる日》(2006)、《人民中国の终焉》(2006)、《中国问题の内幕》(2008)、《中国问题の核心》(2009)等。

云——京西蔡公庄记事

苍鹰和百灵鸟骄傲的故乡，江河湖海之母。

它们没有祖国，没有眷恋。

躺靠在岩石暗处抽烟，一条腿伸直，另一条腿弯曲，西风吹过脸上的皱纹发出嘘声。望着天上的云块儿，在云投下的巨大阴影里。阴郁的山谷，黑色的树，墨蓝色的河流变幻莫测。云块拖着蓝灰色的雨，透过云外的阳光，雨丝会像泪水中的笑容。眼泪医治人的伤感，泪水不再流淌，仇恨便成熟了。云却用雨来布施它对大地的悲悯。我的生命遮蔽在云影里，我知道，跟它往前走，就会看见海。

“要泡在水里才好。”母亲举起一只玻璃杯，把它对着太阳。那些从城南山岗上捡来的石子，弥散着诡谲斑斓的色彩，像一杯彩虹的碎块儿。于是，她将清水沥出，用手帕包起那些石子儿，小心地放入手袋。母亲一生爱石，雕刻出的小玩意儿水平非同一般。

她抱着她的孩子，他们将离开南京御道街骠营四号，那会儿她二十岁，是个美人儿，皮肤雪色，一双大眼，穿浅锈红色束腰上衣，里面衬蓝色条纹的海魂衫，两条粗大的发辫盘在脑后，那件上衣双排纽扣，用一个遥远的俄国犹太人的名字命名，叫列宁装。

至于她当时为何要辞去很好的工作，执意北去，其中原委，直到现在也从未向我提及。

那时候，沪宁铁路与津浦铁路间无桥相通，火车在长江边摘钩脱节，再由轮渡渡往对岸的浦口，而后重新挂钩成组，很花费时间的。那场面一定像敦刻尔克，今天她依旧记得，是一个瘦小的三轮车夫，帮她把行李送上车。

很多很多年以后，她生活在北方一座大城市里，她居住的房子是方形的，悬在空中，和其他边儿上的邻家，像两块豆腐一样没有区别。可她身上却渐渐显现出祖先的特征，她的头发变得卷曲，现出淡淡的栗色，这是俄国人的特征。而这座城也变成灰色的城，没有云的城。因此，也是一座枯竭了美丽的城。

“又过江了吗，那江水还绿吗？”她问。每从江南归，这话总要问。这问题挺怪诞，像童话。大江浩荡出川，无论武汉的汉阳门或月亮湾，九江的江洲渡或池州的大渡口，无论燕湖的大通渡或南京的下关，京口，这些古渡都曾是碧绿的吗？“好像还是有点儿绿吧。”我支吾说。想那浑黄的大江水，站在京口北固山上，即使是在月夜里，借岸边和江心的灯火，也能感到那江水的污浊。

“那蹬三轮儿的真好，从御道街到下关码头是两毛，路走一半，他说饿，下车买了半根油条，一分钱，蹲路边儿吃了，先问我要不要吃呢。去了御道街？那街边的梧桐树还在吗？雨花台去没有？还能捡到雨花石吗？”她在电话里这么问。我想起南方那山岗，那座有着美丽的名字，却又血腥无比的丘岗。理想这东西，很像个不守承诺的母亲，带给孩子的，只是睡梦中的糖果。

当年，她像一片白云沿津浦线北来时，她的男人，我父亲正在一方小水池内培植一种藻类。妻子的提前到来，使他被降两级军阶，国家重要的部委正在组建，才俊来自全国各地，明令不准家眷随行。问题是这个相聚，意味着三个人将消费一个人的口粮。这漂着浓绿的水池在一排老旗房的窗下，老房坐落在京西北蔡公庄，虽说离城中不过区区十五里，俨然已是偏远荒郊。村北两步远有湖，名玉渊潭，这湖被一座丘陵分隔南北，陵上遍栽古槐，枝丫相压，葱葱郁郁。村南一片，有松柏参天蔽日，内有环绕红墙，一座汉白玉雕成的小棂星门东向，直对长安街故宫方向，东西一线两座古亭，东为黄瓦西为绿瓦，亭后各有一座古墓，被人称作公主坟，葬着嘉庆的两个女儿，二十九岁的庄敬和硕和二十六岁的庄静固伦。

水池内浓绿的东西名叫小球藻。是“二战”末期日本人留下来的说法儿，说这玩意儿捞起沥干，在饿殍遍野之时可以代替粮食。所以我们国家称之为代粮。鼓励饥民食用，据说是新科技，比粮食更有营养。另外，还有一种代粮，是用棉花籽粉碎成粉状，掺入豆饼渣儿，再加盐做成一种饼干，这种饼干不用粮票就能买到。父亲瘦高身段，笔直，宽肩头，有一幅“T”形脸和极浓的眉，酷爱诗歌，但极少微笑。

如今，北蔡公庄再也没了丝毫踪迹，就是偶然路过故地，我也极少想起它，满眼密集的楼群像腐败的蜂巢，但那背后的虚空里，却总会不经意响起凄怆苍凉的老生唱腔，那是区先生。

浩浩愁，茫茫劫，短歌终，明月缺，郁郁佳城，中有碧血，碧亦有时尽，血迹有时灭，一缕香魂不断绝。

这区先生像云，至今，我仍走在那云影里，那是西风黄昏，天边悬着的普蓝色的云块，它的边缘镶嵌着夺目的金色和红色。

在村庄消失的地方偏东，如今建起一栋建筑——世纪坛。

也是很多很多年之后，我才知道，区先生这唱，原来是来自陶然亭的乱坟岗，一块被人称为香壕的无名碑。碑在十年的茫茫浩劫中被粉碎。关于此碑所志何人，学界至今争论不休。甚至有说是香妃墓的。

它或只是一段京剧老生唱词。童年时我便听过。民国时，陶然亭北多戏校戏班，是优伶散乐出没地，它所歌哭者，或是梨园行内之人。

记忆中的长安街，街上鲜少有车，最多见，该是半小时一班的1路汽车，车身红黄相间，车头圆鼓鼓，它的始发站，就在公主坟南面几株高大松树下，每有车从城里开来，下车不过寥寥数人。街旁有高大粗壮的杨树，树外有沟。模糊记得那沟里丢弃着不少腐朽的棺木，七横八竖摆着，有些棺盖被人撬开，拽出里面污迹斑斑的被褥和衣物。京西宾馆和军事博物馆建成已有数年，尚有不少征地时的灵柩没人认领，可见当年外患内忧，流离失所之惨烈。再两年之后，地铁筹建，更多的棺木被掘出，弃置沟里，政府下令，限五日内认领，沟上沟下，都是寻找自家灵柩的人，流着眼泪，吞声饮泣，即使是嘉庆的两个女儿也不得幸免，清楚记得，掘开大墓那天正逢秋雨绵绵。我蹲在坑边儿去看。空空的檀木棺椁，半泡在浑黄积水里，捞出的似乎只有一柄腰刀。

长安街路南是灰色的京西宾馆，名为宾馆，西向大门紧闭，极少看到人踪。宾馆和博物馆一南一北，像是在荒野中迷路的一对儿富贵宠儿，下面有一排穷酸平房，面北，称黄亭子合作社，而本地人去了“合作社”三字，只称黄亭子。这黄亭子，东边儿卖布匹百货，西面卖粮卖菜，中间副食酱油醋，门口悬挂方形绿邮筒，和如今西北部贫困乡的商店差不多。门内只是一排薄货架和一排柜台，却令我向往，店内一股诱人味道，倾斜的一排圆玻璃罐里有三四种糖果，白木箱上用红漆写着“冰棍”两字，里面有三种冰棍儿，长方木货盒里有雪白的糖裹花生、糖裹黄豆，玻璃纸筒装着彩色爆米花儿。玉米面桃酥和心形蛋糕要收粗粮票，很奢侈。

有一段时间，逢星期日，小区会带我来黄亭子。

小区第一次来家的样子至今记得，她不进门，站在离门口一两米远处。

“大姐在家吗？”她小声问。母亲应声走出来时，正赶上父亲进院儿，她微微弯下膝盖，算打了招呼。

“当是谁呢，原来是小屈(音)。”父亲说，他知道这是区先生的妹妹，并且平素又是极敬重区先生的，“要叫区先生。”他对我说过。大动荡以前，像先生、太太、小姐、少爷等称呼正在消失，但老派人士翌日如故，动荡初，只一夜间就再听不到了。取代的是词儿是“同志”。

“想带孩子去黄亭子，成吗？”她小声问。母亲首肯，给我擦脸换衣，小区看那浓绿的水藻，似自言自语说了一句：“我不姓屈(音)，我姓欧(音)。”那之后，当父亲再这么说，她既不回答，也不解释。

关于区氏姐妹的名字，无人知晓。姐姐一人先来，租了间旗房，只知是西单一所中学的国文教员，人们都称区先生，因而，自然称后来的妹妹作小区。在我记忆中，小区是从不进别人家门的，见人总是微微弯下儿膝头，这难以让人察觉的动作，好久好久我才感觉到。

“你看小区多像古画上的美人！”母亲曾对父亲赞叹。

博物馆西墙外有土路，路迤北，穿过馆后的河床地，道旁远处是坟丘，近处多粪坑，往坡上行，沟沿儿老槐树林边，正在今天世纪坛的位置上，有大车店似的院落，是个老酱油厂，在夏季，酱油和粪坑的味道远远就能闻见。黄土道从酱油厂门口西北折，行不远，路北便是北蔡公庄。道路并不理会这长满槐树的荒村，继续往西，经过一口大水井，之后，沿着玉泉河南岸蜿蜒而去。远方有山，那时候，天空澄净如海，半山的碧云寺，寺内的白皮松和五座玲珑白塔若在咫尺。

一条两米宽的石板街穿村向北，两边相向是错落的灰房子，区先生就住街尾。

后　记

前年的腊月初，李明先生扬长而去了!

如今，在京郊及北，他必定驾着长风，翱翔于他的山谷之中。

与他再见，只能于他留下的那些文字了。那些文字，一如延绵的山谷，跋涉辛苦，却引人入胜。

去年盛夏某天，久未联系的孙大立兄及夫人琼嫂来电，提及李明的那些文字，尤其是那篇《墨淡如白——陶艺家孙大立家事》，希望能结集成书，亦希望我来操持，余惶惶然应承。

临行前，李明先生对于自己的文字没任何交代，也没见电子存档，好在留下些纸质文稿，于是几经周折转换校对终于有了眉目。依我对其文章篇目的了解，基本全面。限于成书字数限制对篇目做了些筛选，他近20年来的主要文章大体风貌总体得以展现。书中收集的主要以系列篇目为主，余下孤篇后续再做打算。

正如他生前所说，他写作的唯一乐趣是希望他爱的人和爱他的人在他的文字中活下去，而把他的文字结集成书，也是一众亲人友人希望他活在自己的文字里，以成为永恒的精神存在。

文章集结基本成型后，发给远在柏林的谢侯之先生，请他给出建议并为其作序，谢先生欣然答应。谢先生是李明生前挚友，两人因李明的纪录片结识，后又在相互的文字中相知，彼此欣赏，谢先生与李明是亦兄亦师亦友，他的文字每得到谢先生夸赞，李明就获得极大鼓励，这亦是他不断写下去的动力之一。早年他的几篇文章经谢先生推荐刊载在《今天》杂志上。李明电影绘画出身，文字是40岁后才逐渐操之，初笔便见功力。他对文字有独到的审美鉴赏力，而谢先生的文字几乎是他的情有独钟，因了他的影响，他周围的朋友如我都成了谢先生的忠实读者。早在博客时代，读他们俩更新文章真乃一大幸事。最近一众朋友都在读谢先生新近出版的《椿树峁》，血肉熬成的文字，养人之精神。李明常说："谢先生文字了得！"是矣！

与谢先生隔时离空地反复交流探讨，受其诸多建议。此外，为此事谢先生专程回北京与众友人聚，商讨此事宜，众人感激不在话下。

准备成书的过程中，得李明夫人王丽、义妹李春平的大力支持和协助，虽是义不容辞，但唯情意使然；谢谢友人瑞瑾的全程关注并数次陪同进京商讨此事宜，其间也提出很多建设性意见；感谢没有谋面的朋友海鸥的大力支持。

斯人已去，魂魄不散，在他的文字中畅游，灵魂相聚，不亦乐乎！

后记成文之时，仿佛看到，在那个黎明射出曙光之前，暗黑的夜空划过流星一点，那定是你——李明，你向着北方群山之巅飞去，回眸的瞬间，倾泻下月光般的微笑。

梅乙

2024 年 8 月　上海